KB269187

사랑은
누구에게도
머물지 않는다

황인수

사랑은 누구에게도
　　　머물지 않는다

저　　자 | 황인수
펴 낸 이 | 문예감성
펴 낸 곳 | 도서출판 시한울

초 판 일 | 2013년 8월 25일
발 행 일 | 2013년 8월 30일
문예감성 | 서울특별시 강남구 역삼동 686-20
등록번호 | 강남4-00045
시 한 울 | 대구광역시 남구 대명동 114-1
등록번호 | 대구광역시 사01013
전　　화 | 053-944-4281~2
팩　　스 | 053-944-4283
이 메 일 | rokchun@naver.com
시 한 울 | http://www.soryang.co.kr
문예감성 | http://www.dungdan.com

정가 10,000원
ISBN 979-11-5548-004-5 03810

이 책은 부천시의 문화예술발전기금의 일부 지원을 받아 제작되었습니다.

사랑은
누구에게도
머물지 않는다

황인수

차례

고사목

그는 돌아앉아 있었다. 시선은 창밖에 던져져 있었지만 동공은 횅하니 비어 있었다. 그래서 빽빽한 바깥 풍경이 그의 망막에 상으로 맺히지 않았다.

허진주가 증발해 버린 뒤부터 그는 아무 생각 없이 창밖을 향해 앉아 하루를 보냈다. 그에게선 어떤 삶의 의욕도 희망도 보이지 않았다. 3개월째 그는 묵언수행과 면벽좌선 하는 수도승처럼 살았다.

간혹 점심시간이 한참 지난 후에 결재 서류를 들고 들어온 한 대리가 그를 책상 쪽으로 돌려 앉혔지만 그의 시선엔 여전히 초점이 없었다. 한 대리가 들려주는 간략한 업무현황도 귀에 들어오지 않았다. 직원들이 하나 둘 그만 두기 시작했다. 사장이 여자 때문에 실성했다고 수군거렸다. 직원들의 퇴사가 이어지면서 일감도 줄고 매출도 급격히 감소하기 시작했다. 퇴사한 직원들이 앉았던 텅 빈 자리만한 구멍이 그의 가슴에 뻥뻥 뚫렸다.

그들이 나갈 때마다 그에게 내던진 수많은 말의 펀치들이 그를 휘청거리게 했다. 그들의 적대감과 조롱어린 눈빛들이 그를 무너뜨렸다. 12명의 직원이 3명으로 줄어 있었다. 그때서야 그의 가슴 속 한 구석에서 다시 시작하지 않으면 안 된다는 위기감이 일기 시작했다. 그러고 나서 둘러보니 빈 들판 같은 사무실은 그의 마음을 더욱 초라하게 만들었다. 그는 사무실 이전을 결심했다. 좀 아늑한 사무실로 옮겨 마음을 추스른 뒤 다시 시작해야겠다고 생각했다.

그는 탑골공원 뒤쪽에 사무실을 얻었다. 좁은 골목으로 20여 미터 들어가면 보이는 허름한 4층짜리 건물의 3층이었다. 그 골목길에는 수많은 음식점과 주점, 노래방들이 즐비해 있었다. 그로 하여금 굳이 이 좁고 후미진 골목에 위치한 사무실을 선택케 한 사람은 허진주였다. 허진주와 자주 갔던 카페가 이 근처에 있었고, 그녀와 처음 만났던 탑골 공원 후문이 이곳에서 보였다. 이곳엔 아무런 흔적도 남기지 않고 증발해 버린 허진주를 언젠간 꼭 다시 만날 수 있으리라는 실낱같은 희망이 있었기 때문이었다.

그는 버티컬 블라인드 왼쪽 벽에 걸려 있는 액자로 시선을 옮겼다. 그 액자 속에는 고사목 두 그루가 서 있었다. 시리도록 푸른 하늘 아래 뼈만 남은 몸통으로 팔 벌리고 서 있는 고사목은 지난 초겨울 허진주와 함께 갔던 지리산에서 찍은 것이었다. 허진주가 확대해 가져다 놓은 것을 책장 옆에 세워놨다가 이곳으로 이사 오면서 벽에 걸었다. 그는 허진주가 생각날 때마다 그것을 바라보았고, 시간이 지날수록 그의 눈길은 더 자주 사진

속 고사목으로 향했다.

바니타스(vanitas). 고사목을 볼 때마다 그는 '바니타스' 그림을 떠올렸다. 17세기 네덜란드에서 유행했던 정물화. '곧 사라질 허망한 것'을 상징하는 소도구들을 화폭에 담아 '인생무상'을 말한 그림. 영원하지 않은 것들의 '덧없음'을 뜻하는 '바니타스' 그림 속에 자주 등장했던 해골의 모습처럼 앙상하고 볼품없는 고사목.

드넓은 하늘을 향해 거침없이 자라나던 푸른 나무가 '無常'의 진리를 깨닫고 지레 꿈을 접은 것일까?

그 사진 속에 나란히 서 있는 고사목 한 쌍이 마치 자신과 허진주의 모습처럼 외롭게 보였다. 그래서 그녀가 더욱 그리웠다.

실수였다. 허진주를 그렇게 보낸 것은 분명 실수였다. 그녀를 붙잡았어야 했는데……라는 생각이 들 때마다 그는 울대를 타고 치밀어 오르는 후회감을 억누르기 위해 이를 악물었다. 마누라는 그때 버렸어야 했다. 마누라를 버리고 허진주를 쫓아 나갔어야 했다. 그는 사진 속 고사목 한 쌍을 뚫어져라 쳐다본다. 살 한 점, 피 한 방울 느껴지지 않는 고사목이 이번엔 그 자신과 마누라의 사이처럼 앙상한 뼈만 드러낸 채 서로 다른 방향을 바라보며 말라가고 있었다. 그 모습은 을씨년스럽고 공허해 보이다 못해 슬퍼 보이기까지 했다.

마누라는 강력한 무기를 숨기고 있었다. 결혼 후 6개월이 지나도록 그는 그것을 알아채지 못했었다. 야근을 하고 좀 늦게 퇴근하던 날이었다. 마누라가 대문 앞에 나와 그를 기다리고 있었다. 주차를 끝내고 차문을 열고 나가려는데 마누라가 조수석에 탔다.

"잠깐 얘기 좀 해."

마누라의 얼굴이 차갑게 굳어 있었다.

"나 당신 믿고 시집와서 6개월 살았어. 그 6개월 동안 당신은 허구한 날 야근에다 술 먹고 새벽 한 두시에 들어왔어. 당신 믿고 시집왔는데 집엔 당신이 없어. 당신도 없는 집에서 당신 엄마 아버지 시중들고 사는 거, 더 이상 못하겠어. 난 나하고 아무 상관없는 사람들 밥하고 빨래하고 청소해 주려고 결혼한 거 아니야. 도대체 난 뭐야? 내가 청소부야? 파출부야?"

마누라는 그를 노려보며 한참을 쏘아붙이더니 마침표를 찍듯 한 마디 내뱉고는 차문을 박차고 나갔다.

"나 지금 우리 집에 갈 거야. 애 지울 거니까 그렇게 알아."

그날 밤에 그는 처음 알았다. 마누라에게 흉기가 있다는 것을. 이기심으로 벼려진 혓바닥이라는 것을.

결혼을 하면서부터 일거리가 부쩍 늘었다. 부양가족이 생겼으니 더 열심히 일해야겠다는 생각으로 뛰어다닌 결과였다. 출판사 일은 늘 마감과 납기에 목숨을 걸어야 했다. 그것을 모를 리 없는 마누라였다. 왜냐하면 같은 업종에 근무하다 만난 사이였으니까. 그는 마누라를 이해할 수 없었다. 그렇게 힘들었으면 힘들었다고, 무슨 방법이 없겠느냐고 상의를 해야 마땅하지 않은가? 마누라 입에서 그런 얘기가 나오기 전에 미리 헤아리고 배려해 주지 못한 책임과 잘못이 그 자신에게 있음은 부인할 수 없었다. 하지만 6개월 동안 아무 내색도 하지 않고 있다가 아무

런 준비도 없는 사람에게 자기의 할 말만 와락 쏟아내고 가버리
는 저 사람이 자신의 아내였던가 라고 생각하니 은근히 부아가
치밀어 오르기까지 하였다. 아니, 그것까지는 참을 수 있었다.
아무런 거리낌과 죄의식도 없이 '애를 지우겠다'는 마누라의 마
지막 한 마디가 그의 심장을 철렁 내려앉게 했다. 겨우살이덩굴
처럼 복잡하게 얽히는 생각과 감정들을 정리하지 못한 채 그는
한참동안 차 안에 앉아있었고, 마누라는 골목 끝으로 사라졌다.
　며칠 후 그는 장인의 부름을 받았다.
　"김서방, 이 모든 게 딸을 잘못 가르친 내 탓이네. 용서하게."
　마누라는 퍼렇게 멍이 든 눈두덩을 계란으로 문지르고 있었
다.
　"아이는 또 가지면 되지 않겠나? 이 못난 장인 얼굴 봐서라도
화 풀게. 그리고 내가 좀 보탤 테니까 전세방이라도 얻어서 분
가하는 게 어떻겠나?"
　장인에게 등 떠밀려 마누라와 함께 집으로 돌아왔지만 그날
이후 그와 마누라 사이에는 보이지 않는 벽이 생겼다. 마누라를
바라보는 그의 눈빛이 공허했다. 마누라에게 다가가지 않았고,
필요 이상의 말은 하지 않았다. 차가운 마음 때문이었을까? 아
이도 들어서지 않았다.
　"이게 다 당신 때문이야. 허구한 날 집구석에 혼자 내버려두
지 않았으면 내가 못살겠다고 뛰쳐나가지는 않았을 거 아니야!
애를 지우지는 않았을 거 아니야!"
　마누라의 혓바닥은 늘 그를 탓하고 있었다.
　"당신 엄마 아버지가 나한테 어떻게 했는지 알아? 아침에 눈

떠서 밤에 눈 감을 때까지 손끝 하나 까딱하지 않고 나를 부렸어. 나도 우리 집에 가면 귀한 자식이야. 남의 귀한 딸 데려다가 왜 이렇게 고생시키는 거야? 주위를 둘러 봐. 나처럼 사는 년이 어디 있는지."

마누라의 푸념과 성화는 쉼 없이 이어졌고, 짜증과 불평은 시간이 갈수록 늘어갔다. 마누라의 혓바닥은 독침이 되어 그의 영혼을 찔렀다. 외로움이 혈관을 타고 온 몸으로 번져갔다. 그녀의 말 한마디 한마디가 그의 살점을 도려냈다. 그 자리에 외로움의 새살이 돋기 시작했다. 마누라의 혓바닥은 언제나 그의 자존심을 후볐고, 자신의 불행에 대한 모든 책임을 그에게 전가시키고 있었다.

그는 시집살이가 지긋지긋하게 싫다는 마누라의 악다구니에 진절머리가 나기 시작했다. 그래서 전세방을 얻기로 했다. 가급적이면 시집에서 멀리 떨어진 곳이면 좋겠다는 마누라의 요청에 따라 멀리 설악산이 내다보이는 속초에 작고 싼 아파트 한 채를 샀다. 출퇴근이 불가능했으므로 그들은 주말부부로 살기로 했다. 다행히 사무실이 오피스텔이었기 때문에 그의 거처를 따로 마련해야 하는 부담은 덜었다.

주말이면 어김없이 그는 속초에 갔다. 마누라가 보고 싶어서 간 것도 아니고, 가고 싶어서 간 것도 아니었다. 그건 그저 습관적이고 의무적인 것이었다. 처가에 책잡히지 않고 결혼 생활을 유지하기 위한 수단에 불과했다. 자유를 얻은 마누라는 방종 그 자체였다. 집안은 늘 어지러웠다. 방안과 거실 여기저기에 벗어 던져 놓은 옷가지들, 며칠째 설거지를 미루어 놓은 싱크대 주

변, 굴러다니는 술병들과 비닐봉지⋯⋯. 집안엔 그가 다리 뻗고
앉을 만한 자리가 없었다. 그는 청소를 시작했다. 설거지를 하
고, 옷가지들을 거둬 세탁기에 넣었다. 술병과 쓰레기들을 치우
고 욕실을 소독하고⋯⋯. 토요일엔 청소를 했다. 참 다행이라고
생각했다. 그렇게 청소라도 하지 않는다면 그 긴 시간은 결코
흘러가지 않을 것 같았다. 일요일 아침에 마누라는 교회에 갔
다. 그는 자동차를 몰고 해안도로를 달리다가 오후 늦게 서울로
돌아왔다. 집안은 늘 그가 토요일 하루 동안 청소할 만큼만 어
질어져 있었다.

15년 동안 그는 나무처럼 살았다. 혼자 싹 틔우고, 혼자 꽃 피
우고, 혼자 잎을 떨어뜨리는 길가의 은행나무처럼 마누라와 일
정한 거리를 유지하면서. 자기만의 세계 속에서⋯⋯.

그렇게 무감각하게 살아가면서도 그가 이혼을 거론하지 않은
까닭은 각자의 선택에 대한 책임을 다하겠다는 것 그 이상도 그
이하도 아니었다.

결혼을 실패했다고 생각했지만 그는 결코 한눈을 팔지는 않
았다. 마누라를 두고 딴 여자를 기웃거린다는 것은 있을 수 없
는 일이라고 생각한 그는 접대 차 갔던 룸살롱에서조차 2차를
가지 않았다. 결혼 생활을 유지하고 있는 한 그것이 상대방에
대한 예의라고 생각했다. 요즘 세상에 자신과 같이 융통성 없는
사람은 없을 거라고 스스로 조소하면서도 그는 자신의 신념을
지켜나가고 있었다.

그의 15년간의 신념은 허진주를 만나면서 흔들렸다.

인사동에서 사보 제작과 관련하여 발주업체 홍보실 담당자와 점심식사를 끝내고 막 탑골공원 후문 앞을 지나려는 때였다. 대학생차림의 여자 하나가 그에게 다가왔다.

"아저씨, 죄송하지만 저 좀 도와주세요."

긴 파마머리 여자의 눈빛이 너무 간절해서 지나칠 수가 없었다. 여자가 그에게 명함을 건넸다. 여성잡지사의 기자였고 이름은 허진주였다.

"아직은 수습기잡니다. 경험이 부족하다보니 좀 겁이 나서 그러는데 저기 골목입구에 보이는 저 카페에 저와 함께 가주시면 안 될까요? 잠깐이면 됩니다. 부탁드립니다."

그는 허진주의 명함을 들여다보며 방금 전 사보 제작 대행 계약서에 도장을 찍었던 일을 생각했다. 다음 달부터 사보를 제작해서 납품하려면 원고를 청탁하고 취재할 기자 한 두 사람이 더 필요하던 참이었는데, 허진주를 알아 두어서 손해 볼 일은 없을 것 같았다.

그는 탑골 공원으로 들어가 벤치에 허진주를 앉혔다. 그리고 그녀가 무엇을 취재하려고 하는 지, 자신이 무엇을 도와야 하는 지 물었다.

허진주는 여성지 5월호 '역발상 마케팅'이라는 칼럼에 실릴 '게이카페 창업 노하우'를 취재하고 있는데, 게이카페에 들어가려니 겁이 나서 망설여진다는 것이었다. 그래서 그녀는 몇 시간 동안 길 건너 카페의 문 앞까지 갔다가 다시 이편으로 돌아오곤 했던 것이다.

그는 게이카페에는 가본 적이 있었다. 그건 순전히 우연이었

다. 그곳이 게이카페인 줄 모르고 갔었고, 그 후에도 죽 그런 곳
인 줄 몰랐다가 최근에 알게 되었다. 게이카페라고 해서 여느
카페와 다르지 않았기 때문이었다.

그는 허진주와 함께 그 카페 '브라이트 Bright'로 들어갔다.
목소리 예쁜 여자가 외모까지 아름다운 경우가 드물듯이 카페
역시 그랬다. 이름처럼 밝지 않았다. 차를 주문하고 그 카페의
사장을 허진주와 대면시켰다. 거기까지가 허진주가 그에게 요
청한 그의 역할이었다.

허진주는 카페 사장에게 '전 세계 유행의 흐름이 게이에서 일
반 여성, 대중의 순으로 전파된다는 것은 마케팅 업계에서 이미
널리 알려진 사실임'을 설명하고, 그에게 창업 동기와 자금, 운
영 노하우 등을 차근차근 묻기 시작했다. 사장은 진지하게 인터
뷰에 응해 주었다.

사장은 자신이 동성애자가 아님을 밝히고, 자신이 게이 카페
를 창업한 까닭이 처음엔 돈을 벌기 위한 것이었지만 자신의 카
페가 소통의 장이 되고 의식 전환의 계기를 마련하여 균형적으
로 열린사회가 되는데 공헌할 수 있어 보람을 느낀다고 마무리
하였다.

허진주는 무사히 취재를 마쳤고, 5월호 잡지가 나오면 보내주
겠다며 그의 명함을 받아갔다.

그가 허진주를 두 번째로 만난 것은 4월 말경이었다. 그녀는
카페 Bright로 그를 불러냈고, 그녀의 손엔 따끈따끈한 5월호
가 들려있었다. 그렇게 두 사람의 만남이 시작되었다. 그리고
Bright는 두 사람의 아지트가 되었다.

그는 3 개월 후 파격적인 조건으로 허진주를 스카우트했고, 그녀와 Bright에서 썩 Bright하지 못한 사랑을 시작하게 되었다.

그렇게 조심했건만 그는 두 번이나 허진주와의 밀회를 들켜버렸다. 을지로 3가엔 직원들과 거래처 사람들의 눈이 많았다. 하지만 탑골 공원 뒤편에 있는 Bright는 사람들의 눈에 띄지 않는 곳일 뿐만 아니라 게이 카페라서 그들의 만남이 오랫동안 발각되지 않을 것이라고 생각했었다. 그것이 계산착오였다. 편집 디자이너 미스 서, 서은아가 이 근처에 살고 있다는 사실을 그는 알지 못했다. 허진주의 허리를 감고 낙원모텔로 들어가는 그의 모습이 벌써 두 번째 서은아의 시야에 포착되었다는 사실을 그는 몰랐다. 그 사실을 몰랐기 때문에 그는 자신과 허진주와의 사랑이 안전한 것으로 믿었다.

어느 날 밤, 허진주의 손을 잡고 Bright에서 나오다가 그는 서은아와 정면으로 마주쳤다. 꿈에도 생각하지 못했던 일을 당하고 보니 그는 어떻게 해야 할지 몰랐다. 그들은 석고상처럼 하얗게 질린 채 서 있었고 그들의 앞을 서은아가 고개를 휙 틀며 지나갔다.

그날 이후 사무실 분위기가 수상쩍었다. 직원들의 곁눈질과 수군거림이 느껴졌다. 그는 견딜 수 있었다. 하지만 죄인처럼 늘 고개를 숙이고 다니는 허진주를 볼 때마다 가슴 한 쪽이 아려왔다. 그 모든 잘못과 책임은 그에게 있는데 비난의 화살은 허진주에게로 쏟아지는 것이 아닌가? 그럴수록 그는 허진주가 소중하게 느껴졌다. 직원들의 따가운 시선을 꿋꿋하게 견디고 있는 그녀의 모습은 그로 하여금 보호본능을 발현케 하였다. 고통이 클수록 사랑은 강해지는 법. 허진주를 향한 그의 마음은 더욱더 뜨거워지고 있었다. 일단 불붙은 마음은 시간과 장소에 대한 감각을 마비시켰다. 주변의 시선에 대한 두려움 같은 것도 잊게 하였다.

안개가 자욱한 새벽이었을 것이다. 그날 그는 너무 서둘렀다. 그래서 결정적인 실수를 범하고 말았다. 문을 잠그고 보조 장치를 내려야 밖에서 문이 열리지 않는다는 사실을 까맣게 잊고 있었다. 직원들이 철야 작업을 한다고 하기에 근처 찜질방에서 자고 새벽에 사무실에 들어오니 모두 퇴근하고 허진주 혼자 남아 있었다. 때꾼한 그녀의 모습을 본 순간 그는 너무 반가웠고, 그녀를 갖고 싶다는 강한 욕망이 솟아올랐다. 그는 앞뒤를 생각할 겨를도 없이 허진주를 소파로 안고 갔다. 그리고 그녀의 육체를 탐닉하기 시작했다. 알몸이 된 두 사람이 절정을 향해 치닫고 있을 때 갑자기 문이 열렸다. 그는 정면으로 서은아와 눈길이 마주쳤다. 그의 몸이 급격히 경직되자 허진주가 문 쪽으로 몸을 돌렸다. 그녀 역시 그런 자세로 서은아를 바라보며 굳어 버렸다. 세 사람은 한 동안 동영상 속의 일시정지 화면으로 멈춰져 있었다. 상황 파악이 끝난 서은아가 얼굴을 붉히며 문밖으로 나가면서 화면은 다시 play되기 시작했다. 굳은 표정으로 옷을 챙겨 입던 허진주가 눈물을 떨구며 그의 가슴에 얼굴을 묻었다.

"아, 죽고 싶어요."

그는 말없이 허진주를 감싸 안았다. 무슨 일이 있어도 허진주를 지켜줘야 한다는 강한 책임감이 밀려왔다. 어떤 어려움이 닥쳐오더라도 허진주를 버리지 않겠다는 굳은 마음으로 그는 힘주어 그녀의 어깨를 끌어안았다.

그는 이혼도 불사할 생각이었다. 그는 자신의 결혼생활을 실패로 규정했다. 마누라에게 애정이 사라진 것은 이미 오래 전이다. 애정의 회복을 위해 노력해 본 적도 없고, 그러고 싶은 마음도 없었다. 허진주를 만나기 전까지, 솟구쳐 오르는 생리적 욕구를 감당하기 어려울 때 가뭄에 콩 나듯이 동침했을 뿐이었다.

무엇이든 처음 한 번이 어렵다. 서은아에게 애정의 현장을 들킨 후에 그는 이상하게도 마음이 후련했다. 허진주와의 밀회도, 밀애도, 밀행도 직원들에게 더 이상 숨겨야 할 이유가 없는 것 같았다. 그래서 허진주에 대한 자신의 감정을 직원들 앞에서 더 스스럼없이 드러냈다. 직원들은 그런 그를 보고 뻔뻔하다고 수군거렸을 것이다. 하지만 그는 신경을 쓰지 않기로 마음먹었다.

허진주와의 사랑이 깊어갈수록 그가 속초로 향하는 횟수도 줄어들었다. 속초로 가는 대신 그는 허진주와 여행을 갔다. 등산을 가기도 하고, 바닷가에 가기도 했다. 허진주가 산을 좋아해서 주로 산행을 가는 경우가 많았다. 북한산, 관악산, 수락산 등 주로 서울 주변의 산들을 당일치기로 다니던 그들의 산행은 언제부턴가 1박 2일 코스로 바뀌었다. 그에 따라 두 사람이 오르는 산의 높이도 높아졌다. 덕유산, 지리산, 설악산 …….

언젠가 설악산에 갔을 때 그는 콘도에 허진주를 두고 혼자 속초 집에 가서 마누라를 만나고 온 적도 있었다. 꽤 여러 주 동안

집에 가지 않았고, 그래서 혹여 마누라가 눈치 챌 것 같은 불안
감 때문이었다. 아니, 죄책감 때문이었으리라.

　인사동 한정식 집에서 자유기고가 한 사람과 점심 약속이 있
던 날이었다. 그는 그곳에 허진주를 데리고 갔다. 그날은 원고
청탁과 관련된 일이었기 때문에 함께 갈 수 밖에 없었지만, 언
제부턴가 그는 어디를 가든, 누구를 만나든 허진주를 동반했다.
그녀가 그 자리에 있음으로 해서 분위기가 좋아지고, 화제가 풍
부해졌다. 그는 알 것 같았다. 예전에 K출판사의 박사장과 D기
획의 조사장이 식사약속이 있을 때마다 왜 여직원과 함께 왔었
는지를.

　허진주가 늘 자신의 곁에 있다는 사실에 그는 행복해 했다.
점심 식사를 마치고 두 사람은 Bright에 마주앉았다. 카페 안은
좀 어두웠지만 평화롭고 조용했다. 게이카페라고 해서 남자들
만 있는 것은 아니었다. 열 사람 중 두 세 명은 여자 손님이었
다. 그녀들은 게이의 동성친구와 같은 존재들이었다.

　차와 함께 나온 비스킷 하나를 집어 허진주의 입 속으로 넣으
려는데 그의 휴대폰 벨이 울렸다. 액정화면 위로 '김지연'이라
는 이름이 솟아올랐다. 그는 잠시 머춤했다. 마누라의 이름이었
다. 그가 긴장한 눈빛으로 허진주를 바라보았다. 허진주의 표정
이 굳어졌다. 그가 자신과 함께 있을 때 마누라에게서 걸려오는
전화를 받을 때마다 난감한 표정을 짓는다는 사실을 그녀는 알
고 있었기 때문이었다. 그가 폴더를 열고 휴대폰을 받았다.

　"웬일이야? 무슨 일 있어?"

　"응, 나 지금 서울에 와 있어."

“서울엔 왜? 어딘데?”

“당신 가까이에 있어.”

그는 벌떡 자리에서 일어섰다. 마누라의 목소리가 섬뜩하리만치 선명했고, 차가웠다. 그는 휴대폰을 귀에 댄 채 두리번거리며 카페 안을 살폈다. 마누라가 이곳을 알지 못하겠지만 왠지 불길한 예감이 그를 휘감았다. 그가 막 앉으려는데 서너 테이블 안쪽 칸막이 위로 마누라의 얼굴이 올라왔다. 그는 벌떡 일어났다. 그 모습을 지켜보던 허진주도 그를 따라 자리에서 일어나 그의 시선이 머문 곳을 쳐다보았다. 허진주의 얼굴이 하얘졌다. 그녀가 가방을 챙겨들고 출입문을 향해 몇 발자국을 옮기려는데 뒤쪽에서 마누라가 쫓아왔다.

“어디를 가?”

마누라가 허진주를 잡으려고 달리려 하자 그가 마누라를 가로막았다.

“당신 비켜, 좋은 말로 할 때.”

하지만 그는 비키지 않았다. 다급한 마누라가 칸막이 안쪽에 놓여있던 작은 화병 하나를 들어 출입문을 막 밀고 나가는 허진주를 향해 던졌다. 그 화병이 허진주의 머리에 맞고 바닥으로 떨어졌다. 허진주가 잠시 비틀거리더니 문을 밀고 나갔다. 마누라가 허진주를 잡겠다고 버둥거리며 그의 포위망을 벗어나려고 애썼지만 소용이 없었다.

허진주의 머리끄덩이를 잡아챌 수 없다는 사실을 깨달은 마누라가 바닥에 털썩 주저앉았다. 카페 손님들의 모든 시선이 자신과 마누라에게 쏠렸다는 것을 뒤늦게 알아챈 그가 얼른 마누라를 안아 의자에 앉히고 자신도 마누라 옆에 앉았다.

그는 한 손으로 마누라의 입을 막았다. 마누라가 대성통곡을 하거나 욕설을 퍼부을까봐 겁이 났기 때문이었다.

마누라는 기고만장해 있었다.

지난 15년간 그녀는 하고 싶은 말이 있어도 참았고, 화가 나는 일이 있어도 참아왔다고 했다. 그것은 신혼 초에 그와 상의 한 마디 하지 않고 중절 수술을 했던 것과, 다시는 살지 않을 것처럼 집을 뛰쳐나갔던 죄에 대한 벌이라 생각했기 때문이라고 했다.

그 당시에 그가 이혼을 요구했다면 도장을 찍을 수밖에 없었을 거라고 마누라는 솔직히 얘기했다. 장인이 그에게 사과하지 않았거나, 그를 회유하지 않았다면 그와 마누라는 이미 오래전에 끝났을 인연이었다.

그런데 이제 마누라는 그렇게 저자세로 살 필요가 없다고 생각한 모양이었다. 그의 치명적인 약점을 잡았기 때문이리라. 마누라는 집을 정리해서 서울로 올라오겠다고 그에게 으름장을 놓았다. 하지만 마누라가 무슨 말을 하든, 무슨 결정을 내리든 그는 상관없었다. 그에게 마누라는 먼 사람이었다. 카페 사건 이후 더 먼 사람이 되었다.

허진주는 전화를 받지 않았다. 그녀가 연락도 없이 나흘째 결근하던 날이었다. 당황하고 놀랐을 그녀가 걱정되었지만 마음이 안정되면 출근할 것이라는 생각 때문에 그는 일부러 전화를 하지 않고 있었다. 하지만 자꾸만 궁금해졌다. 허진주의 전화를 기다리며 그는 컴퓨터를 뒤져 그녀와 함께 찍었던 사진들을 불러왔다. 두 사람이 함께 찍은 사진은 거의 없었다. 카메라 하나로 서로를 찍어주었기 때문이었다. 서로 뺨을 맞대고 셀카를 찍을 수도 있었을 텐데……하는 아쉬움이 밀려왔다. 그가 찍은 그녀의 사진은 상반신을 클로즈 업(close-up)한 것이 많았다. 사진 속엔 그녀의 해맑은 미소가 한 가득 담겨 있었다. 반면, 그녀는 얼굴보다는 분위기에 초점을 맞춰 풍경 속 한 곳에 그를 배치하여 찍었다. 그녀가 찍은 사진에는 고사목이 자주 등장했다. 언제 찍혔는지 기억할 수 없지만, 그가 가끔 고사목과 함께 서 있는 사진도 있었다.

설악산 어느 절벽 끝을 줌 업(zoom-up)해 찍은 사진 속에 서 있는 고사목은 마치 다이빙대 끝에 엄지발가락으로 서서 막 입수하려고 팔 벌린 다이빙선수처럼 아슬아슬했다. 이미 45도 가까이 몸을 굽힌 그 고사목을 바위가 잡고 있었는데, 그는 한 동안 그 위태로움에서 눈을 거두지 못하고 있었다. 알 수 없는 불안감이 그를 서서히 휘감아 왔다. 이상하게 초조해 졌다. 고사목을 바라볼수록 그 아뜩한 위태로움에 눈앞이 까마득해지는 것 같았다. 그런데 그 아찔한 현기증 뒤에 찾아온 미묘한 설렘이 그의 혼을 흔들었다. 고사목이 그 아슬아슬한 추락 직전의 두려움을 오히려 즐기고 있다는 사실을 깨달았기 때문이었다. 바위가 고사목을 놓아버리든, 고사목이 바위를 박차든 한 순간 천 길 낭떠러지 아래로의 돌이킬 수 없는 번지 점프, 그것이 인생이라는 것을…….

간혹 녹음 속에 혼자만 벌거벗고 서 있는 고사목도 있었지만,

사진 속의 고사목들은 대부분 추위 속에서 고통스러워하고 있었다.

지난겨울 지리산 노고단 근처에서 찍은 고사목은 칼바람에 풍화되어 눈조차 내려앉을 수 없는 성기고 가는 가지들을 머리카락으로 휘날리며 서 있었고, 몸통과 가지 두 개만 남아 있는 덕유산 고사목은 마치 고개를 틀고 플루트를 부는 형상을 하고 있었다. 그 고사목이 부는 플루트 소리가 바람을 일으켜 계곡 아래로 눈보라를 몰고 가는 듯 했다.

관악산, 운악산, 태백산……. 언제 그렇게 많은 산들을 허진주와 다녔는지 잘 생각나지 않았지만 그는 그 산에서 찍은 고사목들을 폴더 하나에 따로 모았다. 그리고 그것을 저장하려고 공 CD를 찾다가 그는 낯선 봉투 하나를 집어 들었다. 청첩장이었다. 허진주가 결혼한다는……. 그 청첩장 속의 신부 이름이 허진주임을 그는 몇 번이나 확인했다.

믿어지지 않았다. 믿을 수가 없어서 헛웃음이 나왔다. 그는 청첩장에 적혀있는 예식장으로 전화를 걸어서 예식의 예약 여부를 확인했다. 분명 3일 후 오후 2시에 결혼식이 예약되어 있었다. 허진주에게 전화를 걸었다. 전원이 꺼져 있었다.

허진주가 결혼을 하다니……. 숨길 수 없는 사실이었다. 하지만 받아들일 수 없었다. 허진주는 그동안 거의 매일 그와 지냈다. 따로 누군가를 만나거나 통화를 하는 일도 없었다. 그리고 결혼에 대한 그 어떤 언급도 하지 않았었다. 서로 사랑한다고 생각했었다. 떳떳하지 못한 사랑이었지만 서로의 마음은 통했다고 생각했다.

　그는 입사서류를 뒤져 허진주의 집주소를 찾았다. 서류에 적힌 그녀의 집전화 번호는 결번이었고, 그가 찾아간 그녀의 남가좌동 집엔 다른 사람이 살고 있었다. 그녀를 만나기 위해서는 오로지 3일후에 예식장으로 가는 길밖에는 없었다.

　3일후 그 시간, 예식장에서는 결혼식이 열리지 않았다. 예상했던 대로였다. 그녀는 더 깊이 숨기 위해 시간을 벌어야만 했을까? 그렇다면 그녀의 실종은 철저히 계획되어진 일이란 말인가? 그는 미쳐버릴 것 같았다.

　한순간에 완벽하게 사라진 허진주. 마누라의 침입은 분명히 갑작스러운 것이었다. 그런데 그 갑작스러운 출현을 이용해 자취를 감춘 허진주의 대응은 너무나 신속했다. 마누라가 예고도 없이 나타날 거라는 걸 그녀는 알고 있었고, 그에 대비해 수없이 예행연습이라도 한 사람처럼 그녀는 순간 이동해 버렸다. 그래서 그는 혹시 허진주가 마누라와 공모한 것은 아닐까? 모든 사실을 알고 있던 마누라가 허진주를 협박한 것은 아닐까? 하고 잠시 생각해 보았다. 마누라는 어떻게 그와 허진주와의 관계를 알았던 것일까? 언제부터 알고 있었을까? 서은아가 마누라에게 제보한 것은 아닐까?

　이제 더 이상 허진주를 찾을 수 없다고 생각하니 그는 세상의 모든 희망이 사라지는 것 같았다.

　세상에는 한 여자만을 사랑하다가 죽는 남자가 있고, 한 여자도 제대로 사랑하지 못하고 죽는 남자가 있다. 그는 자기 자신이 후자라고 생각했다. 그래서 자신이 한없이 초라하고 보잘 것 없는 존재로 느껴졌다. 지켜주지 못할 사랑이라면 사랑이라고 말하지 말아야 한다. 그녀를 찾아내야 한다. 그녀를 찾아내지 못하면 그녀를 사랑했다고 말하지 않으리라.

그의 마음 한쪽 끝에서 가시 줄기가 올라왔다. 그 가시 줄기는 덩굴이 되어 그의 몸을 휘감으며 그를 옭죄어왔다. 그는 가시덤불에 에워싸여 살기 시작했다. 그 덤불은 고독과 고통으로, 단절과 절망의 뾰족한 바늘로 그를 찔러댔다.

그는 사일러스 마아너처럼 살기 시작했다. 애인과 친구에게 배신당하고 낯선 고장에 가서 고독 속에 살아가며 수전노로 변하는 마아너처럼 그는 오로지 허진주와의 옛 기억에 집착하며 살아가기 시작했다. 허진주를 알기 전보다 더 큰 외로움이 그를 붙잡고 있었다. 아니 그가 외로움을 놓아주지 않고 있었다. 그래서 그는 위태로워 보였다.

도대체 허진주는 어디로 간 걸까? 브라이트의 문을 밀었을 때 눈부시게 쏟아지던 햇살 속으로 빨려 들듯 사라진 그녀. 밝음 속에서 활활 타던 그녀의 검은 실루엣은 점차 작아지다가 빛으로 승화해 버렸다. 어두운 이승의 문을 밀고 찬란한 천국의 빛 속으로 승천하는 모습 같기도 했다.

그는 미친 듯이 허진주를 찾아 헤맸다. 하지만 허사였다. 그는 허진주를 찾느라 회사 일을 전폐했다. 식음도 마다했다. 그의 머릿속엔 브라이트의 문을 밀고 나가던 허진주의 검은 실루엣만이 어른거렸다. 그녀의 머리를 찧으며 퍼석-하고 떨어지던 화병 깨지던 소리만이 들렸다. 그 단단한 화병이 깨질 정도라면 그녀의 머리가 성할 리 없었으리라. 그녀가 잘못된 것은 아닐

까? 그녀에게 나쁜 일이 생긴 건 아닐까? 수만 가지 생각들로
그의 머리는 터질 것만 같았다.

그녀를 뒤따라 나가서 병원으로 옮겼어야 했는데……. 그녀
를 지켜주지 못한 것에 대한 죄책감이 밀려올 때마다 그의 가슴
은 무너져 내렸다. 마누라가 쫓아나가 몹쓸 짓을 할까봐 그녀에
게 도망갈 시간을 벌어주려고 마누라를 붙잡고 있었지만, 그것
보단 허진주를 데리고 도망쳤어야 했다고 그는 수없이 후회하
며 가슴을 쳤다.

창가를 서성이는 버릇이 생겼다. 처음엔 책상에서 돌아앉아
멍하니 창밖을 내다보곤 했었다. 하늘이 푸른지 노을이 지는지
보이지 않았다. 아무 생각도 하지 않았다. 그저 그렇게 앉아있
었다. 버티컬 커튼이 풍경을 차단해도 그는 창가를 향해 앉아있
었다. 어둠이 내려도 그 어둠 속에 앉아있었다.

그렇게 넋을 놓고 있다가 어느 한 순간 허진주를 지켜주지 못
한 것에 대한 자책감이 밀려오면 그는 자신도 모르게 자리에서
벌떡 일어났다. 그리고 창가를 왔다 갔다 하기 시작했다. 그때
의 상황으로 시간을 되돌릴 수 있다면 허진주의 손을 이끌고 도
망치리라. 도망치리라…….

그의 시선이 창가에 걸려있는 고사목 사진에 머물렀다. 갈가
리 찢겨져 나가는 육신의 고통을 견디고 서서 바위보다 단단한
뼈 하나로 버티고 있는 고사목의 처연한 모습.

후회와 그리움으로 온몸이 녹아내린 그 나무와 자신의 모습
이 닮아 있다는 생각이 들었다. 그의 몸속으로 찌릿한 전류 같
은 것이 흘렀다. 고사목은 이내 그의 마음을 사로잡았다. 창가

를 서성이면서 그는 고사목을 바라보기 시작했다. 고사목을 바라볼 때마다 그는 자신의 몸속으로 고통의 파장 같은 것이 전해져 옴을 느꼈다. 살아있기 때문에 생생하게 느껴지는 아픔, 그것은 강인한 생명력 같은 것이었다. 죽은 나무를 보며 생명을 느낀다는 것은 얼마나 아이러니한 일인가? 하지만 그에게 고사목은 죽은 나무가 아니었다. 거칠고 단단한 껍질 속에 무한한 생명력을 충전하고 있는 생명체였다. 바람과 추위에게 살과 근육과 피를 모두 내어주고 깡으로, 악으로, 독으로 버티고 서 있는 고사목의 모습이 시나브로 그의 심장으로 옮아오고 있었다.

한영훈 대리가 노크도 없이 불쑥 들어왔다.
"사장님, 보셨어요?"
어느 새 한 대리는 그의 책상 앞으로 다가왔고, 컴퓨터 마우스를 잡고 있었다. 한 대리가 검색 창에 '낙원동 김노인 살인사건'이라고 입력하고 엔터를 쳤다. 검색어 관련 뉴스가 주르르 떠올랐다. 그 중에서 동영상 하나를 클릭하자 마이크를 든 리포터의 얼굴이 화면을 가득 채웠다. 리포터는 낙원세탁소 앞에 서 있었다. 그는 그 세탁소 앞에서 일어난 살인사건을 보도하고 있었다. 잠시 후 화면에 좁은 골목길이 비춰졌다. 카메라가 이동함에 따라 골목 이곳저곳의 모습이 드러났다. 모니터를 주시하던 한 대리가 갑자기 동영상의 일시정지 버튼을 클릭하고 화면을 확대하였다.
"찾았어요. 여기 보세요."
한 대리가 가리키고 있는 커서의 끝에 여자 하나가 서 있었

다. 쓰레기봉투를 들고 대문 앞에 서 있는 여자……. 해상도가
좋지는 않았지만 그 여자가 허진주임을 그는 한눈에 알아보았
다. 그의 눈이 반짝 빛났다. 가슴이 뛰기 시작했다. 그토록 찾아
헤매던 허진주가 바로 코앞에 있었다니……. 그는 믿어지지 않
았다. 낙원세탁소는 그가 있는 사무실 바로 앞 블록에서 골목
안쪽으로 100여 미터만 가면 있다.

"한 대리, 저 여자는 허진주가 아니야. 많이 닮긴 했군."

그는 자기의 마음을 들키고 싶지 않았다. 그래서 허진주가 틀
림없다고 주장하는 한 대리에게 무관심한 표정으로 그렇게 말
했다. 하지만 그의 목소리는 떨리고 있었다. 한 대리가 머리를
갸웃거리며 나가고 난 뒤 그는 그 동영상 뉴스를 세 번이나 되
풀이해서 보았다. 허진주가 분명했다. 골목 중간쯤에 있는 허름
한 초록색 쪽문 앞에 쓰레기봉투를 내놓고 들어가는 허진주. 그
녀가 골목에 등장한 시간은 채 10초도 되지 않았다. 하지만 정
지상태의 화면에서 그녀는 오랫동안 그의 눈앞에 머물러 있었
다.

당장 달려 나가 허진주를 만나고 싶었다. 하지만 그는 자신에
게 냉정해야 한다고 최면을 걸었다. 그녀가 왜 거기에 있는가?
그녀는 정말 결혼을 했는가? 그녀는 왜 한 마디 말도 없이 비밀
결혼을 했는가? 저렇게 초라한 모습으로 살기 위해 비밀결혼을
한 것인가? 그 자신을 사랑하긴 했었던 것인가? 그녀를 향한 자
신의 사랑을 그녀가 모르지 않았을 텐데 그녀는 어떻게 도마뱀
이 꼬리를 자르고 도망치듯 그렇게 떠나야만 했었는가? 마치 그
때가 오기만을 기다렸던 사람처럼……. 그녀를 만날 수 있다는

기쁨을 제치고 수많은 의문들이 꼬리에 꼬리를 물고 마중 나왔다. 하지만 결론은 하나였다. 그녀를 만나야 한다는 것. 그 모든 의혹의 열쇠는 허진주가 쥐고 있기 때문이었다.

그는 밤늦도록 창가를 서성거렸다. 의문이 머물렀던 자리에 두려움이 밀려오기 시작했다. 화면 속의 여자가 허진주가 아니면 어떡할까? 허진주가 혹시 자신을 모른 체 하지는 않을까? 갑자기 찾아온 자신을 피해 더 깊이 숨어버리는 것은 아닐까?

그는 허진주의 상황을 좀 더 파악해 본 후에 그녀를 만나리라 다짐하며 사무실을 나섰다. 그리고 뉴스 화면에 비춰졌던 낙원 세탁소 골목으로 천천히 걸어갔다. 허진주가 밀고 나왔던 초라한 쪽문 앞에서 한참 동안 주변을 기웃거리던 그는 골목길 이곳저곳을 배회하다가 새벽녘에 집으로 돌아왔다.

그는 하루에 네 번 세탁소 골목에 갔다. 그 골목을 거쳐 출근하고, 점심 먹고 산책 삼아 그 골목을 걷고, 저녁에도 그 골목을 한 바퀴 돌아 들어왔으며, 늦은 밤 야근 후에도 그 골목길을 걸어 퇴근했다. 그러나 허진주의 모습은 좀처럼 볼 수 없었다. 골목 모퉁이에 서서 아무리 기다려도, 그녀가 나왔던 쪽문을 아무리 지켜보아도 그녀는 다시 그 문을 밀고 나오지 않았다. 닷새째 골목길을 어슬렁거리던 저녁 무렵, 그는 허진주의 초록색 쪽문이 다급히 열리는 순간을 목격하게 되었다. 건장한 남자 하나가 여자를 안고 쪽문을 밀고 나와서 그가 서 있던 세탁소의 반대방향으로 달리기 시작했다. 여자는 의식을 잃은 듯 축 늘어져 있었다. 왠지 불길한 느낌에 휩싸인 그는 그 남자를 쫓기 시작했다. 그 남자가 안고 있는 여자가 허진주라는 생각이 들었기 때문이었다. 허진주가 아프기라도 한 것일까? 남자는 여자를 안고 골목을 벗어나더니 길가에 세워져 있던 차의 뒷문을 열고 여자를 앉혔다. 그리고 급하게 시동을 걸었다. 그는 승객을 태우기 위해 대기하고 있던 택시를 잡아타고 앞차를 뒤쫓기 시작했다. 여자를 태운 차는 동대문 옆에 있는 대학병원 응급실 앞에서 멈췄다. 남자는 택시에서 내려 여자를 안고 응급실 안으로 들어갔다. 그도 따라 들어갔다. 응급실 안은 환자와 보호자들이 얽혀 번잡했다. 의사와 간호사들이 분주하게 움직이고 있었다. 남자가 한 간호사에게 뭐라고 말하자 간호사가 침대를 가리켰다. 남자는 여자를 침대에 뉘었다. 그는 응급실 입구 안내 데스크에 기대서서 침대에 누워있는 여자를 쳐다보았다. 허진주가 확실했다. 남자는 누굴까? 허진주의 남편일까? 그는 허진주에게 다가가고 싶었지만 상황을 좀 더 지켜보기로 하였다.

잠시 후 남자가 안내 데스크로 다가왔다. 험상궂은 인상과는 달리 목소리는 부드러운 편이었다. 남자의 목소리는 약간 흥분해 있었다.

"5번 침대에 방금 눕힌 저 여자요. 아, 전 종로 경찰서 김형삽니다. 탐문수사를 하고 있었는데, 저 여자가 진술 도중에 갑자기 쓰러졌어요."

컴퓨터 화면에 시선을 꽂고 있던 간호사가 김형사에게 물었다.

"우선, 환자분의 성함과 주민 번호를 불러주세요."

"이름 밖에 몰라요, 허진주라고……."

간호사가 컴퓨터 자판을 두드린 후, 화면을 훑어보며 김형사에게 말했다.

"여기 진료기록이 있어요. 기면병을 앓고 있네요."

"……."

기면병……. 과다수면, 탈력발작, 수면마비, 환각 증세를 동반하는 수면장애.

그녀에게 갑상선 이상과 같은 몸에 특정한 병이 있었던가?

충격에 의한 뇌손상……. 마누라가 던진 화병에 머리를 맞고 기면병을 얻었을까?

극심한 스트레스로 인한 현실도피 심리……. 그녀는 무엇이 두려워서 잠 속으로 몸을 숨긴 것일까? 얼마나 힘들었으면 눈을 감고 싶었을까? 잠에서 깨어나고 싶지 않을 만큼 괴로웠던 일이 무엇이었을까?

사랑이 부담스러웠던 것일까? 주변의 이목이 두려웠던 것일까? 수용하고 싶지 않은 사랑 때문에 괴로웠던 것일까? 돌이켜보면 허진주는 그와의 사랑에 있어서 늘 수동적이었었다. 사랑은 늘 그에게서 그녀에게로 한 방향으로 갔었다. 그녀가 자신을 사랑하지 않았을지도 모른다는 생각이 들었다. 그래서 일언반구도 없이 자신을 떠난 것일 수도 있다는 데까지 그의 생각이 미쳤다. 그러자 갑자기 그의 가슴 한쪽이 무너져 내리는 것 같은 아픔이 밀려왔다.

자신을 사랑하지도 않는 여자에게 사랑을 강요한 건 아니었을까? 하는 자괴감이 그의 얼굴을 붉게 물들였다.

사랑하지 않으면서도 그녀는 왜 자신을 거부하지 않았을까?

그는 그것이 궁금했다. 하지만 그는 그녀가 자신을 사랑했건 하지 않았건 그것은 중요하지 않다고 생각했다. 중요한 것은 자신이 그녀를 사랑했다는 사실이었다.

세상에 태어나서 한 여자도 제대로 사랑하지 못하고 죽는 남자는 되고 싶지 않았다. 다만, 그녀가 느꼈을 고통과 아픔을 헤아리지 못했던 자신이 한없이 부끄러웠다.

그는 낙원세탁소 골목을 서성거리기 시작했다.

사랑하는 사람의 고통을 숨어 지켜보면서 느끼는 외로움. 슬픔이나 고통보다 더 견디기 힘든 외로움. 절대고독. 허진주의 마음을 헤아리지 못한 것에 대한 자괴감과 뒤늦은 후회. 그녀를 지켜주지 못한 것에 대한 죄책감으로 그는 자신을 괴롭혔다.

그는 자신을 더욱 외롭게 만들고, 가능한 한 자신의 몸을 고통스럽게 자극함으로써 허진주가 겪었을 아픔을 대신하고, 자신의 뼈아픈 실수에 대한 벌을 받고자 했다. 그리고 그렇게 자신을 괴롭히면서 묘한 쾌감을 동시에 느끼기 시작했다.

그는 러닝머신 위를 달렸다. 10단계의 가장 빠른 속도로 달렸다. 30분쯤 달리면 숨이 턱밑까지 차오르고 심장이 터질 것 같은 느낌이 온다. 그래도 그는 멈추지 않고 달렸다. 온몸에서 땀이 물 흐르듯이 흘러내렸다. 다리와 팔의 근육이 뻣뻣해지고 마비가 될 것처럼 아파왔다. 그래도 그는 멈추지 않고 달렸다. 그러다보면 이내 그는 고통의 정점에 이르렀다. 온몸이 폭발해 버릴 것 같은 극한의 고통을 느끼는 순간 그의 눈앞으로 지리산이 보인다. 눈보라를 맞으며 팔을 벌리고 산기슭에 서 있는 고사목이 선명히 떠오른다. 살을 도려내고 뼈를 깎아내는 찬바람에 맞서 꼼짝도 하지 않고 서 있는 그 고사목이 그에게 말을 건넨다.

"그 어떤 고통도 나를 쓰러뜨리지는 못해. 팔이 부러져도, 갈비뼈가 날아가도 난 결코 꺾이지 않아. 그럴수록 나는 더 깊이 뿌리를 내릴 거야. 고독의 삭풍이 내 뿌리를 키우고, 고통의 눈보라가 나를 더욱 강하게 만들지. 삶은 견디는 거야. 고독과 고통을 즐기는 거야. 뿌리와 몸통만 있으면 돼."

고사목은 고개를 뻣뻣이 세우고, 바람을 향해 검게 그을린 몸통과 팔을 벌렸다. 그 순간 그는 전신을 타고 흐르는 짜릿한 전율을 느꼈다. 그 전율이 지나가고 나면 더 이상 고통이 느껴지지 않았다. 고통의 임계점을 넘었기 때문이었다. 이제 더 이상 그는 숨이 차지 않았다. 심장이 터져버릴 것 같지도 않았다. 다리도 팔도 더 이상 아프지 않았다. 그는 마치 로봇처럼 달리고 있을 뿐이었다. 한참 후에 그는 러닝머신에서 내려와 매트에 벌렁 눕고 거친 숨을 몰아쉬었다.

'지켜 주리라. 허진주에게 들키지 않고 언제까지나 뒤에서만 바라보리라……'

이상했다. 극한의 끝에 더 큰 외로움이 찾아왔다.

새로운 괴로움과 통증으로 몸을 자극하면 그것에 적응하는 몇 주 동안은 그의 마음속은 알 수 없는 흥분과 설렘으로 두근거렸다. 하지만 그 때 뿐이었다. 그의 육체가 적응한 고통은 더 이상 익스트림도 아니고, 쾌락도 주지 않았다. 그것들은 그냥 그가 힘들이지 않고 거뜬히 해 낼 수 있는 쉬운 일에 불과했다. 그러면 또 다시 외로움이 찾아왔다. 전보다 더 견디기 힘든 외로움. 그 외로움은 마치 그가 먹은 음식이 복잡한 화학작용을 거쳐 분해되어 온몸에 영양소로 공급되듯이 그의 몸속으로 스며들었다.

외로움이 그의 뼈를 만들고, 그의 근육을 생성시키고 그의 생각을 키웠다. 외로움은 그의 머리카락 한 올 한 올을 길러내고, 하루만 방심해도 무성한 수염으로 자라났다. 사흘에 한 번씩 손톱을 깎아도 외로움은 자라났고, 아무리 땀으로 쏟아내도 줄어들지 않았다.

그래서 그는 또 다른 가학의 방법을 찾지 않으면 안 되었다.

외로움은 극복되는 게 아니라 잠시 잊히는 것임을 그는 모르는 걸까?

그는 자전거를 타기 시작했다. 처음엔 해안도로를 따라 한없이 페달을 밟았다. 거센 바람이 그의 얼굴과 온몸을 쥐어뜯고, 허벅지 근육과 핏줄이 폭발 직전의 풍선처럼 팽팽하게 부풀어 오를 때 그는 외로움의 극한을 체험했다. 죽어도 좋을 만큼 외롭다고 느끼는 순간 온 몸으로 전율과 쾌락이 찾아왔다. 하지만 해안도로 달리기도 이내 시들해졌다. 그는 미시령을 오르기 시작했다. 꼬불꼬불 끝없이 이어진 미시령 정상까지 오르는 일은 만만치가 않았다. 한나절 동안 쉬지 않고 페달을 밟으면 온몸은 불덩이가 되었다. 머리부터 발끝까지 비 오듯 땀이 쏟아져도 그는 닦지 않았다. 땀줄기가 눈과 입으로 흘러들어가도 개의치 않았다. 그의 목표는 오로지 자신이 정해놓은 시간 안에 미시령 정상에 오르는 것이고 그 시간 내에 자신의 몸을 가능한 한 고통스럽게 혹사시키면 되는 것이었다. 그는 한동안 미시령 오르기에 전념했다. 처음에 고개 중턱에서 느끼던 고통의 극한을 정상부근에서 느끼기까지 꽤 여러 달이 걸렸다. 그는 미시령의 매력에 흠뻑 빠져 지냈다. 미시령에 올랐다가 내려가는 길에서도 그는 고통의 극한을, 아니 좀 더 정확히 말하면 공포의 극한을 느꼈다. 브레이크를 잡지 않고 가속도의 공포를 느끼며 고개를 내려오는 일은 목숨을 걸고 하지 않으면 안 되는 것이었으므로 그 어떤 익스트림보다 자극적이고 짜릿했다. 미시령에는 고사목도 있었다. 푸른 나무들 속에 서 있어 더 고독해 보이는 고사목. 하지만 그 고사목은 초라해 보이지 않았다. 자신만의 굳은 신념을 간직하고 더 큰 고통을 향해 팔 벌리고 선 모습은 오히려 의연해 보였다.

그는 핸들을 놓고 고사목처럼 두 팔을 벌리며 고개를 들어올렸다. 가속도가 붙으면서 그의 몸은 자전거로부터 분리되어 공중으로 붕- 떠오르는 것 같았다. 그는 날아오르는 새처럼 두 팔로 힘차게 날갯짓을 하였다. 허공 높이 솟아오르다가 날개를 접고 다음엔 번지점프로 뛰어내리리라.

사로잡히기

층계를 내려오면서 그녀는 세 번이나 발을 헛디뎠다. 늘 오르내리던 계단이었지만 오늘은 좀 가파른 것 같았다. 물무늬처럼 밀려오는 어지럼증을 물리치기 위하여 그녀는 한동안 벽에 등을 기댄 채로 서 있었다.

창밖에는 여전히 비가 내리고 있었다.

"후자를 택하겠어요."

그녀는 볼우물이 패이도록 굳게 입을 다물었다.

"그래? 하지만 마음이 변하거든 언제든지 찾아와."

김사장의 태도는 어느 새 차갑게 돌변해 있었다.

그녀는 거침없이 뒤돌아섰다. 긴 복도의 끝에 다다를 때까지도 그녀는 냉담한 미소를 머금고 있었다. 그래야만 한다고 생각했다. 하지만 층계를 내려오면서 그녀는 눈앞이 뿌옇게 흐려지는 걸 느꼈다.

"뭐? 허진주처럼 해 줄 수 없다면 나가라고?…… 철면피

……."

　그녀는 억울했다. 아무리 생각해 봐도 '후자의 선택'이 해고의 사유는 될 수 없었다. 그녀는 몇 번이나 허공에 대고 헛헛- 웃었다.

　'노동부에 확- 신고해 버릴까?' 하는 생각이 치밀기도 했지만, 그녀가 그렇게 하지 않아도 이 회사는 얼마 가지 못할 것 같았다. 아니, 꼭 그렇게 되어야만 한다. 또 이 회사가 아니더라도 편집 디자이너를 원하는 회사는 이 근방에 널려 있다는 생각에 그녀는 미련 없이 돌아섰다. 단지 그녀의 의사에 의해서가 아니라, 가당치도 않은 이유 때문에 자신이 강제퇴사 해야 한다는 것이 불쾌하다 못해 억울했고, 그런 상황에 놓일 수밖에 없는 자신의 처지가 너무 너절해서 눈물이 났던 것이다.

　현관의 유리문을 밀었다. 차갑고 습한 바람이 맹렬히 달려와 그녀를 포박했다. 그녀는 몸을 웅크리고 낡은 갈색 코트의 깃을 세웠다. 거리는 적막했다. 적막하다고 느낄 때면 늘 입술이 탔다. 입술에 침을 바르며 그녀는 하늘을 올려다보았다. 암울했다. 그녀는 습관처럼 아랫입술을 깨물었다.

　'사로잡혀선 안 돼.'

　스스로에게 최면을 걸며 그녀는 거칠게 도리질했다. 바람에 날려 온 빗방울이 그녀의 얼굴을 때렸다. 그녀는 다시 유리문 안으로 들어갔다. 집까지의 거리, 빗방울의 속도, 그녀의 보폭…… 우산이 없으면 속옷까지 모두 젖어버리라. 축축하고 눅눅한 옷이 주는 그 불쾌한 느낌은 생각만으로도 진절머리가 나는 듯 그녀는 우수수 몸을 떨었다. 그녀는 복도 끝 휴지통에서 검은 우산 하나를 찾아냈다. 살이 두 대나 부러진 우산을 펴며 그녀는 어금니를 꽉 깨물었다.

"사로잡혀선 안 돼."

한 달 가까이 싱크대 밑에 덫을 놓았지만 쥐는 쉽사리 걸려들 지 않았다.

쥐는 늘 다니던 길로만 다녔다. 마치 술에 취한 아버지가 깊 이 잠든 밤이면 명숙이 아버지를 만나고 들어오던 엄마처럼.

쥐는 싱크대 밑에서 출발하여 가스레인지 뒤를 거쳐서, 싱크 대 위의 그릇통과 개수대를 가로질러 냉장고 뒤쪽으로 이어지 는 길에 익숙해져 있었다. 마치 그녀가 보안등이 설깬 골목길을 빠져나와 피맛길을 지나고, 귀금속 상점들이 모여 있는 묘동 4 거리를 거쳐, 세운상가 앞 신호등을 건너 청계천, 을지로3가로 이어지는 출퇴근 노선에 길들여진 것처럼.

쥐가 한번 다녀간 싱크대는 엉망이었다. 그릇이 뒤엎이고 음 식물이 흩어져 있는 것까지는 참을 수 있었다. 여기저기에 뿌리 고 간 배설물을 볼 때마다 그녀는 욱욱- 구토를 느꼈다.

온갖 방법을 다 동원해 보았다.

싱크대와 하수관의 연결부분을 청테이프로 꽁꽁 처매고, 냉 장고 뒤쪽에 끈끈이와 쥐약을 놓기도 하였으나 쥐는 용케도 잘 피해 다녀갔다.

고양이를 한 마리 키워볼까 생각했지만, 그녀는 고양이를 몹 시 무서워했기 때문에 그 방법만은 선택하지 못했다.

자리에 들어 졸음이 막 눈꺼풀 위로 내려앉을 쯤에 그녀는 부억에서 들려오는 달각대는 소리를 들었다. 그런 날 밤에는 꼭 부엌바닥에 시커먼 쥐들이 득시글거리는 꿈을 꾸었다. 그런 꿈을 꾸고 나면 며칠 동안 식욕이 없었다.

그녀는 화가 나기 시작했다. 꽤 유별난 쥐라고 생각했다. 언젠가 준기가 던져놓고 간 덫 하나를 신발장 속에서 찾아내고 그녀는 이를 꽉 깨물었다.

"사로잡아야 해. 잔인해져야 해."

그녀는 무서운 생각을 하기 시작했다. 쥐가 덫에 걸리면 그것을 어떻게, 얼마나 처참하게 죽여 버릴까 하는 것이었다.

'석유를 듬뿍 묻혀서 화형을 시킬까? 물속에 집어넣었다 뺐다 하며 질식시켜 죽일까? 몽둥이로 때려죽이면 직성이 풀릴까? 아니야, 굶겨 죽이는 게 더 가혹해.'

그녀는 싱크대 밑에 덫을 놓고 방으로 뛰어 들어갔다.

'그것보다 몇 배나 더 잔혹하게 죽이는 방법이 있어.'

그녀는 반지고리에서 뜨개질용 긴 대바늘 하나를 꺼냈다. 그녀의 눈에 푸른 서슬이 스쳐갔다. 그녀는 쪽마루 아래 쪼그리고 앉아 언틀먼틀한 시멘트 바닥에 그 바늘을 갈기 시작했다. 가능한 한 뾰족하고 예리하게.

'하루에 꼭 한 번씩만 찌를 거야. 쥐는 열흘 이상 고통스러워할 것이다. 될 수 있으면 그 고통의 기간을 연장시켜야 해…… 피를 말려 죽일 테다.'

손가락 끝에서 머리끝으로 솟아오르는 알 수 없는 쾌감 때문에 그녀는 몇 번이나 몸을 떨었다.

그녀는 조금 알 것 같았다. 아버지의 허리띠가 어떻게 채찍으로 바뀔 수 있었는가를. 그리고 엄마의 등으로 파고들던 그 채찍질로 인해 아버지가 얼마나 큰 쾌감과 고통 사이를 오갔었는가를.

쥐는 좀처럼 사로잡히지 않았다. 그녀의 잔인한 속셈을 알아채기라도 한 듯이. 그러나 그녀는 조급해 하지 않았다. 쥐는 곧 덫이라는 환경에 익숙해 질 것이다. 설령, 쥐가 덫이 어떠한 목적에 사용되는 것인지 알아버린다 하더라도 그것은 언젠가 사로잡히게 될 것이라고 그녀는 굳게 믿고 있었다. 왜냐하면 쥐 스스로가 사로잡히고 싶은 속성을 갖고 있고, 그래서 언젠간 사로잡히고 싶은 마음이 생길 것이고, 언제쯤 사로잡혀야 하는지를 알고 있다고 믿기 때문이다.

준기가 왜 덫을 던져놓고 갔는지 그녀는 깨닫기 시작했다. 그녀 스스로 사로잡히고 싶은 마음이 생길 때까지 그는 아주 참을성 있게 기다리고 있는 것이라고 그녀는 생각했다. 그녀는 자신이 그에게 사로잡히리라는 것을 예감하고 있었다. 언젠가 쥐가 그녀의 덫에 사로잡힐 것임을 아는 것처럼.

"그러나 사로잡혀선 안 돼, 지금은."

휘청거리는 다리로 현기증을 밀면서 골목에 들어서지만, 쪽문 앞에 이르러 열쇠를 꺼낼 때면 그녀는 갑자기 머리털이 꼿꼿이 일어서는 긴장감을 느꼈다. 부엌문을 당기고 들어와서 전등 스위치를 누를 때까지의 그 짧은 순간이 그녀는 하루 중에서 가장 짜릿했다. 그리고 쥐가 사로잡히지 않았다는 것을 확인했을 때 가장 행복했다. 그녀는 쥐가 사로잡히지 않았음이 확인될 때까지의 그 가슴 죄는 쾌감에 길들여지고 있었다.

아버지 또한 엄마의 외출에 길들여져 있었다. 아버지는 아주 오래 전부터, 적어도 그녀가 엄마의 뱃속에서 자라고 있다는 것을 안 이후부터 엄마의 貞節을 의심했을 것이다. 아버지는 괴로워했고, 슬프게도 그것이 사실이 아니기를 간절히 바랐을 것이다. 그러나 불러오는 엄마의 배를 보며 사실이 자꾸만 분명해져 갈수록 아버지의 허리띠도 많이 풀렸으리라. 아버지의 채찍, 그 무시무시한 고통을 참아내면서까지 엄마는 不貞을 사랑했던 것일까?

그녀는 아버지가 채찍을 거머쥐듯 대바늘을 움켜쥐었다. 그녀는 벽을 향해 그것을 힘차게 날렸다. 쥐의 정수리에 그것을 그렇게 꽂아버리겠다는 듯이.

"그러나 사로잡혀선 안 돼, 지금은."

김사장은 허진주에게 사로잡혀 있었다. 처음엔 허진주가 김사장에게 그랬었노라고 한영훈 대리가 귀띔해 주었다.

지난 가을이었다.

엄마는 아직도 하늘나라로 가지 못한 것일까? 새벽잠 속에서 그녀는 어렴풋이 엄마의 흐느낌을 들었다. 엄마의 미소, 엄마의 눈물, 엄마의 머리카락, 엄마의 옷소매……. 무엇이건 엄마에 관한 꿈은 그녀의 하루를 망쳐놓곤 했었다.

그날도 그녀는 아침을 굶었다. 젖은 머리를 그대로 늘어뜨리고 회사로 향했다. 평소보다 이른 시간이었기 때문에 행인들이 그리 많지 않았다. 아마 짙은 안개 속에 숨어버렸기 때문이라고 그녀는 생각했다.

탑골공원 돌담 위엔 장밋빛 나트륨등이 안개를 흠뻑 머금고 있었다.

시간이 좀 이르기 때문에 사무실 문이 잠겨 있으리라는 생각을 미처 하지 못한 것이 실수였다. 무심코 손잡이를 돌리고 문을 밀며 들어섰다가 그녀는 눈앞에 펼쳐진 광경에 갑자기 몸이 굳어 버렸다. 앞가슴을 훤히 드러낸 허진주가 김사장의 무릎 위에 앉아 있었다. 옆으로 젖혀진 그녀의 상기된 얼굴과 그녀의 눈빛이 마주쳤다. 허진주의 얼굴이 일순간에 싸늘해 졌다. 김사장 역시 갑작스런 사태에 당황하여 굳어진 채 그녀를 바라보고만 있었다. 그녀는 문을 닫았다. 비로소 그녀는 김사장과 허진주 두 사람이 서로에게 사로잡혀 있음을 알게 되었다.

“나 집사람과 이혼하고, 곧 허진주와 결혼한다. 결혼할 사람끼리 그럴 수도 있는 거 아냐?”

김사장이 허진주의 손을 잡으며 말했다. 허진주가 슬며시 잡힌 손을 빼며 시선을 커피잔으로 떨어뜨렸다.

“하지만, 아무에게도 얘기해서는 안 돼.”

그가 부탁이라고 덧붙였지만 그것은 협박이었다. 그녀는 대답대신 주스 잔속에 꽂힌 스트로우를 입술로 가져갔다.

‘철면피들……’

그녀는 쪼르르 소리가 나도록 주스를 빨아들였다.

골목길을 빠져 나오면서 우산이 두 번이나 뒤집혔다. 그녀는 세운상가 앞에서 신호등을 건넜다. 종묘공원과 귀금속상가 사이길인 서순랏길을 지나 묘동 4거리에서 낙원상가 방향으로 가

다가 종로 세무서가 있는 오른쪽 골목길로 가면, 이 도시의 한복판에 이렇게도 초라한 집들이 모여 있는 곳이 있단 말인가? 하고 탄성을 지를 법한 동네가 나온다. 재개발지역으로 지정되었으나 보상 문제가 해결되지 않은 낙원동 뒤편이다. 그녀의 집이 그곳에 있었다. 하지만 그녀는 지금 집 쪽이 아닌, 탑골공원과 낙원상가를 지나 인사동 쪽으로 가기로 했다. 준기를 만날 생각이었다. 그녀는 준기 곁이 편했다. 준기 이외에 달리 아는 사람도 없었다.

그녀는 낙원상가를 지나며 접었던 우산을 다시 폈다. 바람이 불 때마다 우산이 팔랑거렸다. 4거리에서 좌회전을 할 때 우산이 또 한 번 뒤집혔다. 택시 속에서 승객을 기다리고 있던 기사가 그녀를 바라보며 웃고 있었다. 그녀는 우산을 버렸다. 빗발이 세차게 그녀의 얼굴을 때리며 흘러내렸다. 플라타너스에 발목 잡힌 검은 비닐봉지 하나가 가지 끝에서 팔락이고 있었다.

김사장의 손끝에서 팔락팔락 떨고 있던 흰 종이가 청첩장이라는 사실을 안 것은 그날 오후였다. 허진주는 출근하지 않았다. 허진주의 서랍에서 견적서 용지를 찾던 김사장의 얼굴이 갑자기 새하얗게 변했기 때문에 직원들의 눈길이 모두 그에게 쏠렸다. 그는 믿을 수 없다는 듯 몇 번이나 눈을 껌벅이며 청첩장을 살폈다. 신부 이름이 허진주라는 사실을 몇 번이나 확인한 그는 부르르 - 손을 떨었다. 그는 허진주의 행방을 찾아 유령처럼 며칠을 헤매 다녔다. 청첩장 속의 결혼식장에서는 예정일에 허진주의 결혼식이 거행되지 않았고, 허진주는 어디론가 증발해 버렸기 때문이었다. 허진주는 어디로 간 것일까? 왜 갑자기 김사장에게 한 마디 언질도 없이 사라져 버린 것일까? 그녀는 정말 결혼을 한 것일까? 보복이 두려워 이중 청첩장을 만들었던 것일까? 이러한 의혹이 김사장을 더욱 미치게 했다.

그녀는 어지러웠다. 허진주라는 여자를 어떻게 정의해야 할지 몰랐다. 하지만 그녀는 허진주에게 갈채를 보내고 있었다. 허진주는 이제 김사장의 사슬로부터 벗어났다. 허진주는 어떻게 그런 재주를 가졌을까? 그렇게 감쪽같이 한 남자의 사슬을 끊고, 또 다른 사람에게 사로잡힐 수 있는…….

그녀는 내심 김사장의 흔들림을 즐기고 있었다. 이혼하고 허진주와 결혼하겠다고 뻔뻔스럽게 말하던 김사장을 비웃어 주고 있었다.

"은아……."

김사장이 침침하고 어두운 카페로 그녀를 불러냈다. 그는 '서은아씨'라고 부르지 않고 '은아'라고 불렀다.

"허진주처럼 해줘, 항상 내 곁에서……."

"네?"

놀랄 틈도 주지 않고 그는 그녀의 손을 덥석 끌어 잡았다.

"부탁이야."

온몸이 부들부들 떨려서 그녀는 움직일 수가 없었다.

"안돼요. 싫어요."

김사장이 바싹 그녀의 곁으로 다가앉으며 협박했다.

"부탁이라고 했잖아."

그의 손이 그녀의 어깨를 감싸 안고 있었다. 그녀는 그를 세차게 밀쳐내며 벌떡 일어섰다.

"아냐, 아냐, 안 그럴게."

그가 화들짝 놀라서 제자리로 돌아가며 다시 그녀를 앉혔다.

"지금 당장 결정하라는 게 아냐. 잘 생각해 보라구."

김사장이 나가버린 뒤에도 그녀는 그의 섬뜩한 눈빛 때문에 몸을 떨었다.

누굴까? 김사장을 저렇게 추한 습성에 길들인 여자는. 허진주일까? 아니면 그 이전의 여자일까?

김사장은 허진주에게도 똑같은 덫을 놓았을 것이고, 허진주 또한 그가 쳐 놓은 덫에 사로잡혔을 것이라고 그녀는 생각했다.

그녀는 횡단보도를 건넜다. 머리카락에 맺혔던 빗물이 등줄기를 타고 흘러내릴 때마다 그녀는 섬뜩한 한기를 느꼈다.

두 발은 이미 젖어 있었다. 걸음을 옮길 때마다 발뒤축에서 삑삑- 소리가 났다.

질펀히 젖은 길 위에 네온사인 불빛이 너울거렸다. 그녀가 제화점 앞에 왔을 때 묶여있던 자동차들이 장미꽃다발 같은 불빛을 뿜으며 질주해 가기 시작했다.

비에 젖은 거리는 아무리 소란스러워도 적막하다고 그녀는 생각했다. 제화점 점원이 빗물에 얼룩진 윈도우를 닦고 있었다. 그녀는 자신의 구두를 내려다보았다. 그녀는 닳대로 닳아버린 자신의 구두 뒷굽에 대해서 갑자기 화가 났다. 그녀는 길 옆 비어 있는 공중전화 부스 안으로 들어가 우뚝 섰다.

'또 이렇게 추한 꼴을 그에게 보여야 하다니……'

그녀는 지금 그를 꼭 찾아가 만나야 하는지를 생각해 보았다. 그리고 오늘은 어쩔 수 없다고 생각했다. 오늘만큼은 그에게 위로 받고 싶었다. 그녀는 다시 걷기 시작했다.

버스 정류장에 많은 사람들이 모여 있었다. 한결같이 남자와 여자가 한 우산 속에서 얼굴을 맞대고 킬킬거렸다.

물살을 가르며 몇 대의 버스가 한꺼번에 몰려왔다. 사람들이 우산을 접으며 버스 쪽으로 달려갔다.

'첫 번째 파란 버스에서 세 명이 내리고, 두 번째 파란 버스에서 다섯 명이 타고 두 명이 내렸어. 녹색 버스에서 일곱 명이 내렸고, 빨간 버스에서 한 명이 내리고 두 명이 탔어. 버스는 모두 몇 대게?'

그들은 모두 그런 말을 지껄이며 킬킬거릴까?

엄마도 가끔 그렇게 웃었던 것 같았다. 그녀의 꿈속에서. 얼굴을 나뭇잎으로 가리고 비밀스럽고도 음탕하게. 지금 검은 우산 속에서 휴대폰을 어깨에 올리고 한손으로 우산을, 다른 한손으로는 가방 속을 뒤지며, 제 어깨에 입을 대고 연신 웃어대는 긴 머리의 여자처럼. 그러나 그녀가 잠에서 깨어났을 때 엄마의 그 웃음소리는 들짐승의 울부짖음으로 변하여 아득히 멀어지곤 했었다.

바람소리인 줄 알았었다.

허공을 할퀴며 불어와서 처마 밑을 탁탁 내리치는 겨울바람 소리인 줄만 알았었다.

몽롱한 의식 속에서 눈을 떴을 때 그녀는 그것이 꿈의 잔영이

거나 그림자극이라고 생각했다. 그러나 다시 몇 차례의 겨울바람이 처마 밑을 탁탁 내리치며 지나가고 숨을 컥컥 틀어막는 듯한 답답함 때문에 눈을 번쩍 떴을 때 그녀는 그것이 꿈도, 그림자극도 아님을 깨달았다.

달빛이 어슴푸레하게 스며든 유리창 아래, 서 있는 아버지와 웅크리고 앉은 엄마의 기괴한 실루엣. 그녀는 침을 꼴깍 삼키며 긴장했다. 엄마는 신음하고 있었다. 하지만 엄마의 입에 물린 헝겊이 그 신음소리를 거의 흡수하고 있었다. 아버지는 마치 뱀처럼 쉬쉬거리며 엄마를 다그치고 있었는데, 그녀는 그 쉿소리의 뜻을 알아들을 수가 없었다. 또다시 허리띠를 거머쥔 아버지의 손이 유리창 위로 날아올랐다. 똬리를 틀며 꿈틀거리던 그 채찍이 휙- 소리와 함께 엄마의 등을 향해 날아들었다.

"아악……."

아버지의 채찍이 다시 한 번 엄마의 등에 내리꽂혔을 때 그녀는 비명을 지르며 몸을 벌떡 일으켰다.

한 달에 두세 번쯤 엄마는 앓아눕곤 했었다. 그것은 순전히 사디스트인 아버지의 채찍 때문이라고 생각했었다.

엄마는 집주인 명숙이 아버지에게 사로잡혀 있었고, 아버지는 그러한 엄마를 다시 자신의 덫 속에 가두고자 했었음을 열 살의 그녀가 몰랐던 것은 당연했다. 그때는 아버지의 채찍이 이 세상에서 제일 무서웠다. 불투명한 기억이지만 한여름 밤에도 그 겨울바람 소리가 어렴풋이 그녀의 꿈결을 스치고 지나간 적도 있는 것 같았다.

  그녀는 찻집 문 앞에서 잠시 멈췄다. 한기가 밀려오면서 몸이 떨리기 시작했다. 이런 몰골을 하고 그의 일터로 간다는 건 아무래도 그에게 누가 되는 일이라고 그녀는 생각했다. 그녀는 찻집의 문을 밀었다.

  머리를 짧게 자른 남자가 주문서를 가져오며 미간을 찌푸렸다. 그는 그녀의 춥고 젖은 옷보다는 오로지 가구가 젖는다는 것만을 생각하는 것 같았다.

  그녀는 국화차를 시켰다. 그리고 핸드백에서 휴대폰을 꺼내 준기에게 문자를 날렸다. '끝나는 대로 茶舍으로……'라고.

  찻집은 천정이 높고 넓었다. 2층으로 되어 있었는데 양옆으로 층계가 있었다. 아래층이 훤히 내려다보이는 2층은 古家의 회랑처럼 고풍스러웠다. 벽에는 몇 점의 동양화가 걸려 있었다. 천정엔 아무런 장식이 없었다. 종횡으로 가로지른 서까래에 그녀의 시선이 머물렀다. 그녀는 갑자기 그곳에 아버지의 허리띠로 목을 맨 엄마가 대롱대롱 매달려 있는 듯 한 환각에 사로잡혔다.

  '이제 겨울이 시작될 모양이지?'

  그녀는 창가에 앉아 있었다. '3-1'이라는 글자가 거꾸로 쓰여 있는 유리창 너머로 청소를 끝내고 돌아가는 아이들이 보였다. 미처 우산을 준비할 틈을 주지 않고 비가 내렸기 때문에 그들은 가방을 머리에 이고 교문 쪽으로 달려가고 있었다.

  그녀는 아버지의 가는 허리를 생각하고 있었다. 달동네 단칸방에 세 들어 사는 집의 아버지들의 대부분이 그랬지만, 그녀는 아버지의 허리가 유독 가느다란 이유는 그 뱀가죽 허리띠로 너무 세게 졸라맸기 때문이라고 생각했다.

가을비 치고는 제법 굵은 빗방울이 닦아놓은 유리창으로 뛰어 들기 시작했다. 차가운 안개가 밀려와 유리창에 파도 무늬의 그래프를 그리고 있었다.

'오늘 밤엔 겨울바람 소리를 듣지 않아도 될 거야. 비가 내렸으면, 늘 이렇게.'

그녀는 그래프를 지우며 중얼거렸다.

비가 오는 날 아버지는 일을 나가지 않았다. 비가 오면 아버지는 늘 술을 취하도록 마셨다. 만취해 누워있는 아버지의 모습은 채찍을 들었을 때보다 더 추해 보였다. 아버지의 허리띠를 바라볼 때마다 그녀는 아버지의 몸뚱이에 불을 질러 버리고 싶은 충동을 느꼈다.

금세 어둠이 밀려왔다. 그녀가 비에 젖어 돌아왔을 때 집엔 아무도 없었다. 아버지는 이씨 아저씨와 박씨 아저씨 집에서 막걸리를 마신다손 치더라도 방에 누워 있어야 할 엄마는 어디에 간 것일까?

그녀는 옷을 갈아입고 불을 켰다. 이부자락을 끌어올려 목까지 휘감고 벽에 등을 기댔다. 바람이 불어갈 때마다 윙윙- 전깃줄이 신음 소리를 냈다. 집안은 적막에 휩싸여 있었다. 비에 젖었던 몸이 따뜻해지자 졸음이 밀려왔다. 아마 깊은 밤이었을 것이다. 잠에서 깨어났을 때밖엔 아직도 비가 내리고 있었다. 그때까지도 엄마와 아버지는 돌아오지 않고 있었다. 그녀는 무서웠다. 추적추적 흘러내리는 낙수 소리가 마치 방안을 염탐하다가 조금이라도 방심의 흔적이 보이면 서슴없이 뛰어 들어올 듯한 귀신들의 발자욱 소리처럼 생각되었다. 그녀는 다시 이불을 뒤집어쓰고 누웠다. 잠을 청하려고 했지만 공복 때문인지 그녀의 의식은 더욱 또렷해지기만 했다. 그녀는 몇 번을 뒤척이다가 일어났다. 그녀는 부엌으로 통하는 문을 탕- 걷어찼다. '나는 방심하지 않고 있어. 섣불리 염탐하거나 뛰어들지 마. 난 무섭지 않아' 하고 어둠에게 소리치듯이. 그러고 나서 그녀가 문 옆을 더듬으며 스위치를 찾기 위해 머리를 부엌으로 들이밀었을 때 비릿한 냄새가 그녀의 빈속으로 확- 밀려왔다. 그 냄새 때문에 너무 비위가 상해서 그녀는 한걸음 뒤로 물러섰다. 알 수 없는 불안감이 그녀의 온몸을 휘감았다. 그녀는 다시 스위치를 찾아 눌렀다. 그러나 그녀는 곧 비명과 함께 방바닥으로 나동그라졌다. 그녀는 이불을 뒤집어쓰고 부들부들 떨면서 집 밖으로 기어 나왔다.

엄마가 빨랫줄에 목을 매어 부엌천장에 대롱대롱 매달려 있었다. 아버지는 부엌바닥에 쓰러져 있었다. 아버지의 가슴에서 흘러나온 피가 부엌바닥을 질편히 적시고 있었다.

그녀의 겨울은 그렇게 찾아왔다. 그녀가 기다린 것도, 원한 것도 아닌데. 그리고 세상은 그녀에게 준비의 기간을 주지 않았다. 모든 것은 그저 돌발적이고도 어이없이 그녀를 덮쳤다. 그리고 마치 돌풍처럼 불어와서 그녀의 풍향계를 혼란시켰다.

김사장을 본처와 이혼케 하고 자신은 정작 다른 사람과 결혼한, 아니 증발해 버린 허진주, 허진주의 배신 뒤에 김사장의 덫이 기다리고 있을 것이라고 그녀는 전혀 예상치 못했었다.

예측할 수 없는 삶만큼이나 불안한 것이 또 있을까? 산다는 것이 영원히 불투명하기 때문에 자신의 겨울도 결코 끝나지 않으리라고 그녀는 생각했다.

"딩동-"

문자 도착음 소리를 듣고 그녀가 휴대폰을 열었다.

'갑자기 일이 생겼어. 늦을 것 같아. 오늘은 그냥 가야겠는걸? 미안. 다시 연락할게.'

준기에게서 온 문자였다. 그녀는 한숨을 길게 내쉬었다.

'그래, 오히려 잘 됐는지도 몰라. 이런 모습 보여주기 싫었으니까.'

그렇게 스스로를 위로했지만 마음 한 구석이 공연히 서늘해졌다.

'지금 여기 어딘가에 숨어 있으면서 날 놀리고 있는 것은 아닌가?'하는 생각이 들어 그녀는 찻집 안을 둘러보았다. 학교에서도 그는 그렇게 불쑥 나타나 그녀를 놀래키곤 했었다.

"난 사냥꾼이고 넌 사슴이야."

호숫가 버드나무를 주르르 타고 내려와서 벤치에 앉으며 그가 말했었다.

"아까부터 너를 겨냥하고 있었거든. 네가 저쪽에서 걸어올 때부터."

"오빠하고 내가 그런 사이였어?"

"그래, 난 널 사로잡고 싶단 말이야."

“왜? 어떻게?”

“내가 너한테 사로잡혔으니까.”

“난 오빨 사로잡은 적이 없는데.”

“그래, 맞아, 나 혼자 사로잡혔어. 니 의지와는 상관없이 나 혼자. 그래도 좋아. 너한테 사로잡혀 있으면 힘이 나.”

버드나무 길을 걸으며 그가 말했다.

“너 걱정하고 있지? 등록금 때문에? 걱정하지 마. 내가 등록 시켜 줄 테니까.”

“오빠가 무슨 수로?”

“임마, 난 널 사로잡기로 작정한 놈이야. 나만 믿어.”

매미소리가 찌르르- 무더운 허공을 가위질 하고 있었다. 더운 바람 한 올이 호수를 건너갔다. 물무늬가 접힐 때마다 호수는 마치 금붕어의 비늘처럼 반짝거렸다.

한 학기의 등록금을 마련하기 위해서 그녀는 편의점과 피자 가게 아르바이트를 하루도 쉬지 않고 넉 달 동안 해야 했다. 방 학마저도 그것을 위해 희생해야만 했다. 그 피곤한 삶. 마지막 한 학기를 남겨놓고 그녀는 기진해 있었다.

“등록금 부탁하러 삼촌한테 갔었는데 쳐다보지도 않더라구.”

“빨리 학교 마치고 취직할 생각이나 해. 등록금은 내게 맡기 라니까.”

“오빠가 나 때문에 아르바이트하는 거 알아. 내가 이렇게 오 빠한테 받기만 해도 되는 건가?”

“당근이지. 나는 사냥꾼, 너는 사슴이니까.”

“또 시작이다.”

“장난 아니야. 난 지금 널 사로잡기 위해서 먹이를 주는 거야.”

“왜 날 사로잡고 싶은 건데? 사로잡아서 어떻게 하려구?”

“가르쳐 줘?”

그녀가 머리를 끄덕이기도 전에 그가 몸을 날려 그녀를 끌어안았다. 그의 팔이 너무 견고하게 그녀를 묶고 있었기 때문에 그녀는 옴짝달싹할 수가 없었다. 그의 몸에서 남자 냄새가 났다. 학창시절 남자 선생님들의 곁을 스쳐갈 때마다 풍기던 스킨 냄새가 아니라 어떤 아련한 향수를 일깨워 주는 냄새였다.

“바로 이렇게 해 주려고. 그녀 너를 내 가슴 속에 묶어 놓고 편하고 포근하게 해 주려고…….”

“왜 그렇게 해주고 싶은 건데?”

“사랑하니까. 사랑은 사로잡는 거니까. 서로에게 사로잡히는 거니까. 나에게 사로잡혀 줘.”

그가 팔에 더욱 힘을 주었다.

“그래, 나도 사로잡히고 싶어, 오빠한테. 내가 꼭 누군가에게 사로잡혀야 한다면…….”

하지만 그녀는 두려웠다. 사로잡힌다는 건 때로는 배신도, 죽음도 불사해야 한다는 것을 알기 때문이었다. 사로잡힐수록 더욱 더 소유하려 하고 집착하여 결국은 파멸로 치닫게 하는 것, 아니 그렇게까지 극단적이지 않더라도 그것은 큰 상처를 남기는 것임에 틀림없다고 그녀는 생각했다. 엄마와 아버지의 경우처럼. 그것은 마법과도 같은 것이어서 언젠가는 그 마법으로부터 풀려날 수도 있다는 의미를 내포하고 있으므로.

사로잡히는 것이 두려워서 그녀가 준기에게 사로잡히지 않는 것은 아니다. 또한 그것이 마음먹은 대로 되는 것도 아니지만. 자신에게 위안과 힘이 되어 주는 준기에게 고마움을 느끼고, 그에 대한 특별한 감정을 가지고 있는 것은 사실이지만, 그녀는 살아가는 하루하루가 너무 힘겨워서 누구를 사로잡고, 누구에게 사로잡히는 것에 대한 관심조차도 허영이라고 생각했다.

9시임을 확인하고 그녀는 찻집을 나왔다. 여전히 비가 내리고 있었다. 눅진눅진하던 몸이 다시 식기 시작했다. 그녀는 횡단보도를 건넜다. 버스 정류장 아래 우산 없는 사람들이 서성이고 있었다. 보나마나 그들의 인생도 겨울일 거라고 그녀는 생각했다. 우산 없이 비를 만났으니…….
"뿌리를 깊게 내리란 말야, 흔들리지 않게."
어깨동무를 하고 가던 두 사내 중의 하나가 그 옆 사내에게 말했다. 그들은 빨간불 신호가 바뀌기 전에 가까스로 횡단보도를 건널 수 있었다.
'뿌리를 깊게 내리라고?'
그녀는 그들의 말을 반추해 보았다.
'어디에? 어떻게?'
그녀는 자조했다. 갑자기 자신이 뿌리조차 없는 식물처럼 생각되었기 때문이었다.
파란 버스가 달려와서는 네 명을 뿌려놓았다. 그들은 마치 잘 훈련된 공군들이 항공기에서 뛰어내려 일정한 간격을 두고 낙하산을 펼치듯 승강기를 내려서며 펄펄 우산을 폈다. 물보라를 일으키며 녹색 버스가 뒤따라왔다.

집까지 두 정거장만 가면 된다. 결코 먼 거리는 아니었지만 그녀는 너무 춥고 지쳐서 버스에 올랐다. 그녀는 계속 준기를 생각하고 있었다.

계란, 라면, 꽁치, 김, 양파, 당근, 호박…… 그녀가 없을 때 찾아온 준기가 개수대 위에 고스란히 놓고 간 식료품 봉지 속에는 없는 게 없었다. 때로 그는 그녀의 단 하나밖에 없는 이불 속에서 천연덕스럽게 잠을 자고 있기도 했다.

지난 가을에는 쥐덫 하나를 사들고 왔었다.

"너는 그 쥐 하고 똑같아. 밤마다 싱크대 위로 나타나는 그 쥐 말야. 아무리 잡으려고 해도 안 잡혀."

솔잎처럼 푸른 소주냄새를 풍기며 그가 방바닥으로 넘어졌다. 그는 그녀가 사로잡혀 주지 않음으로써 느끼는 쾌감에 길들여지는 것이 두려웠던 것일까?

"못 견디겠어……"

그는 괴로워했다. 그날 그녀는 말하지 않을 수 없었다.

"난 누구에게도 사로잡히고 싶지 않아. 또 누군가를 사로잡을 생각도 없어. 그것이 구속이 되고 번뇌가 되고 불행이 된다면……. 오빠의 여러 가지 조건과 환경 중의 하나 때문에 내가 오빠에게 사로잡힌다는 건 언젠가 그것으로 인해 겪게 될 불행을 잉태하는 것과 같아."

스무 날이 지나도록 그에게선 e-메일 하나, 문자 메시지 하나

날아오지 않았었다. 그녀의 사무실에서 그가 있는 곳까지는 걸어서 30분이면 충분한 거리였다. 그렇지만 꽤 멀게 느껴졌다. 그녀가 그에게 무심한 탓도 있었지만 가을로 접어들면서 대부분의 편집광고회사가 그렇듯이 철야를 불사하고 일에 매달렸기 때문에 그녀는 늘 허기지고 추웠다. 그에게 그런 모습을 더 이상 보이고 싶지 않았던 것이 그와 멀리 지냈던 첫 번째 이유였을 거라고 그녀는 생각했다.

준기 역시 과중한 업무와 연수교육 등으로 일에 쫓겨 정신이 없었을 거라고 그녀는 생각했다. 하지만 '사로잡고야 말겠다'는 준기의 마음이 이제 식은 것은 아닌가 하는 생각 때문에 조금은 서운한 마음도 들었다.

문득, 오늘 아침엔 그가 왠지 그리워졌다. 단단히 삐친 건 아닌지, 김사장 얼굴에 사표를 내던지고 그를 찾아가 보리라고 다짐했었다. 쥐덫을 놓고 들어와서 거울을 들여다보며 그녀는 눈 밑에 내려앉은 기미와 각질이 일어난 입술에 화장을 했다.

"준기오빠……."

그녀는 그의 이름을 불러보았다. 그녀는 새삼 자신이 그에게 사로잡혀가고 있는 것은 아닌가 하는 생각이 들었다. 그래서 주문을 외우듯 또 중얼거렸다.

"사로잡혀선 안 돼." 하고.

이건 그냥 도피일 뿐이니까, 어렵고 힘들다는 핑계로 기대고 싶은 그의 어깨에로의……. 따라서 사로잡히는 것이 아니라고.

그녀는 어느새 골목길로 접어들고 있었다.

　그녀가 집 앞에 이르렀을 때 맞은편 쪽문 앞 처마 밑에 미스 신 할머니가 쭈그리고 앉아 손바닥으로 낙숫물을 받고 있다가 그녀를 발견하고는 반가운 듯이 말을 건넸다.

　"색시, 신랑이 왔어. 꽤 오랜만에 왔지?"

　그녀는 풋-하고 웃었다.

　지난 가을에 늦둥이 아들을 교도소에 보내고 나서부터 정신이 오락가락한다는 미스 신 할머니는 그녀만 보면 똑같은 소릴 했다.

　'전 색시가 아니에요. 아직 시집 안 간 처녀라구요.'라고 그녀는 또 말하고 싶었다. 만약에 미스 신 할머니가 그렇게 퀭한 눈으로 웃지만 않았어도.

　한 때 이곳 낙원동의 꽃뱀이었다는 소문을 입증해 주듯 그녀가 가끔 철야근무를 하고 일찍 퇴근하는 날이면 그녀의 집에 노인들이 들락거리는 모습이 목격되곤 했었다.

　그녀를 좋아하던 할아버지가 있었는데, 지난 봄에 무슨 이유 때문인지는 모르지만 자살을 했고, 그 충격으로 할머니가 정신을 놓아 버렸다는 얘기도 이 골목에 퍼져 있었다.

　그녀는 그 할아버지가 미스 신 할머니에게 얼마나 모질게 사로잡혔었기에, 아니 그가 미스 신 할머니를 얼마나 깊이 사로잡으려 했기에 스스로 목숨을 끊을 수밖에 없었는지 궁금했다. 서로에게 사로잡히지 않기 위해서 그랬을지도 모를 일이라고 그녀는 생각해 보았다. 그녀의 엄마와 아버지처럼.

　부엌문이 활짝 열려 있었다.

일이 생겨서 못 만날 것 같다던 준기가 와 있었다.

우렁이 각시처럼 밥상을 차려 놓고 그녀를 맞으려 장난친 것임을 그녀는 그때서야 알아챘다. 가스레인지 위에선 밥이 타고 있었고, 그는 부엌 바닥에서 기괴한 장난을 하고 있었다. 덫 속에는 커다란 쥐 한 마리가 갇혀 있었다. 어떻게 찾아냈는지 그녀가 갈아놓은 대바늘로 그는 그 쥐를 찔러대며 킬킬거리고 있었다.

쥐가 고통을 견디지 못하고 찍찍 소리를 내며 팔딱팔딱 뛰었다. 그녀는 갑자기 온몸에 힘이 빠지며 눈앞이 자꾸 노래지는 것 같았다.

"오빠!"

그녀는 그 대바늘에 자신의 몸이 찔리기라도 하듯이 소리를 질렀다. 그녀의 목소리에 놀란 그가 그녀에게 고개를 돌렸다.

"이것 좀 봐. 이놈이 날 놀라게 했어. 밥 지으려고 들어왔는데 이놈이 퍼덕거리고 있잖아."

그는 다시 쥐의 몸뚱이를 바늘로 찔렀다. 온 몸뚱이가 빳빳하게 경직되는 가 싶더니 쥐는 다시 팔딱거렸다. 그녀는 심하게 구토증을 느꼈다. 달려가서 쥐덫을 부엌 밖으로 집어던지고 그녀는 싱크대로 몸을 돌려 몇 번 웩웩 거렸다. 준기가 다가와 그녀의 등을 두드렸다.

"오빠, 나 회사 그만뒀어."

"정말? 잘됐다. 나한테 오면 되겠네?"

그가 그녀를 따라 방으로 들어서며 말했다.

"오빠, 나 옷 갈아입을 건데 그렇게 빤히 쳐다보고 있을 거야?”

수건으로 머리의 물기를 털고 있는 그녀를 바라보던 준기가 눈을 꽉 감았다.

“눈 뜨면 안 돼! ……. 믿을 수 없어.”

그녀는 준기의 머리 위에 담요를 씌우고 전등을 껐다. 갑자기 주위는 더욱 적막해져 버렸다. 탕탕탕- 낙숫물 떨어지는 소리. 비가 좀 잦아들고 있었다.

그녀는 옷을 죄다 벗었다. 그리고 준기의 담요 밑으로 몸을 밀어 넣었다. 조금은 놀라고 당황한 듯 했지만 섬세한 그의 손길이 곧 그녀를 감싸 안았다. 그녀는 그에게 서서히 사로잡혀 갔다.

욕정이 더덕더덕 붙은 김사장의 얼굴이 떠올랐다. 채찍을 거머쥔 아버지의 모습, 엄마의 슬픈 얼굴, 명숙이 아버지도…….

“네 아버지는 그 어떤 여자와 결혼해도 애를 가질 수 없어.”

등록금 때문에 찾아간 그녀에게 명숙이 아버지는 그렇게 말했었다.

“너는 내 딸이야, 난 니 삼촌이 아니구 아버지야.” 하고.

그녀는 준기의 땀에 젖은 어깨에 매달렸다. 그는 숨을 헉헉 내몰아쉬고 있었다.

준기가 무차별하게 찔러대는 대바늘 공격에 몸부림치던 쥐의 모습이 떠올랐다.

그 쥐는 이내 엄마의 모습으로 바뀌었다. 아버지의 채찍에 고통스러워하던 엄마. 아버지의 덫이 고통스러울수록 더 잰 걸음으로 명숙이 아버지를 향했던 엄마의 영혼. 엄마의 축 늘어진

시신 위로 허진주의 얼굴이 겹쳤다. 김사장의 성노리개가 될 수밖에 없었던 그녀의 슬픈 얼굴…….

'사로잡힌다는 건 그런 모습일까? 고통을 주고 고통을 받는…….'

준기의 고른 숨결이 그녀의 이마를 간질였다.

그녀는 자리에서 일어나 부엌으로 나갔다. 그리고 밖으로 던져버렸던 쥐덫을 찾기 위해 부엌문을 열었다. 갑작스런 불빛에 놀란 쥐가 숨을 곳을 찾으려고 앞발로 필사적으로 덫을 할퀴어대고 있었다.

"너도 이제 더 이상 버틸 명분이 없었던 게로구나."

덫 속에 갇혀 있던 몇 시간 동안 쥐는 얼마나 불안하고 두려웠을까? 지금 다가가고 있는 그녀가 자신에게 어떤 행동을 할 것인지 예측할 수 없어서 쥐는 저렇게 발광에 가까운 몸부림을 치고 있는 것이리라.

그녀는 빗자루를 거꾸로 들고 그 끝에 쥐덫의 문고리를 끼웠다. 그리고 그것을 들어 올리면서 눈을 감았다. 잠시 후 그녀가 다시 눈을 떴을 때 쥐는 어디론가 가 버리고 없었다. 그녀는 빗자루 끝에 걸린 덫을 빗자루와 함께 대문 옆 담벼락을 향해 던졌다.

쥐는 이제 오지 않을 것이다. 사로잡힘으로써 오히려 자유로워 질 수 있다는 것을 깨달았다고 할지라도.

그녀의 마음을 옭아매고 있던 보이지 않는 매듭 하나가 툭 풀어지는 것 같았다.

낙원의 덫

쪽문을 밀고 그는 골목으로 나왔다. 기분 같아선 탕- 문을 박차고 나오고 싶었지만, 방에 있는 미스 신의 마음을 언짢게 하지 않으려고 그는 가능한 한 조용히 집 밖으로 나왔다.

골목은 두 사람이 어깨동무하고 걸으면 더 이상 틈이 없을 것 같이 좁았다. 다닥다닥 붙어있는 낮은 기와집 지붕들 위로 4월의 하늘이 파랗게 빛나고 있었다. 눈부셨다. 침침한 데 있다가 나와서 더 그랬는지도 모를 일이었다. 눈이 시렸다. 그는 눈살을 찌푸리며 퉤- 껌을 뱉듯 한마디 내뱉었다.

"제기랄……."

그는 돌부리도 없는 땅바닥에 몇 번이나 발길질했다. 그러고 나면 좀 후련해질까 싶었는데 그렇지도 못했다. 벌써 두 번째다. 그녀에게 이렇게 민망한 꼴을 보이고 나온 게 말이다.

툭툭- 자존심 상한 마음을 털어내듯 먼지를 털고 옷매무새를 고치며 골목을 빠져 나왔지만 그의 일그러진 미간은 좀처럼 펴

지지 않았다.

낙원상가 앞 슈퍼에서 그는 막걸리 한 병을 샀다. 그는 탑골공원으로 가려다가 종묘공원 쪽으로 발길을 돌렸다. 어제 탑골공원에서 만났던 김구연이 오늘은 종묘공원에 있을 거라던 말이 생각났기 때문이다.

5호선 4번 출입구와 6번 출입구 앞길을 지나 묘동 사거리 쪽으로 걷기 시작했다.

"그 여편네 조심해, 꽃뱀이니까. 알았냐? 李家야."

그는 김구연의 말을 떠올렸다.

"이놈아, 꽃뱀이면 어떻고, 사탄이면 어쩠냐? 물리고 싶어도 능력이 안 되는데."

그는 혼잣말로 중얼거리며 핫- 하고 실소했다.

'늙은 꽃뱀은 어떤 느낌일까?'

그는 그녀에게 자신을 과시하고 싶었다. 아직까지 자신이 있었기 때문이었다. 그런데 1라운드가 시작되기도 전에 그는 변변한 힘 한번 써보지도 못하고 얼굴을 붉혀야 했다.

"너무 오랫동안 안 써서 녹슬었나봐, 흠흠."

그는 미스 신을 제대로 바라보지 못하고 머리를 긁적였다.

"괜찮아요, 이렇게 따뜻하게 절 안아 주고 있잖아요."

그녀가 그의 머리카락을 손가락으로 빗어 내리며 위로했지만, 오히려 그것이 얼마나 그를 주눅 들고, 그의 기분을 잡치게 했는지 그녀는 몰랐을 거라고 그는 생각했다.

서둘러 옷을 주워 입고 도망치듯 그녀의 집을 빠져나왔을 때 그의 이마와 등줄기에는 식은땀이 흐르고 있었다.

“제기랄…….”

그의 팔이 크게 흔들렸기 때문에 막걸리 병이 비닐봉지에서 빠져나올 뻔 했다. 그는 아무리 생각해도 뭔가 이상했다. 아침에 눈을 떴을 때, 적어도 일주일에 한 두 번은 목을 세운 독사처럼 꼿꼿하게 자신의 아랫도리가 일어서 있었기 때문에 그가 그녀 앞에서 그렇게 맥 못 춰야할 이유가 하나도 없다고 생각했다. 오늘 아침에도 분명히 그랬었다. 그런데 왜 그녀 앞에서는 일어서지 않는 것인가? 그녀가 박카스와 함께 준 알약까지 먹었는데도 말이다. 얼굴이 화끈거렸다. 그의 걸음이 더욱 빨라졌다.

지하철 3호선 6번 출입구 앞을 지나 종묘 돌담길인 서순랏길에 이르렀다. 사람과 차들이 뒤얽혀 있는데다 식당들에서 내놓은 물건들과 노점상들로 인해 몹시 번잡했다. 서순랏길 맞은편으로 귀금속 상점들이 즐비하게 들어서 있고, 좁은 골목골목마다 수많은 간판들이 저마다 봐 달라고 아우성치는 바람에 귀가 웅웅거리고 어지러웠다. 그는 돌담을 따라 오른쪽으로 50여 미터쯤 가다가 왼쪽으로 돌아 종묘공원으로 들어섰다. 그곳은 낙원이었다.

“밥 공짜로 먹을 수 있지, 운 좋으면 술도 얻어먹고, 아무데나 앉아서 쉬고 이야기할 수 있지, 돈 만원만 있으면 꽃뱀하고 놀 수 있으니 낙원동, 여기보다 더 좋은 데가 어딨어?”

그가 종묘공원 매표소 앞에 왔을 때 김구연이 밥 먹듯 지껄여대던 말이 떠올랐다.

“근데, 한 가지, 저 예수쟁이가 허구한 날 떠들어서 못살겠어.

여기가 낙원이요, 천국인데 왜 자꾸 천국에 가라는 거야?”

　담배를 뻑뻑 빨며 단지 시끄럽다는 이유로 맨날 ‘예수쟁이’ 욕을 하던 김구연을 이리저리 찾으며, 그는 솜사탕을 몇 백 배로 뻥튀기 해 세워놓은 듯 하얀 꽃을 한 아름 피워 올린 목련 나무 아래로 들어갔다. 그리고 잔디 위에 벌렁 누웠다. 눈을 감고 그는 크게 심호흡을 했다. 조금 빨리 걸어서 숨이 가쁘기도 했지만, 마음을 좀 진정시키기 위해서였다.

　‘아, 이 창피함을 어떻게 씻어야 하나? 앞으로 미스 신을 어떻게 보나? 오늘은 잘 했어야 했는데, 그녀를 즐겁게 해 주었어야 했는데…….’

　그는 자신도 모르게 고개를 저으며 눈을 질끈 감았다. 생각할수록 화가 치밀어 오르고 맥박이 빨라졌다. 머릿속이 뒤죽박죽이 되었다. 그는 한동안 꼼짝도 하지 않고 누워 있었다.

　‘그래, 이런 게 늙었다는 건가 보다. 이렇게 조금씩 실망하고, 절망하다가 가는 건가 보다. 세상은 이렇게 청명하고 아름다운데 나는 자꾸 쭈그러들어 가고 있으니 말야…….’

　마음이 좀 진정되자 알 수 없는 서글픔이 그의 눈가로 밀려왔다.

　‘이 목련꽃을 앞으로 몇 번 더 볼 수 있을까? 이 찬란한 봄을 몇 번 더 맞이할 수 있을까?’

　그가 이 세상에서 사라져도 4월은 끝없이 돌아올 것이고, 그 돌아온 4월은 끝없이 생명의 등불을 밝혀 들 것이라고 생각하니 코끝이 찡하게 저려왔다. 감은 눈으로부터 눈물 한 줄기가 관자놀이를 타고 흘러 내렸다.

　목련꽃 그늘 아래서 베르테르의 편질 읽던 그 낭만의 시절과 구름꽃 피는 언덕에서 피리를 불던 그 청춘의 한 때를 지나 멀리 떠나온 그. 또 다른 항해를 위해 승선을 대기하고 있는 이 이름 없는 항구에서 그는 앞으로 그가 가야할 별이 어디일까를 헤아려 보았다.

　그 별이 어디든, 얼마나 먼 곳에 있든 그는 두렵지 않았다. 마누라도 그 별들 중 어디엔가 있을 테고, 친구 몇몇도 그곳으로 갔으니 그까짓 거 두 눈 딱 감고 가면 그만인 거라고 생각했다. 그곳에 갔을 때 비로소 그가 머물렀던 세상에서의 시간은 빛나는 꿈의 계절이고, 눈물어린 무지개 계절이 되어 목련꽃을 배경으로 찍은 영정 속에서 영원히 머물 것이라고 생각했다.

　하지만 '봄날은 아직도 끝나지 않았다'고 그는 믿었다. 가끔은 니코틴에 찌든 끽연가의 눈빛으로 황사가 밀려오고, 오늘처럼 나뭇잎이 피라미 떼처럼 파닥거리는 날이면 그는 자신에게 아직도 힘이 있고, 이 세상에 건재해야 할 이유가 있다는 것을 확인받고 싶었다. 그리고 그는 외로웠다. 너무 외로워서 외로워지지 않으려고 그녀와 함께 있고 싶었다. 그녀를 마음에 품거나, 그녀의 마음속에 자신의 존재를 심어놓고, 늘 생각하고 기억하게 한다면 외롭지 않을 것 같았다. 그녀가 꽃뱀이든 아니든, 젊었든 늙어든 상관없이 말이다.

　'그녀는 행복할 때 어떤 소리를 낼까? 내 어깨에 매달리면서 질러대는 그 행복한 비명을 들었어야 했는데…'

　그의 심장박동이 다시 빨라지기 시작했다. 그는 벌떡 몸을 일으켰다. 그리고 비닐봉지 속에서 막걸리 병을 꺼내 흔든 뒤 뚜껑을 열었다. 거품이 뭉글뭉글 오르는 주둥이를 얼른 입으로 가져가 한 모금을 마셨다.

그는 나무에 등을 기대고 비로소 주위를 둘러보았다. 벤치며, 나무그늘 아래, 양지쪽에 어디든 앉거나 누울 수 있는 곳이면 노인들이 모여 있었다.

삼삼오오 무리를 지어 이야기를 나누거나, 둘이 나란히 앉아 담배를 뻐금거리며 주변을 감상하거나, 서로 마주앉아 장기와 바둑을 두면서 껄껄대고, 그런 사람들 주위에 서서 훈수를 두며 구경하는 노인들, 화장실을 오가는 노인들, 운동 삼아 공원을 걷는 노인들, 양지쪽에서 낮잠을 즐기는 노인들…….

'김구연이 이놈은 어디 있는 거야?'

그는 다시 한 번 막걸리 병 주둥이를 입에 물고 꿀꺽꿀꺽 몇 모금 삼켰다. 뱃속이 사르르 했다.

"이놈아, 나처럼 잔병 많은 사람이 더 오래 산다더라."

틀니 낀 입을 우물거리며 그렇게 말하곤 하던 김구연이 오늘 또 잔병치레 하느라 못나왔나 보다고 그는 생각했다.

"망할 놈. 오늘 같은 날 있어 줘야지. 필요할 때 옆에 없는 놈은 필요 없는 놈인 게야."

김구연이 옆에 있기라도 하듯 그는 혼자 중얼거렸다.

"김가 네 놈도 이제 얼마 안 남은 거야. 병원 가는 날이 더 많은 걸보니까 말이야."

그는 다시 한 모금을 들이켰다.

어느 날부턴가 김구연이 없는 허전한 날이면 그의 일상으로 들어오는 사람들이 있었다. 그 중의 한 사람은 꽃뱀인 미스 신이었고, 또 하나는 미스터 리였다.

"저, 아저씨, 이거……. 저기 계시는 저 아주머니가 드시라고……."

야쿠르트 아줌마가 전해주는 요구르트 두 개를 받아들면서 그녀가 가리키는 곳을 쳐다보던 그는 한눈에 꽃뱀 미스 신이라는 걸 알았다. 김구연으로부터 그녀에 대한 이야기를 들었기 때문이었다. 그에 말에 의하면, 이 근방 룸살롱에서 잔뼈가 굵은 미스 신은 술장사해서 돈을 좀 벌었는데, 남자한테 모두 뜯기고 빈털터리가 되어 낙원동 뒤편 재개발지역 쪽방에서 살고 있는 예순 살 된 할머니로 이곳 종묘공원에 오는 노인들을 박카스로 유혹해서 몸 팔아 돈을 버는 꽃뱀, 이른바 '박카스 아줌마'라는 것이었다.

그녀의 첫인상은 그저 평범했다. 예쁘지도 않고 그렇다고 밉지도 않은, 큰 특징이나 매력도 없는, 화장이 좀 짙은 편이었지만, 주름살은 별로 없었고, 머리를 엉성하게 틀어 뒤로 올려 큰 핀으로 고정시켜서 얼핏 보면 행상하는 아줌마 같았다. 연분홍색 스웨터에 긴 검은 치마를 입었는데, 굽이 높은 슬리퍼를 신고 있었지만 키가 커 보이지는 않았다.

별로 상대하고 싶지 않아서 요구르트를 돌려주러 갔다가 그는 그녀에게 넘어갔다.

"마나님이 참 좋겠어요? 영감님이 이렇게 훤칠하고 잘 생기셔서……."

무슨 얘기를 나누었는지 잘 기억이 나지 않지만 미스 신의 첫

마디는 그랬다. 그가 '마누라는 10년 전에 죽었다'고 하니까, 미스 신은 '아직도 혈기가 왕성하실 것 같은데 어떻게 지내느냐'며 그에게 바싹 다가앉았다. '저 여자는 꽃뱀이야, 조심해야 해'라고 말해주던 김구연을 떠올리며 최면을 걸었지만, 그녀와 1시간가량 얘기하면서 그는 그녀의 매력에 빠져버렸다. 그녀는 말을 할 때 얼굴을 오른쪽으로 약간 틀어서 상대를 바라보며 이야기를 했다. 턱을 조금 내밀고 눈을 약간 내리깔면서 흘기듯이 상대를 바라보며 말하는 모습이 色氣를 느끼게 했고, 이야기 도중 가끔씩 섞는 눈웃음에는 애교가 넘쳤다.

그녀와 무슨 얘기를 했는지 잘 기억나지 않는 이유는 아마도 그녀의 그런 모습에 넋을 잃고 있었기 때문은 아니었을까? 하고 그는 생각했다.

김구연은 그녀를 비롯한 몇몇 여자들을 지목하면서 사탄이라고 말했다.

"천국에도 뱀이 있는 것처럼 여기에도 뱀이 있어. 꽃뱀 말이야."

꽃뱀들한테 성병을 옮아 자식들에게 말도 못하고, 병원에도 못가고 죽은 노인이 여러 명 된다고 김구연은 먼발치에서 미스 신을 보기만 해도 핏대를 올리며 욕을 했었다.

그래서 그는 차마 김구연에게 미스 신이 자신의 이브가 되었다는 사실을, 일주일치 용돈을 모아 금반지를 사주었다는 것도 말하지 못했다. 우연찮게도 김구연이 없는 날 미스 신을 만났고, 김구연이 없는 날 그녀의 집에 가게 되어 말할 기회를 놓쳤기 때문이라고 해야 정확한 표현일 것이다. 그러나 이런 모든 상황은 미스 신이 짜놓은 계산된 절차라는 것을 그는 어렴풋이나마 눈치 채고 있었다.

그날 미스 신은 '만원 내면 편하게 쉴 곳으로 안내하겠다'며 그를 이끌었었다. 그가 그녀와 함께 찾아간 곳은 바로 그녀의 방이었다.

네 평정도 밖에 안 되는 낮고 작은 방에, 작고 허름한 침대와 낡은 TV 한대, 주인의 인생 역정을 닮은 듯 여기저기 긁힌 흔적이 많은 작은 옷장과 밥상이 전부였다. 불투명한 유리창은 검은 빗물 자국으로 얼룩지고, 짙은 녹색 커튼으로 반쯤 가려져 있었다. 수명이 거의 다 된 작은 형광등 때문에 불을 켜도 방은 침침했고 청결해 보이지는 않았지만 이상하게도 그는 미스 신의 방에 들어갔을 때 아늑함을 느꼈다. 그래서 그는 그 방에 오래 누워 있고 싶었다. 하지만 첫날부터 그의 아랫도리는 바람이 새는 고무풍선처럼 아무리 불어도 부풀어 오를 줄 몰랐다.

"대낮부터 또 술이세요?"

어디서 나타났는지 미스터 리가 앞으로 성큼 다가서며 말을 건넸다. 바로 이 젊은이다. 김구연이 없을 때 그의 일상에 새롭게 뛰어든 또 다른 한 사람이.

"이러시다 지난번처럼 취하시면 어떡해요?"

미스터 리가 곁에 앉으며 막걸리 병을 빼앗았다. 아직 반 병 정도가 남아 있었다.

"고얀 놈, 얼른 이리 내. 취하려면 아직 멀었어."

미스터 리가 막걸리 병을 멀찍이 내려놓으며 그의 등 뒤로 가서 어깨를 주무르기 시작했다.

"시원하시죠?"

미스터 리의 향긋한 입김이 그에게로 전해왔다. 토끼풀꽃 아니면 찔레꽃 향기 같다고 생각했다. 그는 미스터 리의 친절이 싫지 않았다. 살갑게 건네는 말씨와 스스럼없는 행동이 귀여웠다. 무엇보다도 미스터 리의 파닥거리는 청춘이 전해지는 것만으로도 행복했다.

미스터 리는 키가 무척 컸다. 얼굴은 희고 입술은 립스틱을 바른 것처럼 붉었고, 눈썹은 짙었다. 등치에 어울리지 않게 웃을 때 가지런하게 드러나는 희고 고운 치아를 보면 어딘지 모르게 계집애 같았다.

"오늘은 어때요? 제가 또 위로해 드릴까요? 지난번처럼……"

미스터 리의 입술이 그의 볼에 닿았다.

"됐어, 임마. 또 그 요상한 펌프로 날 실험하려고?"

"오늘은 그냥 마사지만 해드릴게요."

어깨를 주무르던 미스터 리의 손이 그의 양 팔로 내려가며 움직였다.

"살살해, 아파."

그는 자신의 몸이 노곤해 짐을 느낀다.

"이놈아, 너 저 놈한테 업혀갔다면서? 조심해. 저놈이 아주 요상한 놈이라는 소문이 돌아. 무슨 일 없었지?"

김구연의 말이 떠올랐다. 김구연은 어디서 그렇게 많은 것을 주워듣는지 말끝마다 '누구 조심해라, 이것은 하지마라, 거기는 가지마라'하고 그에게 잔소리를 해댔다. 이 낙원에 무슨 금기 사항이 그리도 많은지…….

"무슨 물리기군가, 펌프가 하는 이상한 물건을 노인들한테 강제로 팔아먹는 나쁜 놈이야. 허우대 멀쩡하고 잘생겼다고 넘어가면 큰 코 다쳐. 저 놈이 꽃뱀들하고 짜고서 노인들을 홀려 뼛골 빼먹는 놈이야."

하지만 그는 김구연에게 말해주고 싶었다. '이미 늦었다'고. '네가 요 며칠 내 곁에 없을 때 그들이 내게 다가왔다'고.

미스 신과의 일이며, 미스터 리와의 일을 그는 김구연한테 말하지 못했다. 김구연이 말한 것처럼 그들이 나빠 보이지는 않았고, 또 특별한 일이 있었던 것도 아니며, 조금 더 상황을 지켜본 다음에 말해도 되겠다 싶어서 그에게 말하지 않았던 것이다. 하지만, 무엇보다도 누구에겐가 얘기하기엔 좀 낯 뜨거운 점이 있었다. 그 얘기를 김구연이가 들으면 노발대발할 것이고, 다시는 이곳에 올 수 없을지 모른다는 생각 때문에 그는 좀 생각할 시간이 필요했다.

처음으로 미스 신을 만났던 그날도 그는 미스 신의 집에서 나와 병나발을 불며 마음을 달래고 있었다. 미스터 리가 오늘처럼 그렇게 그의 앞에 나타났었다.

"그렇게 술을 드시면 금방 취하세요, 할아버지."

젊은이는 그의 막걸리 병을 빼앗아서 자기가 가지고 온 종이컵에 한잔 가득 따라서 그에게 건네주었다.

그러면서 그는 안마를 시작했고, 그렇게 몇 잔 받아 마신게 전부였다. 거기서 기억이 멈췄다.

갑자기 졸음이 밀려왔고, 드러눕는 그를 흔들면서 "할아버지, 일어나세요."라고 젊은이가 말했던 것 같았다. 그리고 잠시 후 그는 누군가의 등에 업혀 어디론가 급하게 가고 있다는 것까지 밖에는 생각나지 않았다.

팔이 몹시 저리다는 생각이 들었다. 팔을 들어 올리려고 했지만 잘 움직여지지 않았다. 그래서 번쩍 눈을 떴다. 그는 자신이 낯선 방에 누워 있음을 알았다. 그는 자신의 팔을 베고 자고 있는 젊은이의 머리 위로 저린 팔을 빼면서 깜짝 놀라지 않을 수 없었다.

그 젊은이도, 자기 자신도 모두 벌거벗고 있었기 때문이었다. 그는 도대체 왜 자신이 여기에 있고, 여기가 어딘지, 또 그 젊은이는 누군지, 왜 벗은 채로 자신과 그가 잠을 잤던 것인지 기억이 나지 않았다. 그는 젊은이를 흔들어 깨웠다. 젊은이가 말했다.

"일어나시기를 기다리다가 제가 깜박 잠이 들었어요. 여긴 여관이구요. 할아버지께서 술에 취해 토하고 쓰러지셔서 제가 이리로 업고 왔습니다. 목욕탕으로 가려고 했는데, 언제 일어나실지 몰라서요. 토해서 옷이 모두 젖어서 제가 옷을 빨아서 욕실에 널었고요, 제가 할아버지를 씻겨 드렸고, 제 옷도 모두 빨았기 때문에 이렇게 벌거벗고 있는 거예요."

젊은이는 자기를 '미스터 리'라고 하며, 낙원상가에 있는 의료기기 회사의 영업사원이라고 소개했다.

미스터 리가 저린 그의 팔을 주무르면서 물었다.

"기억 안 나세요? 제가 이렇게 안마해 드린 거?"

그가 상체를 일으켜 앉으려 하자 미스터 리가 그의 뒷머리에 팔을 받쳐 다시 뉘면서 말했다.

"아직 옷이 마르지 않았으니까 좀 더 누워 계세요."

그는 마지못해 미스터 리의 부축을 받으며 침대에 누웠다. 미스터 리의 상체가 그의 얼굴 쪽으로 기울어져 있었는데, 미스터 리가 베개를 받쳐 준다면서 몸을 더 기울이는 바람에 미스터리의 젖꼭지가 그의 입술에 닿았다. 그는 자신도 모르게 미스터 리의 젖꼭지를 입속에 넣었다. 왜 그랬는지 자신도 모른다. 미스터 리가 화들짝 놀랐다거나 몸을 뺐다면 거기서 끝났을지도 모른다. 그런데 미스터 리가 그의 몸 위로 걸터앉으며 상체를 더 낮추어 주었다.

미스터 리의 하얗고 탄탄한 몸과 기운 넘치는 젊음이 부러웠던 것일까? 미스 신을 갖지 못한 것에 대한 보상심리가 작용한 것일까? 그는 미스터 리의 에너지를 모두 흡수하려는 듯 그에게 달려들었다.

어렸을 때, 그는 자신만이 사용하던 요강이 있었다. 그 요강의 소변이 할머니의 약이 되기 때문에 어머니가 아주 신경 써서 관리했다는 사실을 기억했다. 많은 시간이 지난 뒤에 할머니가 자기의 소변을 먹은 까닭이 당뇨병과 천식 등을 고치기 위해서라는 사실을 알았다.

그는 생각했다. 그 때 할머니가 마신 것은 소변이 아니라, "젊음" 혹은 "정기" 같은 것이 아니었을까?, 삶에의 욕망 또는 희망 같은 것은 아니었을까? 하고.

그는 생각했다. 자신도 지금 미스터 리의 "청춘"을 섭취하고 있는 것이라고. 미스터 리의 '양기'를 흡입하고 있는 것이라고.

"할아버지, 할머니 한 분 소개해 드릴까요?"

미스터 리가 그의 몸 위에 엎드리며 말했다. 그가 미스터 리의 몸 밑에 파묻혔다. 미스터 리는 그를 꼭 껴안고 몸을 뒤집었다. 그가 미스터 리의 몸 위에 엎드린 자세가 되었다.

"소용없어."

"왜요? 아, 이게 안 서는구나?"

미스터리가 그의 허벅지 안쪽으로 손을 넣었다. 그는 자신도 모르게 얼굴이 붉어졌다.

"어린 녀석이 모르는 게 없어."

미스터 리의 뛰어난 친화력도 작용했지만, '벌거벗는다는 것은 나이를 초월하고 처음 만난 사람과도 이렇게 편할 수 있는 것이구나'라는 사실을 새삼 그에게 일깨워 주었다.

미스터 리가 몸을 돌려 그를 눕히고 일어나서, 화장대 거울 앞에 놓여있던 공공칠가방 속에서 뭔가를 꺼내왔다. 미스터 리는 침대 위에 걸터앉아 그것을 조립하기 시작했다.

시험관보다 좀 큰 플라스틱 관이 30cm 정도의 줄로 연결되었고, 그 줄 끝에 작고 검은 타원형 모양의 볼이 달려 있었다.

미스터 리는 치약 튜브처럼 생긴 용기의 뚜껑을 열어 액체를 손바닥에 덜어낸 다음 그에게로 몸을 돌렸다.

"할아버지, 제가 마술 보여드릴게요."

미스터 리는 손바닥으로 액체를 비벼 늘어져 있는 그의 성기에 골고루 바른 후 성기를 시험관으로 덮어씌웠다. 그리고 검은 고무 볼을 마구 주무르기 시작했다. 고무볼이 펌프작용을 해서

공기가 시험관 속으로 들어가자 풀이 죽어 있던 그의 성기가 조금씩 살아나기 시작했다. 그리고 점점 커지더니 그 시험관에 가득 찰 정도로 부풀었다. 미스터 리는 펌프질을 멈추고 그의 성기 뿌리부분에 링 하나만을 남겨두고 실험관을 빼냈다. 그의 성기가 아주 씩씩하게 우뚝 서 있었다.

"할아버지, 근사해요. 굿, 굿."

미스터 리가 윙크하며 엄지손가락을 들어올렸다. 그도 신기하고 놀라웠다. 지금까지 그의 성기가 이렇게 크고 씩씩하게 일어서본 적이 없었기 때문이었다.

하지만 그날, 막걸리 서 너 병을 마시고도 평소 멀쩡했던 자신이 미스터 리가 건네준 몇 잔술에 취했다는 점이 의문스러웠다. 무엇보다도 잠들어 있던 몇 시간 동안 미스터 리가 그에게 무슨 몹쓸 짓을 한 것이 아닌가 하는 꺼림칙한 기분 때문에 그는 며칠 동안 마음 한구석이 찜찜했었다.

"할아버지, 오늘은 마사지만 해드릴게요. 네? 네?"

"소용없대도."

말은 그렇게 했지만 그의 마음은 흔들렸다.

'마사지를 한 번 받아볼까? 저 녀석의 젊음을 흡입해 볼까? 그날 내 아랫도리는 정말 근사했었지. 저 녀석의 젊음 때문이었는지, 그 물리기구 때문이었는지 모르지만…… 그런데 왜 오늘 미스 신 앞에서는 그 모양이었던 거야? 내 참, 창피해서…….'

그는 종이컵을 내밀었다.

"한 잔 더 따라 봐."

미스 신 앞에서 한없이 일어설 줄 몰랐던 자신을 생각하면 자꾸 화가 치밀어 올랐다. 그래서 잔을 잡은 그의 손이 조금 흔들렸고, 그 바람에 미스터 리의 구두 위로 막걸리가 조금 흘렀다. 그가 손으로 얼룩을 닦으려 하자 미스터 리가 괜찮다며 발을 뺐다. 그는 연거푸 두 잔을 더 마셨고 술병이 비었다.

"할아버지, 이제 술 없어요. 자, 이거 드시고 힘내세요."

그는 미스터리가 내미는 영지버섯 드링크를 단숨에 꿀꺽 마셨다. 마시고 나서 생각해 보니 그날도 미스터 리가 자기에게 음료수병을 건넸다는 것이 생각났다. 낮술이 안 좋다면서 오늘처럼 음료수를 내밀었고, 그것을 마신 후부터의 기억이 없다는 것에 생각이 미쳤다.

'그렇다면, 오늘 이 음료수에도?……'

그는 정신이 번쩍 들었다. '오늘은 결코 잠들지 않으리라.' 막걸리 병을 쓰레기통에 쑤셔 박고 돌아오는 미스터 리를 뚫어져라 쳐다보며 그는 이를 물었다. 가방을 챙겨드는 미스터 리에게 그가 대뜸 소리쳤다.

"너, 음료수에다 뭐 탄 거 아니야?"

"무슨 말씀을 그렇게 섭하게 하세요?"

미스터 리가 정색을 하며 그의 어깨를 주무르기 시작했다. 술기운이 올라오는지 기분이 좋아졌다. 그는 눈을 감았다. 미스터 리의 손길이 지나는 곳마다 느껴지던 시원한 통증에 감각이 무뎌지면서 눈앞이 어른어른해지기 시작했다. 그리고 잠시 후 그는 쏟아지는 졸음을 참지 못하고 스르르 미스터 리의 무릎으로 스러졌다.

영락없이 그는 또 벌거벗겨져 있었다. 하지만 이번엔 여관방이 아니었다. 사무실 같은 곳이었다. 깨끗하게 정돈된 침대 위에 그가 있었고, 침대 앞에 과일 바구니를 얹고 있는 원탁이 있었다.

"할아버지, 일어나셨어요?"

카메라를 만지작거리던 미스터 리가 생글거리며 창가로 다가갔다. 미스터 리가 블라인드를 걷어내자 저녁 빛이 유리창에 부딪쳐 반짝였다. 주황빛 노을은 아주 멀리 마천루의 배경으로 깔려 있었다.

그는 뭔가 잘못됐다는 걸 예감했다. 뭔지는 모르지만 자신이 미스터 리의 덫에 걸렸다는 불길한 느낌이 온몸을 휘감아왔다. 미스터 리에게서 헤어 나오기 어려울 것이라는 느낌이 그를 엄습했다. 그는 소리쳤다.

"너, 나한테 무슨 짓 한 거야? 너 이거 범죄라는 거 몰라?"

"범죄라뇨? 전 단지 할아버지가 취해서 아무데서나 주무시기에 모셔다 재워드린 죄 밖엔 없어요."

미스터 리가 눈썹에 힘을 주며 말했다. 상냥하던 표정은 어디에도 없었다.

"그런데 약은 왜 먹여?"

"전 약 먹인 적 없어요. 영지 드링크는 약이 아니라 음료수에요. 건강음료."

미스터 리는 어이없다는 듯 그를 바라보았다.

"고얀 놈, 내가 사람 잘못 본거야. 잔말 필요 없어. 난 물리기

군지 펌픈지 살 돈 없으니까 옷이나 내놔."

그가 돌아앉으며 완고하게 말했다. 그러자 미스터 리가 태도를 바꾸어 마치 손자 녀석이 응석부리듯 그의 팔을 잡아 흔들며 말했다.

"할아버지, 이거, 그냥 드릴게요."

미스터 리가 물리기구를 그의 손에 쥐어주며 그의 표정을 살폈다.

"그 대신 부탁 하나만 들어 주세요. 네? 네?"

그는 못이기는 척 하며 미스터 리를 바라보았다.

"사진 한 장만 찍어요. 괜찮죠?"

미스터리는 원탁 옆에 삼각대를 세우고 그 위에 카메라를 고정시켰다. 그리고 카메라 조작버튼 몇 개를 만지더니 물리기구를 조립해서 그에게로 다가왔다.

"할아버지, 얼굴이 나오는 건 아니고요. 몸통 아랫부분만 찍을 거예요. 다른 사람이 보더라도 누군지 몰라요."

미스터리는 그의 대답 따윈 필요 없다는 듯 그의 손바닥 위에 로션 같은 액체를 닭똥만큼 덜어주고는 카메라 쪽으로 가서 말했다.

"할아버지, 그걸 비벼서 거기에 골고루 바르세요. 아시죠? 지난번에 해 봤잖아요."

미스터리는 카메라 화면을 보면서 얼른 지시대로 하라고 그에게 손짓했다.

그는 자신이 이 일을 끝내지 않으면 이곳에서 나갈 수 없다는 것을 직감했다. 그래서 그가 하라는 대로 하기 시작했다. 펌프

질을 해서 물건도 세우고, 굵게 일어선 그것을 보여주기 위해 침대에서 내려와 천천히 두어 바퀴 돌기도 했다.

"얼굴은 안 나오는 거지?"

그는 자신이 미친 건 아닌가 하고 생각했다. 알 수 없는 불안감이 가슴을 뛰게 했다. 그런데 이상하게도 그때 미스 신이 떠올랐다.

'그래, 이 정도면 미스 신이 좋아할 거야. 내일 다시 가는 거야. 가서 보여줄 거야, 미스 신에게, 이 멋진 모습을.'

그의 얼굴의 그늘진 곳으로 알 수 없는 열기가 스며들어 그의 표정을 낯설게 만들고 있었다.

"당근이죠. 할아버지 몸매가 A급이에요. 굿. 잘되면 모델료도 드릴게요."

연신 카메라 렌즈를 밀고 당기던 미스터 리의 목소리가 유쾌하게 울렸다.

"할아버지, 미스 신이 좋아하겠네요?"

사무실을 나설 때 그의 손에 물리기구가 든 쇼핑백을 쥐어주며 미스터 리가 말했다.

그는 다시 한 번 얼굴이 달아올랐다.

"네 녀석이 그걸 어떻게……?"

"이 바닥이 워낙 좁잖아요. '소문은 KTX보다 빠르다', 모르세요? 아무튼 행운을 빌어요."

그는 미스터 리와 눈을 마주치지 못하고 황급히 뒤돌아 계단으로 내려왔다.

　낙원상가 밖으로 나온 후에도 한참동안 미스터 리의 웃음소리가 그의 귓가를 울렸다.
　탑골공원 앞을 지나는 그의 머릿속은 복잡했다.
　'늘그막에 망령이 난 게야, 내가. 늙은 꽃뱀하고 놀아나질 않나, 새파란 놈한테 당하질 않나.'
　낙원동에 어둠이 내렸다. 길가의 가로등이 일제히 눈을 떴다. 수많은 인파와 차들의 물결로 거리는 무척이나 소란스러웠다.
　'아무튼, 내일은 가는 거야, 미스 신한테로. 칼을 뽑았으면 무라도 베어야 할 게 아니야?'
　그는 버스를 타기 위해 4거리에서 좌회전을 하였다. 그러다가 문득 발걸음을 멈췄다.
　'뭐 내일까지 기다릴 필요가 있나?'
　그는 탑골공원 앞 벤치에 앉았다.
　'고등어나 한 마리 사 가지고 가서 저녁이나 같이 먹자고 할까? 왜 또 왔느냐고 구박하는 건 아닐까? 한창 영업 중인데 방해가 되는 건 아닐까?'
　그는 '미스 신은 이브'라고 생각했다. 김구연은 그녀를 꽃뱀이요, 사탄이라고 손가락질하고 있지만, 종묘공원이라는 에덴동산이 존재하는 한 그녀는 자신의 이브라고 생각하기로 했다.
　그녀의 방은 낙원 속에서 찾은 작은 동굴 같은 곳이었다. 조용하고, 좁아서 오히려 편안하고, 침침하지만 포근한 그녀의 방에서 그녀와 함께 누워있는 순간이 바로 천국의 시간이었다. 미스 신에게도 그 시간을 천국의 시간으로 만들어 주고 싶었다.
　그는 미스 신이 자신의 이름은 '신봉녀'이며, 거칠게 살아오며 많은 남자와 잠을 잤지만 지금껏 한 번도 별다른 감흥을 느껴 보지 못했다고 말하던 모습을 떠올렸다.

그는 물리기구를 들고 일어섰다.

'그래, 가보는 거야. 쪽문이 열려 있으면 들어가는 거구, 닫혀 있으면 그냥 되돌아오면 되지.'

그는 종묘공원 쪽으로 올라가다가 극장 옆 골목으로 들어갔다. 그리고 화덕을 내놓고 생선을 굽고 있는 백반 집에서 구운 고등어를 사 포장한 뒤 비닐봉지에 담아 들고 나왔다. 그녀가 생선 굽는 수고를 덜어주기 위함이었다.

그의 얼굴에 행복감이 밀려들었다. 생선구이를 미스 신과 함께 먹을 것이라고 생각하니 마음이 설렜다. 제멋대로 살며, 집에는 가뭄에 콩나듯 어쩌다 한번씩 온다는 막내 아들 때문에, 늘 혼자 밥을 먹는다는 미스 신도 자신처럼 행복해 할 것이라고 생각했다.

해가 진 뒤의 피맛길은 낮과는 또 다른 모습으로 변해 있었다. 어둠과 빛의 대비가 더욱 선명해지기 때문에 보일 것은 더 화려하게, 보이지 않는 것은 더 어둠에 묻힘으로써 낮보다 더 휘황찬란한 것이라고 그는 생각했다. 이렇게 낯설고 많은 불빛들이 이 거리에 살고 있는 줄 그는 미처 몰랐었다.

거리의 휘황찬란함 뒤에 그녀의 집이 있었다. 그녀의 집은 백여 미터쯤 이어진 골목의 중간쯤에 위치해 있었는데, 그 골목 위에는 갓을 눌러쓴 두 개의 수은등이 서 있었다.

그녀의 집 쪽문이 조금 열려 있었다. 그는 조금 안심이 되었다. 적어도 그녀가 영업 중은 아니기 때문이었다. 그는 살며시 쪽문을 밀고, 고개를 디밀어 안쪽을 살피며 들어섰다. 툇마루 밑에 남자의 구두가 있었다.

‘고객?과 함께 있는 것일까?’

그의 얼굴이 실망으로 굳어졌다. 그런데 미닫이문이 조금 열려져 있었고, 그 틈으로 새어 나온 불빛 한 줄기가 툇마루를 가로질러 좁은 통로와 그 통로에 가지런히 놓여있는 남자 구두를 밟고, 맞은편 시멘트 벽돌담에 굴절되어 있었다. 만약 그 한 줄기 불빛에 비친 남자구두가 그의 눈에 들어오지 않았다면 그는 뒤돌아서서 그 쪽문을 다시 나갔을 것이다. 그는 그 구두가 미스터 리의 것이라고 확신했다. 낮에 공원에서 술을 따를 때, 잔이 넘쳐 막걸리가 조금 그 구두 위로 흘렀는데, 그 자국이 아직도 남아 있었고, 방안에서 들려오는 그 목소리의 주인공도 바로 미스터 리였기 때문이었다.

그는 생선 비닐봉지를 소리 나지 않게 툇마루 밑에 내려놓고 엉덩이를 마루에 걸치면서 방문 쪽으로 귀를 들이댔다. 그들은 식사 중이었다.

“뭐? 이백 만원씩이나?”

미스 신의 목소리였다.

“그렇다니까, 영감탱이들이 사진 들이대니까 꼼짝 못하더라고. 안 살 수가 없지. 인터넷에 올린다고 협박하는데 당해낼 재간이 있겠어?”

그건 분명히 미스터 리의 목소리였고 그는 의기양양했다.

“그러다가 너 또 수갑 차는 거 아니냐?”

“엄만, 재수 없게 참.”

미스터 리가 숟가락으로 상을 탁탁- 내리쳤다.

"그나저나, 영감님은 잘 가셨냐? 그 점잖은 양반한테 몹쓸 짓을 한 이 죄를 너 어떻게 용서 받으려구 그러니?"

"점잖기는……. 늙으나 젊으나 수컷이 다 거기서 거기지. 오입 한 번 해보겠다는 욕심에 펌프 공짜로 줄 테니 사진 찍자고 하니까 벌떡 일어나서 춤추던 걸? 가관이었어. 볼래? 동영상 보여줄까? 그 늙은이 가운뎃다리 세우고 춤추는 꼴 말이야."

미스터 리가 하하하- 웃었다. 그 웃음소리가 비수처럼 그의 심장을 찔렀다. 그는 한 손으로 이마를 짚으며 마른 침을 꿀꺽 삼켰다. 아픔보다 더 큰 절망감이, 분노보다는 수치심과 배신감이 그의 온 몸을 휘감고 소용돌이치며 올라왔다. 그는 한 손으로 마루를 짚고, 숨죽이며 귀를 더 문 가까이 기울였다.

"아무튼 이제 엄마 차례야. 내일은 그 영감탱이가 오겠지? 이번엔 진짜 비아그라를 먹여야 돼. 그동안은 발기 안 되게 하려고 이 약을 먹였지만, 내일은 이거, 비아그라, 알았지? 그래야 촬영을 잘할 수 있다고. 그리고 카메라에 잘 잡히도록 방향을 잘 조절하면서 놀아. 체위도 좀 다양하게 하구, 시간을 최대한 길게 끌어. 30분용으로 인터넷에 올릴 거니까. 지난 번 김구연인가 김구렁인가 하는 그 영감탱이 건 너무 밋밋해."

'……? 그럼, 김구연이도……?'

그는 둔기로 머리를 얻어맞은 듯 갑자기 눈앞이 깜깜해졌다.

"그리고 엄마, 카메라 의식하지 말란 말이야. 그냥 없다고 생각하고 해. 시작버튼 누르는 거 잊지 마. 그래야 녹화가 되는 거야. 저번처럼 재미만 보지 말고, 제발……."

"몰라, 이 새끼야. 그래 니가 감독이다. 찢어죽일 놈…… 이번이 끝이야. 그리고 그 담부턴 넌 내 아들 아니야. 알았어? 이 육시를 할 놈아. 아이고, 내 팔자야. 뭔 년의 팔자가 이렇게도 더러울까."

미스 신은 탄식하다가 급기야 훌쩍이기 시작했다.

"또 시작이다, 또. 나 혼자 잘 살자고 이러는 거 아니잖아."

"이 웬수같은 새끼야, 내가 널 아들로 삼지 말았어야 했는데…… 영순 언니가 죽든 말든 그냥 모른 척 했어야 했는데……. 맘 잡고 한 번 제대로 살아보겠다고 아들 삼아 온갖 고생하며 길렀더니 제 어미를… 창녀에 사기꾼도 모자라서… 포르노 배우……만들겠다고……. 아이고, 영감님, 이 죄를……."

미스 신의 울음소리가 더 커지고 있었다. 그는 후들거리는 다리로 일어났다. 생각 같아선 두 사람의 멱살을 잡아채서는 골목길에 패대기치고 싶었다. 하지만 그에겐 그럴 힘이 없었을 뿐만 아니라, 두 사람과 마주쳤을 때 감당해야 할 그 굴욕감이 두렵고 무서웠다. 그는 그들이 눈치 채지 못하도록 조용히 집 밖으로 나왔다.

그는 한 동안 전봇대에 어깨를 기대고 서 있었다. 그러다가 미스 신의 쪽문을 뒤돌아보았다. 그의 눈빛이 서늘했다.

'그래, 이대로 갈 순 없어. 이대로 도망치진 않겠어.'

그의 마음 속 깊은 곳으로부터 오기랄까, 아니면 고집이랄까, 일종의 복수심 같은 것이 솟아올랐다. 그의 심장 박동이 빨라지고, 두 주먹엔 힘이 들어가고 있었다.

'덫을 빠져나오기 위해선 더 깊이, 더 완전하게 그 덫 속에 갇

혀야 해. 섣부른 행동은 오히려 상처만 키우지. 갇혀 있다가 기
회를 봐서 뛰쳐나오면 돼. 야동 한 편 찍는 게 뭐 그리 어려운
일이라고? 미스 신, 기다려. 내일 올게. 우리 함께 그 덫 속에 깊
이 갇혀 보자구.'
　보안등이 눈을 반쯤 내리깔고서 낙원의 골목을 빠져 나가는
그의 뒷모습을 묵묵히 바라보고 있었다.

그녀가 잠든 사이에

먼 들길 끝에 수초 우거진 작은 웅덩이가 있다. 그 물 속에 갓 깨어난 올챙이들이 가물가물 헤엄치고 있다. 자세히 들여다보면 몸통이 투명하다. 파들파들 흔들리는 꼬리들. 는적이는 것이 청포묵을 휘저어 놓은 것 같다. 잠 속에서 그녀는 문득 그 올챙이들의 꼬물거림을 느낀다. 그것들이 입을 뻐금거리면서 풀잎의 이끼를 물어뜯을 때마다 속눈썹이 파르르 떨릴 만큼 간지럽다. 그녀는 마음이 설렌다. 설핏 잠이 깨었지만 몸을 뒤척이지 않고 숨을 참는다. 암암하게 남아있는 꼬리의 흔들림과 몸을 타고 흐르는 간지럼을 좀 더 지속시키고 싶기 때문이다. 그러나 번번이 그녀의 달콤한 두근거림은 오래 가지 못한다. '엄마'가 다녀가면서 잠이 많은 그녀를 위해 높여 놓은 TV 볼륨 때문이다.

반쯤 열려진 창문으로 바람이 달려와 후텁지근한 입김을 훅 불어넣는다. 그 입김 속에 먼 길의 소음과 탁한 냄새가 섞여 있다.

　그녀는 부스스 몸을 일으키고 침대 밑으로 다리를 내려놓는다. 미간에 잔뜩 힘을 주고 잘 떠지지 않는 눈으로 TV를 바라본다. TV에서 뉴스가 꿈틀대고 있다. 창밖에 잔광이 남아 있는 것으로 보아 8시 뉴스임에 틀림없다고 생각한다. 그녀는 머리를 뒤로 묶으며 틈이 좀 벌어져 있는 화장실 문을 한 발로 민다. 변기에 앉고 나서야 정신이 점차 또렷해진다. 사물들이 차례로 그녀의 눈을 밀고 들어온다. TV 속의 아나운서의 목소리도 그때서야 귀에 들어온다. 이틀째 뉴스 시간마다 나오던 살인사건 소식이 또 나오고 있었다. 살인용의자가 검거되었다는 자막이 뜬다.

　<여기는 종로구 재개발 지역에 있는 한 세탁소 앞입니다. 지난 3일 오후 4시경 이 세탁소 앞에서 흉기에 찔린 채 숨진 김구연 노인의 살해용의자가 체포되었습니다. 용의자는 다름 아닌 이 세탁소의 주인 한정국인 것으로 밝혀졌습니다. 한씨는 오늘 오전 자신의 승용차로 도주하다가 서해안고속도로 평택IC 부근에서 검문 중이던 경찰에 의해 체포되어 종로 경찰서로 호송되었습니다. 경찰은 한씨로부터 김노인의 살해동기와 공범 여부, 여죄 등을 조사하고 있습니다.>

　기자가 오른쪽으로 돌아서자 <낙원세탁소>라고 쓰여 있는 간판이 지나간다. 곧이어 모자와 마스크로 얼굴을 가린 한정국의 모습이 그녀의 눈에 들어온다. 모자와 마스크로 가리지 못한 눈의 모양만으로도 그가 낙원세탁소 주인임을 알아본다. 그녀는 소스라치게 놀라 변기에서 벌떡 일어선다.

“옆집 세탁소 주인이 범인이라구?”

그 사실을 인식하는 순간 그녀는 다리에 힘이 빠진다. 눈앞으로 까만 어둠이 쏟아져 내린다. 그녀는 변기에 풀썩 주저앉는다. 그녀의 몸을 부풀게 했던 기운이 모두 새어 나간 듯 그녀는 바람 빠진 풍선처럼 변기 위에 축 늘어진다. 고개가 꺾이고 눈이 감긴다. 그녀의 의식도 희미해지기 시작한다. 잠도 아니고 꿈도 아닌 흐릿한 의식 사이로 TV의 소음과 번뜩이는 빛이 뒤섞인다. 그녀가 잠든 사이 그녀의 방은 커다란 쉐이커가 되고 소음과 번뜩임이 블랜딩 되어 ‘카오스’라는 이름의 칵테일이 만들어 진다. 한 시간용 글라스에 카오스가 넘칠 때쯤 너부러져 있던 그녀가 다시 변기 위에서 꿈틀거리기 시작한다. 탈력발작으로부터 헤어 나오기 시작한 것이다.

두통을 동반한 명료하지 않은 의식 속에서 그녀는 자신이 눈을 감고 변기 위에 앉아있다는 것을 인지했고, 자신이 왜 그러고 있는지를 더듬기 시작한다.

그녀의 몸으로 기운이 들어온다. 주유소의 꺽다리 풍선처럼 꺾여있던 그녀가 허리를 곧게 펼 때쯤 TV의 소음이 그녀의 기억을 되돌려 준다. ‘8시 뉴스’가 떠오르고, 그녀는 눈을 번쩍 뜬다.

‘낙원세탁소 아저씨가 범인?’

그녀는 변기의 꼭지를 눌러 물을 내리고 옷을 추어올린다. 그리고 식탁으로 가서 약병에 든 알약 한 알을 입에 넣고 물과 함께 넘긴다. 시도 때도 없이, 시시각각으로 밀려오는 잠을 쫓기 위해 먹기 시작한 약이었지만 부작용 때문에 거의 먹지 않고 있

던 약이다. 한 알이면 서너 시간은 잠자지 않고 버틸 수 있으리
라.

'그런데 왜 믿어지지 않을까?'

그녀는 세탁소 주인을 잘 알지 못한다. 그가 어떤 사람인지,
몇 살인지, 결혼은 했는지, 가족이 있는지……. 그의 이름이 한
정국이라는 것도 오늘에야 알았다. 그와 말해 본 일도 없고, 그
의 세탁소에 옷을 맡긴 적도 없었다. 단지 그가 자신의 세탁소
안에서 열심히 일하고 있는 모습만 보았기 때문에 그 세탁소가
그 사람 거라는 거 밖에는 모른다. 아니다. 아주 드문 일이지만,
그가 세탁소 일을 끝내고 집으로 돌아올 때 쓰레기를 버리러 나
갔다가 대문 앞에서 부딪치거나, 집에다 세탁물을 보관하기 위
해 양손에 가득 옷을 들고 오는 그를 골목에서 만난 적이 있었
다. 그때마다 살짝 웃던 그의 얼굴이 떠오른다.

그녀는 지난 3월에 이 동네로 왔기 때문에 세탁소 주인뿐만
아니라 이 동네 사람들을 거의 알지 못했다. 또, 그녀가 외출을
자주 하지 않기 때문에 동네 사람들 또한 그녀의 존재를 잘 알
지 못했다.

'세탁소 주인이 살인을 했다?'

그녀는 모자와 마스크 사이에서 빛나던 한정국의 두려움에
가득 찬 눈빛을 떠올린다. 그런 눈빛을 가진 사람은 살인을 할
수 없다. 그가 범인이 아닐 것이라고 그녀는 생각한다. 서로 모
르는 사이지만 같은 지붕 아래서 벽 하나를 사이에 두고 잠자
고, 먹고, 숨 쉬며 살던 사람이 아닌가?

그녀는 왠지 가슴이 먹먹해져 옴을 느낀다. 알 수 없는 불안

감 때문에 그녀의 맥박이 빨라진다.

그녀는 전등을 켠다. 그리고 이불 속을 뒤적여 리모컨을 찾아 TV를 향해 쏜다. 어딘가로 달려가고 있던 미니시리즈의 여주인공이 '틱' 소리와 함께 사라진다. ……유명 탤런트 C양 자살, 악성 루머와 악플에 시달리다 오늘 새벽 자택 욕실서 스스로 목매…… 화면 밑 부분을 쉼 지나가던 뉴스속보의 자막도 함께 사라진다.

TV소음이 사라지면서 생긴 일순간의 적막한 공간으로 바람이 불어온다. 그녀의 시선이 창가로 옮겨간다. 커튼자락이 너울거렸고 창문 뒤쪽에 붉은 꽃 몇 송이가 올라와 있다. 그녀는 일어나서 창가로 간다.

'언제부터 이 꽃이 여기에 있었을까? 그 동안 왜 이 꽃을 보지 못했을까?'

그 꽃은 학창시절 여름 내내 학교 분수대 옆 대리석 기둥에 붙어 피던 능소화였다. 그녀는 꽃잎을 손끝으로 살며시 문질러 본다. 부드럽고 촉촉한 감촉이 전해진다. 주황빛 물이 손끝으로 스며들 것 같다. 꽃그늘 아래서 재잘대던 여름 햇살이, 그 그늘 아래로 불어가던 바람의 촉감이 그녀의 손끝에 되살아난다.

뜨거운 태양을 향해 솟아오르던 여름날의 능소화처럼 그녀의 꿈과 열정도 그렇게 거침없이 피어오르던 때가 있었다. 누구나의 인생에는 한 때 그런 시절이 있을 것이다. 그것은 일생에 딱 한 번뿐일 거라고 그녀는 생각했다. 자신이 아직 젊기 때문에 또 한 번의 '그 때'가 올지도 모른다는 생각은 이미 버린 지 오래다. 한창 피어오를 때 그녀는 꺾였다. 그 때 이미 그녀는 알았다. 다시 피어오르지 못 할 거라는 사실을.

'능소화는 알까? 어루만져짐의 설렘과 두근거림을?'

그 때 왜 그런 생각이 들었는지 그녀는 모른다. 갑자기 요즘 자주 꾸는 꿈이 생각났다. 아니 좀 더 정확히 말하면, 꿈이 느껴졌다고 해야 옳다. 누군가에게 애무당하는 꿈, 그녀의 의지와 상관없이 누군가로부터 어루만져지는 꿈. 그런데 싫지 않은……. 아니 시간이 지날수록 더 거칠게 애무당하기를 바라는, 그래서 결국엔 온 몸이 뜨거워지는 꿈…….

'그래, 그래서 이 능소화도 이렇게 붉은 색이 되었을 거야. 태양의 애무를 소망하면서 스스로 뜨겁게 몸을 달구는 꿈을 꾸다가 이렇게…….'

꿈이 그렇게 생생할 수 있을까? 몇 번이고 몸을 어루만져주던 그 거친 손, 힘찬 손의 체온이 온 몸에 남아있는 상태로 잠에서 깨어나고……. 그 후에도 오랫동안 가시지 않고 남아있는 그 희열. 왕사탕을 굴려가며 녹여 먹은 후에 한참 동안 입 안 가득 남아 있는 부피감처럼 몸 구석구석에 남아 있는 그런 느낌이 과연 꿈이었을까? 그녀는 자신이 꾸었던 그 꿈길을 더듬기 위해 잠시 눈을 감는다. 그러나 아무리 되짚어 보아도 그 길엔 아무것도, 아무도 보이지 않는다. 그녀를 어루만지던 그 누군가의 손길도, 얼굴도, 숨결도…….

두 달 전부터 그녀는 그런 꿈을 꾸었고, 그런 꿈을 꾸고 나면서부터 그녀는 무기력하고, 나른하고, 때론 무겁게만 느껴지던 몸이 가뿐해지는 것 같았다. 마음속도 알 수 없는 설렘과 두근거림으로 가득 차기 시작하였다. 수시로 잠이 쏟아지고, 흥분하면 근육이 풀어져 쓰러져 버리는 탈력발작 증상은 여전했지만, 잠에서 깨어났을 때 불안하고 막막하고 두려운 느낌은 사라졌다. 자신에게 기면병 같은 것은 아예 있지도 않은 것처럼 생각될 때도 있었다.

능소화 몇 송이가 땅바닥에 떨어져 뒹굴고 있다. 어두웠지만 그녀는 그것을 발견했다. 피어있는 능소화의 꽃송이를 헤아리다가 허리를 반쯤 꺾어 창밖으로 몸을 굽혔을 때 그녀는 어지럽게 떨어져 밟힌 꽃송이들을 보았다.

그녀는 불현듯 몸을 일으킨다.

'누가 이 꽃을 밟았을까? 여기에 누가 들어왔던 것일까?'

그녀의 심장이 갑자기 빠르게 뛰기 시작한다.

'여긴 누구도 들어올 수 없는 곳인데……, 엄마도 이곳엔 들어가지 않는데……. 혹 이 창문을 통해 누군가가 내 방으로?…….'

생각이 여기까지 미치자 그녀는 다리에 힘이 빠지면서 휘청거린다. 좀 전에 약을 먹지 않았다면 그녀는 또 분명 쓰러져 잠들었을 것이다. 그녀는 창문 밑 벽에 가까스로 등을 기대고 앉는다.

5월 중순부터 때 이른 더위 때문에 늘 창문을 열어 두었다. 창 위쪽에 슬레이트 차양이 있어서 비가 많이 와도 빗물이 들이치지 않아 굳이 창문을 닫을 일도 없었다. 그러나 그 창문은 가끔 닫혀 있을 때도 있었다. 그녀가 잠든 사이에 엄마가 다녀간 다음에는. 엄마에게는 문을 닫고 잠그는 버릇이 있었다. 그래서 엄마의 방엔 어두운 색깔의 커튼이 드리워져 있고 창문은 항상

닫혀 있다. 엄마는 늘 그녀의 방을 자신의 방처럼 폐쇄시키곤
했다.

　창문이 열려 있는 것으로 보아 엄마는 3일전에 다녀간 것이
틀림없다. 엄마가 닫아 놓고 간 그날 그녀가 다시 열어놓은 창
문이 지금까지 다시 닫히지 않았기 때문이다. 3일 전이면 7월 3
일이다. 그녀는 방문 옆에 걸려있는 달력을 쳐다본다. 푸른 바
다 위에 하얀 요트를 띄운 7, 8월이 펼쳐져 있다. 3일 전의 그
달력에는 오색의 분수가 솟아오르는 5, 6월이 걸려있었다.

　그렇다면, 3일전부터 오늘 오후 8시 사이다, 엄마 외에 그 누
군가가 이 방에 들어온 시간은……. 아니, 능소화가 피기 전부
터였을지도 모른다. 한 두 번이 아닌지도 모른다. 자신이 알지
못하는 것일 뿐……. 자신이 알지 못하는 사이에 자신이 이해할
수 없는 일이 일어났을지도 모른다고 그녀는 생각한다.

　누군가 들어왔다면 흔적이 있을 것이다. 흔적을 찾아보아야
겠다고 그녀는 생각한다. 몸을 일으키려고 하지만 아직도 팔다
리가 그녀의 마음대로 움직여 주지 않는다. 그녀는 눈을 감았
고, 그대로 잠이 들었다.

　"누구 맘대로? 내가 이대로 고이 널 보내줄 것 같아?"

　잠시 잊고 지냈던 김사장이 그녀의 꿈속으로 찾아왔다.

　"지옥의 끝이라도 쫒아갈 거야. 너는 도망치지 못해."

　"그래요? 쫒아올 테면 쫒아와 보세요."

　그녀는 도망치고 있었다. 하지만 몸이 점점 마비되어 갔다.
아무리 몸부림쳐도 그녀의 몸은 움직여지지 않았고 결국 김사
장이 그녀의 뒷덜미를 잡았을 때 놀라서 잠에서 깬다. 고개가

앞으로 꺾이면서 그녀의 상체가 휘청거린다. 그 바람에 정신이
퍼뜩 든다.

'김사장이었을까? 이 방의 침입자는……. 지옥이라도 쫓아올
거야 그 인간이라면…….'

그녀는 벽을 짚고 몸을 일으켜 침대로 간다. 그녀는 침대에
잠시 걸터앉았다가 벌렁 뒤로 눕는다.

'꿈속에서 날 애무하던 사람이 김사장이었을까? 잊고 싶었는
데, 그의 추잡한 손아귀에서 벗어나려고 했는데, 나의 무의식은
아직도 김사장의 체온을 기억하고 있는 것일까?'

그녀는 홱 몸을 뒤집어 침대에 얼굴을 묻는다.

"아니야, 그럴 리 없어."

그녀는 마구 얼굴을 비벼댄다. 그러다가 그녀는 벌떡 일어나
침대시트를 이리저리 들추어본다. 곧이어 그녀는 침대보 한 쪽
에서 얼룩을 찾아낸다. '비벼서 빨아야 하는데 힘들어서 그냥
세탁기에 넣었더니 얼룩이 지지 않았다'던 엄마의 말이 떠오른
다.

그 얼룩이 발견된 것은 5월말쯤이었고, 그녀가 그것을 기억하
는 이유는 그녀가 전날 밤 생생하고 야릇한 꿈을 꾼 직후에 그
것을 발견했기 때문이었다.

<꿈속에서 그녀는 잠을 자고 있었다. 누군가가 그녀의 옷을
벗기고 있었지만 얼굴은 보이지 않았다. 남자라는 생각이 들어
몸을 움츠리려 했지만 몸이 말을 듣지 않았고, 눈을 떠 그를 보
려고 했지만 풀을 발라 붙여놓은 듯 눈꺼풀이 떨어지지 않았다.
옷을 다 벗긴 남자가 그녀의 젖꼭지를 입술로 애무했다. 온 몸

에 소름이 쫙 돋는 듯 한 느낌이었다. 한 손으로는 그녀의 다른
쪽 가슴을 더듬고 있었다. 그녀는 간지러워서 몸을 움찔거렸지
만 굳이 밀쳐내지 않았다. 그가 그녀의 여린 피부를 앞니로 자
글자글 씹으며 배꼽 아래로 내려갈 때 온몸이 노곤해 지고 힘이
빠지기 시작했으며, 그의 짧은 수염과 뜨거운 숨결이 지나갈 때
마다 그녀의 몸이 점점 뜨거워졌다. 경계심이 사라진 그녀의 몸
이 뜨거워질수록 알 수 없는 힘이 생기는 듯 했다. 그녀는 남자
에게 자신을 맡기고 있었다. 그녀는 자신의 몸 안으로 차츰차츰
차오르는 쾌락의 강물 위에 둥실둥실 떠 있는 나뭇잎이 되었다.
파도가 칠 때마다 흔들리고 이리저리 부대끼다가는 급기야 큰
폭포 아래로 하염없이 떨어지기 시작했다. 그녀는 정신이 아찔
하여 그의 등을 꽉 껴안고 그와 함께 끝없이 그 폭포 아래로 곤
두박질쳐 내려갔다. 그녀가 물속으로 풍덩 빠졌을 때 그녀는 그
것이 '꿈이었구나'라고 생각했다. 그리고 이내 다시 잠이 들었
다.>

  잠에서 깨어났을 때 정신은 몽롱했지만 몸은 운동하고 샤워
한 뒤처럼 개운했다. 그러나 다리를 움직이려 하자 밑이 몹시
쓰렸다. 그녀는 요도염이 재발한 때문이라고 생각했다. 그녀는
갑자기 지난밤 꿈이 생각났다. 꿈속의 남자가 비뇨기과 의사인
것 같기도 했다. 비뇨기과의사 앞에서 수치스러워했던 며칠 전
의 무의식이 꿈으로 표출된 것이라고 생각했다.

  그리고 그날 시트 위에 남아있던 그 얼룩. 그래서 그날이 더
욱 잊히지 않았다.

  <이 얼룩, 냉인가? 그녀는 침대시트를 코끝에 대고 냄새를 맡

아 보았다. 냉은 아니다. 뭘까? 아직 마르지 않은 이 냄새. 곰팡이 냄새 같기도 하고, 표백제 냄새 같기도 하고, 비릿하면서도 비누향이 섞인 듯 한 이 냄새.>

그날은 요도염 때문에 묻어난 체액이라고 생각했었다. 그런데 지금 생각해 보니 그건 정액이다. 그렇다면 그것은 꿈이 아니고 현실이었단 말인가? 그럼 그 남자는 정말 김사장이었단 말인가? 아니다. 그럴 리 없다. 김사장은 절대 자신을 찾지 못할 것이라고 생각하면서 그녀는 머리를 휘젓는다.

김사장과는 그날 끝났다. 김사장과 함께 카페에 마주앉아 있을 때 느닷없이 들이닥친 그의 마누라가 장식품 도자기를 들어 그녀의 머리에 던졌던 그날, 그 도자기가 그녀의 머리에 맞고 박살났던 날. 그녀의 머리와 함께 그녀의 자존심도, 인생도 산산이 부서졌던 그날 모두 끝났다. 김사장에게 유린당한 청춘의 한 때는 지워져도 상관없었다. 하지만 심각한 뇌손상으로 인해 발병한 기면병은 거침없이 피어오르던 그녀의 인생을 꺾고 말았다.

'그렇다면 누구란 말인가?'

그녀는 갑자기 얼굴이 확- 달아오른다. 꿈을 꾸었는데, 꿈속이었는데 어떻게 그런 일이 있을 수 있을까? 그녀는 혼란스럽다.

'흥분하지 말자.' 그녀는 호흡을 가다듬으며 리모컨을 들어 TV를 켠다. 좀 더 객관적으로 상황을 파악하기 위해 잠시 생각을 쉬어가기로 한 것이다. 한 생각을 쉬려면 딴 생각을 집어넣으면 된다. 그건 TV 만한 것이 없다.

마감뉴스는 8시 뉴스의 재탕이었다. 다만 속보로 흘러가던 유명 탤런트의 자살 소식이 좀 더 긴 시간 동안 화면을 채웠다. 기자들은 C양의 욕실을 비추면서 인터넷을 타고 급속도로 번진 악성루머와 악플이라는 보이지 않는 폭력으로 인해 전도유망한 여배우를 잃어 안타깝다며 그녀를 자살로 인도한 악성루머와 악플의 발원지를 추적하고 있다고 전했다. 하지만 다른 뉴스들은 모두 8시 뉴스 때와 똑같은 그림이 나왔다. 세탁소 주인이 왜 김구연 노인을 살해했는지 그 동기는 아직 밝혀지지 않은 모양이다.

그녀는 다시 창가로 간다. 그리고 창밖으로 허리를 반쯤 꺾은 후 팔을 뻗어 바닥에 뒹굴고 있는 능소화 한 송이를 집어 올린다. 꽃잎을 요리조리 살펴보던 그녀는 다시 한 번 확신을 갖는다. 그 꽃은 비를 맞고 떨어진 것도, 저절로 떨어진 것도, 떨어진지 오래된 것도 아니란 것을. 밟혀서 꽃잎이 좀 짓무르긴 했지만 그것은 분명 물리적인 힘에 의해서 하루 이틀 전에 떨어진 것임을.

'이 꽃을 밟지 않고는 내 방으로 들어올 수 없어. 그제, 어제, 오늘 누가 이 창문으로 내방에 들어왔을까? 아니 두 달 전부터. 누가 내 방에 들어와 잠자는 나를 애무했을까? 나도 모르는 그 누가……. 남자가……. 잠을 자면서 겪은 일을 난 꿈으로 착각하고 있는지도 몰라. 엄마는 무얼 했단 말인가? 내가 잠을 자는 사이에 나를 지켜주지 않고. 아니 지켜줄 수 없었다면 무슨 수상한 낌새라도 발견했을 텐데……. 가만, 그 정액이 묻은 시트를 세탁하면서 엄마는 왜 아무 말도 하지 않았을까? 엄마는 그것이 정액인 줄 몰랐을까? 아니다. 엄마는 그 방면의 전문가다. 그렇다면 그 침입자는 엄마가 아는 사람이었을까? 그것도 아니면, 엄마도 모르게 내 방에 침입했단 말인가?'

그녀의 엄마는 그녀의 방에 자주 올 수 없다. 엄마의 일만으로도 사는 게 바쁘기 때문이다. 그녀의 엄마는 진짜 엄마가 아니다. 그녀가 김사장 마누라가 던진 도자기에 머리를 맞고 산산이 부서진 그 도자기의 국화문양처럼 기억이 깨진 채 지하도 입구에 널브러져 있을 때 그녀를 이곳으로 데려온 여자다. 그녀의 엄마는 앞집에서 산다. 그녀의 창문 맞은편이 엄마의 방 창문이다. 위급할 때 그 창문을 향해 소리치면 엄마가 달려올 것이다. 하지만 엄마가 탑골공원에서 낚아온 노인들과 그 방에서 놀고 있을 땐 안 된다. 그땐 엄마가 무척 힘든 때니까. 엄마가 그녀를 자주 찾아오지 못했다면 엄마의 방에 손님이 그만큼 끊이지 않았다는 증거이다. 사람들은 그녀의 엄마를 '박카스 아줌마'또는 '꽃뱀'이라고 부른다.

"너도 이제 니 밥벌이를 해야지. 빨리 몸 추슬러. 몸 장사도 한 철이야. 겨울엔 손님 없어."

엄마가 다녀갔던 3일 전 그날 만일 그녀가 깨어 있었다면, 엄마는 분명히 그녀에게 그렇게 재촉했을 것이다, 그녀의 몸 상태를 점검하면서. 그날 그녀는 올챙이 꿈을 꾸었었다.

<웅덩이 속에 그녀가 손을 담갔을 때, 올챙이 수십 마리가 그녀의 손바닥 안으로 들어와서는 손가락 사이사이를 꼬리를 흔들며 헤엄쳐 다니기도 하고, 버금거리며 손가락에 입을 맞추기도 하였다. 그녀는 두 손을 모아 몇 마리의 올챙이를 물과 함께

건져 올려 자신의 신발 속에 넣고는 한참동안 들여다보았다.>

불규칙적인 수면과 각성 사이를 김사장과 세탁소 주인이 찾아오면서 그녀는 혼란스러운 며칠을 보냈다. 하루는 그녀에게 낯선 남자가 찾아왔다. 마침 그녀는 저녁상을 차리던 중이었다. 그는 종로경찰서 소속 형사였다. 자신을 김형사라고 소개한 사내가 그녀에게 말한다.

"허진주씨, 이 사람을 아십니까?"

험악한 인상과는 달리 부드러운 음성이다. 그가 내민 사진을 들여다보던 그녀는 고개를 흔든다. 김형사가 다른 사진을 내민다. 그녀는 그 사진을 보며 눈을 휘둥그레 뜬다. 세탁소 주인이다.

"세탁소……."

"네, 맞습니다. 이 사람은 닷새 전에 이 골목에서 앞 사진의 김구연 노인을 살해하고 도주하다가 체포되었습니다. 이 사건과 관련해서 허진주 씨에게 확인할 사항이 있어서 몇 차례 방문했었는데 집에 안 계시더군요."

그녀는 자신에게 뭔가 불길한 일이 다가왔음을 직감하면서 형사에게 말한다.

"전 그 사람과 아무런 관련이 없습니다."

"아뇨, 관련이 있습니다."

"네?"

간신히 그녀를 지탱해 주던 두 다리의 근육이 풀리면서 그녀는 풀썩 그 자리에 주저앉고 만다. 당황한 경찰이 그녀를 일으켜 세워 침대로 데리고 간다. 그녀의 의식은 가물가물 흐려져 간다.

한밤중인 듯했다. 그녀는 자신이 병원 응급실에 누워있음을 알았다. 그리고 누군가가 자신을 내려다보고 있다는 것도 눈치챈다. 그녀는 기억을 회복하기 위해 눈을 감은지 30초 만에 그가 김형사임을 떠올린다. 그가 괜찮은가를 그녀에게 묻고, 그녀는 몸을 일으킨다. 그가 부축한다.

"죄송합니다. 기면병을 앓고 있는 줄 몰랐습니다. 충격을 받으면 기절해서 잠들어 버린다는 것도……. 두 시간 정도 잠을 잤는데, 정신이 좀 맑아 지셨나요?"

"네, 조금."

"긴 말 생략하겠습니다. 제가 두서없이 말씀드리면 또 어떤 충격을 받을지 모르니까 이 진술서를 한 번 읽어 보세요. 한정국으로부터 김구연씨 살해 동기와 여죄를 추궁하던 중 그의 성폭행 혐의가 제보되어 추가로 수사하고 있는데요, 여기 이 부분이 허진주씨와 관련이 있는지 읽어 보고 솔직하게 진술해 주십시오."

김형사는 그녀가 잠든 사이에 가져왔다면서 몇 장의 용지를 그녀에게 건네주고는 응급실 문밖으로 나간다.

<…… 능소화를 가까이서 보고 싶었지만 쇠창살 때문에 가까이 갈 수가 없었습니다. 문밖으로 나와 옆집 문을 두드렸습니다. 인기척이 없었습니다. 옆집 사는 아가씨가 나오면 꽃을 한 송이 따 달라고 부탁할 생각이었습니다. 할 수 없이 방으로 돌아와서 생각해 보니, 옆집 아가씨는 바깥출입을 잘 안 하는 것

인지, 아니면 집에 없는 것인지 모르지만 자주 보지 못했다는 생각이 들었습니다.

　전 3월까지 세탁소에 딸린 방에서 혼자 살다가 세탁 물량이 많아져 어쩔 수 없이 방 한 칸을 월세로 얻었습니다. 제 방이 그 아가씨의 옆방이라는 것은 한참 후에 알았습니다. 밤늦게까지 일하고 잠만 자는 방이라서 창문을 열고 내다볼 기회가 도무지 없었습니다.

　6월 30일은 정기휴일이었는데 그날 저는 늦잠을 자고 일어나서 창문을 열다가 깜짝 놀랐습니다. 누군가 창밖으로 휙 지나가는 것이었습니다. 놀라서 '누구야!'하고 밖을 보았는데 창살 때문에 자세히 볼 수가 없었습니다. 얼핏 옆집 쪽을 바라보니 능소화 줄기가 마구 흔들렸습니다. '도둑이야!'하고 소리치며 뛰어 나와 대문 밖 골목으로 나갔지만 자취를 찾을 수 없었습니다. 옆집의 문을 두드렸습니다. 역시 기척이 없었습니다. 나는 다시 방으로 들어왔습니다. 그리고 방범창을 뜯기 시작하였습니다. 오래되고 낡은 방범창을 뜯어내는 건 어렵지 않았습니다. 나는 창문을 넘어 옆방 아가씨 창문가로 갔습니다. 능소화 넝쿨 두 줄기가 뒤로 휘어져 있었고, 여러 송이의 꽃이 피어 있었습니다. 여름이면 고향집 마당에 소담스럽게 피던 능소화가 생각나서 무척 반가웠습니다. 능소화 주변을 살펴보았습니다. 뜯겨진 방범창이 나무줄기와 벽 사이에 세워져 있었는데 녹이 슬어 있는 것으로 보아 오래전부터 방치된 것 같았습니다. 혹시나 하는 생각에 반쯤 열려진 창을 통해 안쪽을 들여다보니 침대 위에서 누군가 잠을 자고 있었습니다. 여자였습니다. 세상모르고 자는 모습이 평화로워 보이기까지 했습니다. 혹시 죽은 건 아닌가 하고 유심히 살펴보니 가슴 부분이 오르락내리락 하였습니다. 그래서 안심하고 제 방으로 돌아왔습니다. 능소화 한 송이를 따 가지고 왔습니다. 방범창을 다시 원 위치 시킬까 하다가 귀찮아서 그만 두었습니다. 좀도둑이 들어봤자 훔쳐갈 것도 없을 거라고 생각했기 때문이었습니다.

7월 1일과 2일엔 세탁소에서 일만 했습니다. 잠도 그곳에서 잤습니다.

7월 3일 토요일은 미아동에 있는 고향 친구 집에서 7시에 향우회가 있는 날이었습니다. 서둘러 일을 끝내고 갈 생각이었는데, 4시쯤부터 비가 쏟아지기 시작하였습니다. 집에 가서 씻고 옷을 갈아입어야 하는데 우산이 없어서 비가 좀 멎으면 가려고 유리문 너머로 밖을 내다보고 있었습니다. 한 동안 지나가는 사람이 없다가 비옷을 입은 한 노인이 우리 세탁소 앞을 지나 골목 안으로 들어갔습니다. 30~40분 동안 지나간 사람은 그 노인 한 사람이었습니다. 좀처럼 비가 그칠 기미가 안 보여 집까지 뛰어가기로 결심하였습니다. 세탁소에서 집까지 50미터 정도 밖에 안 됩니다. 문을 잠그고 10여 미터쯤 달려가는데 맞은편에서 누군가 이쪽으로 뛰어오고 있었습니다. 아까 그 노인이었습니다. 노인이 스쳐 지나고 바로 젊은 사람 하나가 노인의 뒤를 따라 뛰어오고 있었습니다. 빗속이라 얼굴을 자세히 보지는 못했지만 제 앞에서 잠시 주춤하더니 다시 뛰어갔습니다. 저도 집을 향해 뛰었습니다. 그런데 뒤쪽에서 무슨 비명 소리 같은 것이 들렸습니다. 뒤돌아보니 앞서 뛰어가던 노인이 저희 세탁소 옆 전봇대 밑에 쓰러져 있었고, 젊은이는 세탁소를 막 돌아 사라지고 있었습니다. 저는 노인이 급히 뛰다가 넘어진 것이라고 생각했습니다. 그래서 ‘돌아가서 부축을 해줄까’ 하다가 ‘곧 일어나서 가겠지.’하고 집으로 들어왔습니다. 그런데 그게 살인사건인 줄 꿈에도 몰랐습니다.>

진술은 계속되고 있었지만 그녀는 거기에서 읽기를 멈춘다. 그리고 응급실 밖에서 이쪽을 바라보고 있던 김형사를 손짓으로 부른다.

“저와는 별로 관계없는 사건 같은데요.”

“잘 생각해 보십시오. 6월 30일부터 7월 3일 사이에 밖에서 이상한 소리가 들리지는 않았습니까?”

“잘 모르겠습니다.”

“그럼, 이 부분을 좀 읽어 보십시오.”

<……저는 그 노인을 알지도 못합니다. 살해하지도 않았습니다. 그럴 이유도 없습니다.

따라서 제가 옆방의 아가씨를 상습적으로 성폭행하다가 그 노인에게 발각되자 그 노인이 경찰에 신고할 것이 두려워서 그 노인을 살해했다는 것은 사실이 아닙니다. 옆방 아가씨의 속옷이 왜 제 방에 있었는지 저는 모릅니다. 누군가 절 모함하려고 한 짓입니다……>

“혹시, 잘 때 이상한 느낌 같은 건 없었는지……. 허진주씨가 모르는 사이에 당할 수도 있는 일이라는 생각이 들어서요. 허진주씨처럼 수면과다증인 사람은 잠이 들면 업어 가도 모른다고 하던데…….”

"잘 모르겠습니다."

"그럼 속옷이 없어졌다거나……?"

"빨래는 주로 엄마가 해 주시는데 그런 말은 없었습니다."

한동안 난감한 표정을 짓고 있던 김형사는 명함 한 장을 그녀의 손에 쥐어주며 말했다.

"아무튼 새로운 사실이나 증거가 확보되면 다시 한 번 방문할지도 모릅니다. 잘 생각해 보시고 증거가 될 만한 사실이나 물품이 있으면 연락 주십시오."

김형사가 유리문 뒤로 사라지는 모습을 바라보며 그녀는 등골이 서늘해짐을 느낀다.

'살인사건, 성폭행이라니……. 내가? 나도 모르는 사이에 그런 사건의 중심에 내가 있다니…….'

여름밤 같지 않은 싸늘한 기운이 그녀를 엄습해 온다. 그녀는 몸을 옹송그려 밤안개 속에 이울고 있는 하현달처럼 집을 향해 걷는다.

꿈결인지 생시인지 잘 분간이 되지 않지만 잠결에 느껴졌던 그 황홀하고 충만한, 뜨겁고도 행복한 그 느낌들의 정체가 성폭행이었단 말인가? 겁탈 당하면서도 그런 쾌감을 느낄 수 있단 말인가? 그런 일들이 과연 일어날 수 있을까?

그녀는 곰곰이 생각해 보지만 도저히 알 수가 없다.

세탁소 주인도 잠을 자고 있는 사이에 살인자가 되어 있었던 건 아닐까? 그 자신도 모르는 사이에, 모르는 그 누군가에 의해서. 그의 진술은 사실인가? 도대체 진실은 무엇일까? 그녀는 혼란스럽기만 하다.

　이틀 후 김형사가 다시 찾아왔다. 그녀가 잠에서 깨어나기를 밖에서 한참 기다린 듯 했다.

　"허진주 씨, 진작 말씀드리지 못해 죄송합니다만, 지난 번 입원했을 때 정밀검사를 의뢰했었습니다. 성폭행과 관련된 사건이라서……. 기면병과 같은 과다수면 상태에서는 수면 중에 육체적인 접촉 즉, 통증 같은 감각을 잘 느끼지 못한다고 합니다. 허진주씨가 깊은 수면 상태에서 성폭행을 당했다면 본인은 모를 수도 있습니다. 그래서 정밀검사를 했고……. 결과가 나왔는데, 임신입니다. 혹시 두 달 전쯤에 성관계를 가진 적이 있습니까?"

　그녀는 김형사 앞으로 무너진다. 바람이 빠져나갈 때 다리가 꺾여 쓰러지는 꺽다리 인형처럼. 김형사가 그녀를 침대 위에 눕히고 방안을 살펴보고 있다. 그녀는 김형사가 유리창 쪽으로 다가가는 것을 본다. 그녀의 의식은 아직 또렷한데 몸이 움직이지 않는 것이다. 김형사는 창밖을 이리저리 살피고 침대 밑과 방 구석구석을 살펴본 후 창문을 뛰어넘어 밖으로 나간다. 그는 능소화 줄기 밑에 세워져 있는 방범창의 상태를 살펴보고는 옆방 세탁소 주인의 창문 앞으로 가서 역시 창 밑에 세워져 있는 방범창을, 그리고 그의 창문의 상태, 창문의 높이, 그의 창문과 옆방 창문 사이의 거리, 주변 환경 등을 면밀히 조사하고 디지털 카메라에 담는다.

　형사가 다시 창문을 넘어와서 그녀의 방문을 닫고 나가는 소리를 들으면서 그녀는 잠의 늪 속으로 빠지기 시작한다. 수 만

마리의 올챙이들이 그녀의 눈앞에서 어른거리다가 소용돌이에 휘말리듯 깊은 물속으로 빨려들어 가고 그녀의 의식도 깊이를 알 수 없는 수렁 속으로 추락하며 희미해져 간다.

빗물에 씻긴 풍경처럼 잠에서 깨어나면 몸과 마음이 맑아진다. 잠들기 전까지의 모든 생각과 번뇌와 고통과 어려움은 어디론가 모두 사라진다. 그래서 그녀는 잠에서 깨어나면 잠들기 바로 직전에 그녀가 무슨 생각을 했었는지, 어떤 상태에서 기절했는지를 떠올려야 한다.

'김형사가 문을 잠그고 갔다. 창문을 넘어왔다. 임신했다고 했다. 성폭행을 당했다고 했다.' 그녀의 기억이 거기에서 멈춘다.

'정말 나는 성폭행을 당한 것인가? 임신이라니? 세탁소 주인이 나에게, 내가 잠든 사이에 그렇게 추악한 짓을 하다니……. 그게 사실인가?'

그녀는 갑자기 얼굴이 확 달아오름을 느낀다. 온 몸에 전율이 흐른다. 두 손으로 얼굴을 감싸며 그녀는 몸을 뒤튼다.

"으아아-"

그녀는 소리를 지른다. 세탁소 주인의 뇌리에 속속들이 각인되었을 자신의 육체, 무방비 상태에서 무의식적으로 그녀 자신조차도 보고 싶지 않았던 자신의 모든 것을 내보이고, 빼앗긴 것에 대한 치욕스러움과 수치심으로 인해 그녀의 팔다리는 마비되어 간다. 이제 그녀는 잠들 것이다. 잠을 자야 한다. 잠들면 아무 생각도 없다. 김사장도 없고, 기면증도 없다. 살인도 없고, 수치심도 없다. 자고 나면 잊혀 진다. 그녀는 온 얼굴을 일그러뜨리며 눈을 꽉 감는다.

　이틀 후 김형사가 다시 그녀를 찾아와서 말했다.
　<앞집에 사는 '박카스 아줌마'와 그 아들의 증언에 의하면, 숨진 김구연 노인은 '박카스 아줌마' 집에 자주 왔다고 합니다. 어느 날 '박카스 아줌마' 집에 놀러온 김노인은 우연히 커튼을 젖히고 창밖을 보다가 누군가가 허진주씨의 방 유리창을 넘어가는 것을 목격하였답니다. 도둑인 줄 알고 몰래 지켜보고 있는데, 창문을 넘어간 그 사람은 침대에 누워 있던 여자의 옷을 벗겼답니다. 그 여자는 아픈 건지, 죽은 건지 잘 분간할 수 없었지만, 일을 다 끝내고 그 사람이 옷을 입을 때까지 계속 누워만 있었다고 합니다. 김노인은 그 사람이 유리창을 넘어 골목을 빠져나갈 때 슬그머니 나와서 미행했는데, 그 사람이 낙원세탁소로 들어갔다는 것입니다. 세탁소 주인이 일주일에 두 세 차례 옆집의 유리창을 넘어가서, 자고 있는 여자를 성폭행 한다는 것을 알게 된 김노인은 세탁소 주인을 찾아가 그런 사실을 눈감는 조건으로 돈을 요구했다고 합니다. 이것은 김노인이 죽기 전에 박카스 아줌마한테 했던 이야기랍니다. 김노인은 세탁소 주인에게 3백만원을 받았는데 2백만원을 더 받아내서 백만원을 박카스 아줌마에게 주겠다고 했답니다. 이와 같은 증언으로 미루어 김노인이 추가로 돈을 더 요구하자 화가 난 세탁소 주인이 김노인을 살해하고 도주한 것으로 우리는 추정하고 있습니다.>
　김형사는 이러한 정황을 뒷받침해줄만한 증거를 포착하기 위해 막바지 수사를 하고 있다고 말하면서 그녀 뱃속에 있는 태아

의 혈액 채취를 통한 유전자 감식만 끝나면 사실상 수사가 종결
될 것이라고 덧붙인다. 그는 몇 가지 확정적 근거를 위해 그녀
의 침구를 뒤져 모발과 체모를 수습한다. 그리고 그녀에게 양수
채취에 협조해 줄 것을 당부한다. 그녀는 DNA 감식 결과가 나
오는 대로 다시 오겠다는 김형사에게 얼룩이 남아있는 침대시
트를 내보인다. 그리고 그것이 누구의 것인지 밝혀달라고 말한
다.

2주 후, 김형사가 다시 그녀를 찾아왔다. 두 개의 체모와 세
개의 모발, 그리고 침대시트의 체액 및 태아의 DNA를 분석하
였지만 일곱 개 모두가 세탁소 주인의 것과 일치하지 않는다는
결과를 가지고…….

그렇다면 그녀를 침범했던 사람은 누구인가? 물증은 있으나
실체가 없는, 그는 과연 누구란 말인가?

그녀는 영원히 깨어나고 싶지 않은 잠 속으로 스러진다.

간과했던 순간들

오십견으로 쑤시는 어깻죽지만큼이나 아프다, 플라스틱 슬레이트 지붕 위로 내리꽂히는 빗소리. 그녀는 밍크담요를 끌어내려 몸에 두르고, 침대에 등을 기댄 채 쪼그려 앉아 있다. 몸에서는 계속 식은땀이 흘러내린다. 어깨와 등이 저리고 결려 견딜 수가 없다.

며칠째 지붕을 난타하는 빗소리 외에 그 누구도 그녀를 찾지 않는다. 그녀는 철저히 혼자가 되어 물 한 모금 넘기지 못하고 어두운 방 속에 매몰되어 있다. 쏟아진 빗소리가 그녀의 작은 방 안에, 그녀의 육체와 영혼 위에 물처럼 차오른다. 그녀는 빗소리의 수면 아래로 가라앉고 있다. 그녀는 질식사할 것만 같다.

'저 웬수 같은 놈의 비…….'

그녀는 열이 나고 뼈마디가 욱신거리는 몸의 통증보다 빗소

"

리 때문에 더 견딜 수가 없다. 빗소리는 언제나 수많은 바늘이 되어 그녀의 아픈 기억 속으로 내리꽂힌다.

비는 그녀의 인생을 바꾸어 놓았다. 그녀가 막 피어날 무렵에 비는 그녀의 가족을 모두 죽음의 바다로 휩쓸어 갔다. 냇둑을 단숨에 무너뜨리며 우렁차게 밀려와 마을을 덮고, 수많은 사람의 목숨을 앗아간 그날의 빗소리와 시뻘겋던 흙탕물. 넘실거리는 그 물결에 그녀의 가족들은 휘말려갔다.

그날의 아우성을 상기시키며 줄기차게 이어지는 저 빗소리……. 그녀는 또 떠올린다. 마을 뒷산 동굴 속에서 혼자 살아가던 어느 날의 기억을……. 얼굴도 모르고, 이름도 알 수 없는 남자에게 몸을 빼앗겼던……. 그로 말미암아 이후 그녀의 인생에 수없이 많은 폭우가 내릴 것임을 알지 못한 채 겁탈 당했던 그 비 내리던 날을…….

50여 년 전에 내리던 '그 웬수 같은 놈의 비'와 닮은 비가 사흘째 내리고 있고, 그녀는 쇠잔한 몸을 웅크린 채 어두운 방안에서 끙끙 앓고 있다.

"신봉녀씨, 당신의 아들 이승재를 김구연의 살해 용의자로 수배하고 있습니다."

종로 경찰서 김형사가 다녀간 뒤부터 그녀는 밥 한 덩이 넘길 수 없었다. 그 빈속에 오늘 아침 진통제인 줄 알고 먹은 약이 잘못되었는지 속이 뒤집어질 듯이 쓰리기까지 하다.

'죽일 놈, 야동인지 비디온지 촬영 끝나면 목돈 챙겨 주겠다더니 사람을 죽여? 김영감님을?'

승재가 김구연 영감을 죽인 것이 사실인지 아닌지 단정할 수

없지만, 어쨌든 지금 확실한 건 김구연 영감이 죽었다는 사실이
다. 그 슬픈 사실을 확인하고 싶지만 사흘째 아무도 그녀를 찾
아오지 않고 있다. 그래서 그녀는 더 저리고 아프다.

　'도대체 어찌된 일일까? 왜 모두가 한순간에 내 곁에서 사라
져 버린 것일까? 이틀이 멀다하고 찾아오던 노인들은 왜 오지
않는 것인가? 빗물에 떠내려가 버렸나? 내가 앓고 있는 사이에
세상이 바뀌기라도 한 것인가?'

　그녀는 참 알 수 없는 일이라고 생각한다.

　'李영감님은 도대체 어떻게 된 것일까? 다른 모든 사람들은
몰라도 李영감님은 몇 번을 와도 왔어야 하는데 열흘이 넘도록
전화 한통 없으니……'

　그녀는 답답해서 미칠 것 같다. 아니 그녀는 미쳐가고 있다.
이렇게 여러 날 온몸에서 열이 나고 아픈 것이 바로 그 증거인
듯하다.

　물론 李영감이 찾아오지 않는다고 해서 그녀는 그를 원망하
거나 그에게 서운해 하지 않는다. 절친한 친구인 김구연 노인이
죽었으니 그 슬픔이 얼마나 컸을지 헤아리고도 남기 때문이다.

　김구연 노인의 장례를 치루고 난 뒤 몸과 마음이 탈진하여 몸
져누운 것이 틀림없을 터였다.

　문제는 아들, 승재다.

　"경찰이 찾아오면 세탁소 주인이 범인이라고 말해. 알았지,
엄마? 만에 하나 경찰이 오면 그렇게 말하라구."

　그러고 나서 김구연 노인의 죽음과 함께 사라진 승재. 승재를
찾아 요절을 내지 않으면 그 다음은 李영감이 다칠 수도 있다고

그녀는 생각한다.

'아니 혹시 李영감에게 이미 안 좋은 일이 생긴 건 아닐까?'

김구연 노인의 장례가 끝난 지도 이미 열흘이 지났다. 그럼에도 불구하고 李영감이 그녀를 찾아오지 않고 있는 것은 틀림없이 불길한 무슨 일이 있기 때문이라고 그녀는 생각했다.

그녀의 이런 걱정과 두려움은 세탁소 모퉁이에 쓰러져 숨진 김구연 노인의 몸에서 흘러나온 피가 빗물과 섞여 질펀히 흐르는 장면으로 연결되고, 아주 먼 옛날, 그녀가 휘두른 낫에 등을 찔려 쓰러지던 남자의 실루엣이 그 위로 겹쳐질 때 배가되곤 했다. 등허리에 낫이 꽂힌 채 쓰러지던 남자, 동굴 바닥의 낭자한 핏자국……. 죽었을 지도 모를 그 남자…….

그녀의 아들 승재는 종묘공원과 탑골공원에 놀러온 노인들을 상대로 성인용품을 판매하고 있다. 그는 제품의 판매 확대를 위해서 다양한 체험 사례를 동영상으로 제작하여 제품과 함께 인터넷에 올려놓았는데, 그 동영상은 바로 꽃뱀인 그녀가 노인들을 그녀의 방으로 불러들여 몰래 촬영한 것이었다. 승재가 눈을 부라리며 칼부림이라도 할 듯이 협박하는 바람에 그녀는 어쩔 수 없이 그 동영상 촬영에 협조했다.

"아들놈이 좀 살아보겠다고 몸부림치는데, 엄마 된 입장에서 협조 못 할 게 뭐가 있어?"

"썩을 놈, 내가 니 친엄마였어도 나한테 그 짓 하라고 눈깔 부릅뜨고 대들 테냐? 이 천하에 죽일 놈아."

승재는 그녀가 방에 없는 틈을 타서 침대와 화장대에 몰래 카메라를 부착해 놓았다. 그리고 베개 뒤쪽에 동전만한 버튼을 누

르기만 하면 된다고 몇날 며칠을 그녀에게 야동 촬영법을 교육
시켰다. 그녀가 촬영에 협조하지 않자, 노인들과 뒹굴고 있을
때마다 찾아와서 방문을 두드려댔다.

승재의 협박과 공갈로 몰래 촬영한 동영상이 김구연 노인의
죽음과 직접적인 관련이 있다고 그녀는 믿었다. 그래서 동영상
촬영에 대한 자책감과 김영감에 대한 죄책감으로 괴로웠다. 李
영감에 대해서도 마찬가지였다. 아니 李영감에겐 김구연 노인
보다 더하면 더했지 덜하지는 않았다. 李영감은 그 누구보다도
그녀를 사랑해 준 사람이고, 그녀 또한 李영감을 각별하게 생각
하고 있음에도 불구하고, 그에게 씻을 수 없는 죄를 지었다는
자괴심 때문에 그녀는 하루하루 전전긍긍하지 않을 수 없었다.

그녀를 열병으로 눕게 한 원흉이 승재라는 것, 김구연 노인의
살해범이 승재라는 것, 승재로 인해 李영감에게도 안 좋은 일이
생기리라는 것을 예감하면서도, 그 모든 사건의 중심에 '야동
촬영'의 공범인 자신이 깊게 관련되어 있음을 알고 있는 그녀는
속병이 깊어져 생으로 몸이 아프기 시작했다. 육체의 고통으로
생긴 허약한 마음의 공간으로 빗소리는 더욱 날카롭게 파고들
었고, 그 빗소리는 먼 옛날의 기억과 뒤섞이면서 그녀를 더욱
고통스럽게 하고 있었다.

그녀는 이 괴로운 빗소리에서 탈출하고 싶다. 질식할 것 같은
이 좁은 방에서 달아나고 싶다. 빗소리가 조금 잦아들다가 다시
거세게 쏟아지기 시작한다. 그녀는 담요를 뒤집어 쓴 채로 방문
앞으로 기어가 덜덜 떨리는 손으로 방문을 민다. 타다다다
다…… . 콩 쏟아 붓듯 요란한 빗소리가 쪽마루를 점거하고 있

다. 문턱에 기대앉은 그녀의 눈길이 반투명 플라스틱 슬레이트
골을 타고 쉼 없이 흐르는 물줄기를 따라가다가 벽돌담 뒤쪽으
로 떨어지는 낙수처럼 쪽마루 끝으로 낙하한다. 그곳에 빗소리
의 퇴각 명령서 인 양 놓여있는 우편물 하나. 그녀는 엎드려 팔
을 뻗어서 그것을 집는다.
  이신우.
  그 하얀 편지 봉투에 그렇게 쓰여 있다. 우표가 붙어있지 않
은 편지, 보낸 사람의 주소가 없고, 받는 사람의 주소와 이름도
없이 쪽마루 위에 덩그마니 놓여있던 그 편지에는.
  '이신우가 누구지?'
  그녀가 앙상한 손으로 봉투를 열고 '미스 신, 나의 이브'라고
쓰인 첫 글귀를 읽고 나서야 그것이 李영감의 이름이라는 것을
안다.
  '영감님의 이름이 이신우였구나.'
  편지 내용은 읽지도 않고 그녀는 李영감의 이름이 '이신우'라
는 사실이 새삼스러운 듯 한참동안 봉투 위에 쓰인 이름을 들여
다본다. 만난 지 얼마 되지 않은 어느 날인가 李영감이 설렁탕
먹으면서 자기의 이름이 '이신우'라고 일러 주었던 것 같은데,
김구연은 그를 늘 '李家야' 라고 불렀고, 그녀는 늘 그를 '李영
감님'이라고 부르다보니 그의 이름이 슬그머니 기억 밖으로 밀
려나 있었던 것이다.
  '이신우'라는 이름이 친근하게 느껴진다. 그런데 그 이름을
李영감의 이미지와 연관 지으면 합일되지 않는 것 같은 느낌이
든다. 각각의 것은 친근한데, 이름과 이미지가 하나로 모아졌을

때는 묘하게 낯설다. 이름은 좀 차갑고 어두운 느낌인데 반해, 이미지는 부드럽고 온화하게 닿아왔다. 생각해보니까 그 이름은 아주 오래전부터 알고 있던 이름인 것도 같았다.

'누구였을까? 이신우라는 이름을 가졌던 사람이?'

분명 아는 사람인 것 같은데 그가 누구인지 잘 떠오르지 않는다.

李영감을 처음 만난 날도 그런 생각이 들었었다. 어디서 많이 본 듯한 얼굴. 예전에 어디선가 만난 적이 있었던 것 같은 느낌…….

李영감을 유혹하기 위해서 야쿠르트 아줌마를 시켜 박카스를 목련꽃 그늘 아래 자리 잡고 있는 그에게 전해주었는데, 그것을 받아든 李영감이 대뜸 다가와서

"사람 잘못 봤시다. 난 꽃뱀 싫어."하고 되돌려 주고 가던 날,

"늙으나 젊으나 얼굴 잘생긴 것들은 못됐다니까." 하며 장난스럽게 그녀가 눈과 입을 삐죽이며 쳐다보자, 돌아서서 어처구니없다는 듯 피식 웃던 그의 얼굴에 왜 그녀의 가슴 한쪽이 찌릿하게 아팠을까? 왜 그 얼굴을 만져주고 싶었을까?

'눈가의 잔주름과 해맑게 찢어지던 그 입 꼬리……. 예전에 어디선가 저런 미소를 짓던 사람을 본 것 같은데 그 사람이 누구였는지 왜 떠오르지 않는 것일까?'

그 모습이 한때 그녀가 사랑했던 준성과 닮긴 했지만, 생각해보면 준성을 사랑하기 이전에 그녀는 그 미소의 사람을 본 것 같았고, 준성이 그 사람의 미소를 닮았기 때문에 사랑하게 된 것이라는 생각이 든다.

李영감은 완고하고 까다로워 보이는 데가 있어서 누군가와 친해지기가 그리 쉽지 않은 성격이었다. 그럼에도 불구하고 그와의 거리를 급속히 좁힐 수 있었던 것은 바로 그에 대한 첫인상 때문이었다. 예전에 언젠가 만나서 한때 잘 알고 지냈던 사이였다는 착각 같은…… 하지만 아무리 떠올려도 李영감을 알고 지냈던 기억이 떠오르지 않았다.

한평생을 살아오면서 그녀는 수없이 많은 사람들을 만나왔다. 그러나 그녀가 기억하는 사람의 이름은 별로 없다. 그녀가 알았던 사람들은 대부분 김회장, 송사장, 박이사, 허상무, 이부장……과 같이 성과 직책으로 된 이름이었기 때문이다. 그런 사람들을 만났을 때 그녀는 개개인 얼굴의 면면보다는 '어떤 회사 어느 부서의 직책이 무엇인가'를 위주로, 그리고 전체적인 체형과 얼굴 특징을 중심으로 기억하였다. 그녀가 여자보다 남자 이름을 더 많이 기억하는 이유는 그녀의 직업 때문이었다. 그녀는 근 40여 년을 술집을 전전하며 살아왔다.

'그래, 과거 언젠가 이사장이나 이부장 또는 이회장이라는 직함을 가지고 내 술집에 왔다가, 내가 따라주는 술잔을 받았던 그 많은 사람들 중의 한 사람의 이름이 혹시 '이신우'였는지도 모르지……. 「장미희」라는 여배우의 이름을 흉내 내 지은 「장미」라는 이름으로, 늘 어두침침한 조명 아래서 그들을 만났던 나를 그들은 기억할 수 없겠지. 화장을 지우고 밝은 곳에서, 가뜩이나 이렇게 폭삭 늙어버린 나를 그들도 기억해 내기는 쉽지 않을 거야. 그리고 서로가 잠깐 스쳐가는 자리에서 만나고 헤어졌기 때문에 어디서 많이 본 듯한 느낌은 들지만 기억의 수면

위로 떠오르지는 않는 것이겠지.'

사실 그들과 그녀가 만났었을 지도 모를 과거의 어느 한 때에 그들이나 그녀에게 중요했던 것은 서로에 대한 인간적인 관심이 아니라 욕망의 해소와 충족이었다. 그래서 그들은 서로를 간과했었다. 사소해서라기보다는 추구했던 것이 서로 달랐기 때문이다. 그때 그녀는 몰랐었다. 간과했던 사소한 순간들은 언젠가 반드시 그 간과했다는 사실에 대해 응징한다는 것을. 작고 보잘것없는 아니, 작고 보잘것없다는 것을 인식조차하지 못한 일일수록 간과한 것에 대한 응징의 아픔이 더 크게 느껴진다는 것을.

그녀가 李영감을 처음 만났을 때 '어디서 많이 본 듯하다'는 느낌이 든 것은 '언젠가 두 사람이 만난 적이 있지만 서로가 간과했던 한 순간을 視覺이 파일 이름을 지정하지 않은 채 기억 속 어딘가에 마구잡이로 저장해 두었기 때문'이었으리라.

아, 그의 편지. 한나절 동안 아무도 찾아오지 않던 쪽마루에 앉아서 빗소리로 두들겨 맞으며 그녀를 기다리던 그 편지.

편지 내용은 짤막했다. 거기엔 이별의 인사가 들어있었다.

"이제 낙원을 떠나야 할 때가 된 것 같소. 그동안 사랑했었소. 우리가 또 만날 인연이라면 언젠가 다시 만나리라 믿소. 부디 안녕히……."

편지를 다 읽은 그녀가 마루 위로 와르르 무너진다. 가슴 한쪽을 도려내는 듯 한 아픔과 함께.

'李영감님이 언제 와서 이 편지를 여기에 놓고 간 것일까? 내가 방에 있다는 것을 알았을 텐데 왜 그냥 갔을까?'

그녀는 그것이 궁금했지만, 그가 직접 여기에 와서 편지를 놓고 갔다는 것은 아직까지 그가 안전하다는 것을 반증하는 것이라고 생각하니 마음이 다소 놓이는 것 같다. 그러다가

'아니지, 안전하지 못하기 때문에 누군가에게 시켜서 여기에 놓고 간 것일 수도 있어.' 하는 생각에 다시 불안감이 밀려온다.

'李영감님의 필체를 알 수 없으니, 이 편지가 李영감님이 직접 쓴 것인지 확인할 수도 없지 않은가?'

그녀는 도무지 종잡을 수가 없다. 그가 왜 이렇게 성급하게 그녀를 떠나려고 했는지를. 그것이 자의인지, 타의인지도. 물론 그녀가 깊이 생각할 필요는 없다. 다른 노인들처럼 그 또한 그녀의 단골손님 중의 하나였을 뿐이다. 돈이 없으면 그녀를 가질 수 없고, 그녀가 싫어지면 안 오면 그만인, 종묘공원과 탑골 공원을 찾아오는 수많은 노인들 중의 한 사람……. 하지만 그는 조금 달랐다. 다른 노인들처럼 만 원짜리 한 장 집어던지면서 누워라 엎드려라 하며 갖잖은 명령질로 그녀를 괴롭히지 않았고, 본전 뽑고야 말겠다는 듯이 한나절 내내 그녀를 귀찮게 하지도 않았다. 첫인상만 까다로운 사람이었지 만날수록 그는 순정한 사람이었다.

그가 도대체 왜 짤막한 편지 한통만을 남기고 사라졌는지 그녀는 궁금해서 미칠 것만 같다. 그녀는 자신이 무심히 지나쳤던 작은 일로 인해 그가 상처받았을만한 것은 없었는지 곰곰이 생각해 본다.

알아 버린 것일까? 감춘다고 감췄지만 그녀 자신도 인식할 수 없는 사소한 어떤 실수로 인해 그가 몰래카메라의 사실을 알아

버린 것일까? 설령, 모든 사실을 알았다고 할지라도 그는 이렇게 편지 한 장 남기고 갈 사람은 아니다. 그녀가 알고 있는 그는 내성적이긴 하지만 의사 표현이 분명한 사람이다. 그가 떠나야 한다면 직접 이유를 밝히고 갈 사람이다. 비록 처음 만남은 늙은 꽃뱀과 성욕을 주체 못하는 노인으로부터 시작했지만, 네 번째 만남 이후, 그가 반지를 끼워주고, 그녀를 '이브'라고 부르기 시작한 후부터 그는 그녀를 사랑했던 것이 틀림없다. 그녀 또한 그를 사랑하지 않았던가?

그를 만나고 나서부터, 태어나서 처음으로 그녀는 아이를 갖고 싶다는 욕망을 품게 되었다. 그것은 불가능한 일이었다. 누가 들으면 미친 소리라고 할 것이었다. 그 나이에 아이를 어떻게 낳을 수 있느냐고. 소녀시절에 당했던 성폭행으로 인해 그녀는 평생을 불임과 불감의 고통을 가지고 살아야 했었다. 하지만 그녀는 그러고 싶었다. 그녀의 인생에서 처음으로 그를 닮은 아이를 하나 낳았으면 소원이 없겠다고 생각했다. 그녀는 온 마음을 다해 그를 맞아들였었다. 온 정신을 모아 그가 절정에 도달하도록 도왔다. 그녀의 태도는 신성하고도 갸륵했다. 그녀는 그가 가능한 한 깊이 그녀에게로 들어올 수 있도록 혼신의 힘을 다하곤 했었다.

그녀는 지금까지 한 번도 오르가즘에 도달한 적이 없었다. 그녀에게 섹스는 돈을 벌기 위해 참아내야 하는 고통이었다. 남녀가 만나서 사랑을 확인하기 위해 살을 찢는 하나의 의식에 불과했다. 상대가 끝나면 그냥 끝나는 번거로운 요식행위에 지나지 않았다. 상대를 최대한 기분 좋게 해 주어야 한다는 것 밖에는 몰랐다.

아픔에도 굳은살이 박이면 무뎌지는 법. 언제부턴가 그녀는 아픔조차도 느끼지 못하는 여자가 되어 있었다.

하지만 그녀는 그를 받아들임으로써 그의 쾌감을 전해 받는, 그의 떨림과 그의 흥분이 고스란히 그녀에게 전해지는 것을 감지했다. 그리고 그것을 느끼는 순간 그녀의 몸도 서서히 뜨거워지는 것을 느꼈다. 그가 절정을 향해 치달리고 있었다. 그녀에게 그의 쾌감이 고스란히 전해져 왔다. 그녀도 그와 함께 절정에 도달했다. 그는 그녀에게, 시든 그녀의 몸에 생기를, 조그만 떨림을 준 사람이었다.

그런 그가 이별의 인사도 없이 짤막한 편지 한 장 남기고 떠남을 알린 것이다. 낙원동을 떠난 것이다.

그녀가 간과했을지도 모를 사소한 순간들의 응징이 바로 이런 것일까?

플라스틱 슬레이트 지붕 위로 내리꽂히는 빗소리가 비수처럼 그녀의 가슴을 찌르고 있다.

이신우, 그가 보낸 '이별의 통보'를 움켜쥐고 있는 그녀의 손이 바르르 떨리고 있다.

-1982년 8월

골목이 어두워지면서 후두둑 빗방울이 떨어지기 시작한다. 그녀가 삶아 건져낸 숟가락에 종이 커버를 씌우며 식탁 앞에 앉아있다. 열려진 창문으로 마른 흙냄새가 훅- 밀려들어온다. 그녀는 고개를 들어 골목을 내다본다. 빗줄기가 칼국수 가락만큼

이나 굵다. 밖으로 열려진 유리문이 금세 빗줄기에 젖는다. 그
녀가 숟가락을 내던지며 문을 닫으려고 달려갔을 땐 쏴-하고 비
가 쏟아지고 있었다. 문을 잽싸게 닫았지만 가게 입구는 이미
빗물에 젖었다. 그녀는 식당 안쪽 테이블로 가서 의자를 끌어내
어 바깥을 향해 앉는다. 유리벽 너머의 세상이 물속으로 가라앉
고 있다.

"무슨 놈의 비가 이렇게 그악하게 내린데?"

설거지를 마치고 주방에서 나오던 창수엄마가 그녀의 말을
듣고 비 내리는 식당 밖을 내다보다가 냉장고에서 소주 한 병을
꺼내들고 그녀의 테이블로 다가온다.

"그러게나 말여. 우리 신봉녀씨 술 생각 나게시리."

소주를 테이블 위에 탁 내려놓고 다시 주방 안으로 들어간 창
수엄마가 잠시 후 뜨끈한 술국에 대파와 고춧가루를 듬뿍 넣어
잔과 함께 쟁반에 받쳐온다.

"비도 오고, 저녁시간 전까지는 손님도 없을 테고, 쐬주나 한
잔 하자구요."

창수엄마가 따라 건네주는 술잔을 받아 들면서도 그녀의 시
선은 유리벽 밖으로 향해 있다. 쏟아져 내리는 빗줄기만큼 많은
생각들이 그녀의 머릿속에서 가로로 세로로 줄긋고 있다.

비가 오거나 말거나, 손님이 많거나 적거나 아랑곳하지 않고
영순은 지금 길 건너 여관방에서 준성과 함께 있을 것이다. 백
주대낮부터 컴컴한 여관방에서 이불 뒤집어쓰고…… 상상하고
싶지 않은데 자꾸 떠오른다. 영순의 낮은 신음소리가, 환희에
젖어 몽롱하게 풀린 눈동자가, 땀에 젖은 얼굴이…… 영순의

간드러진 웃음소리가 들리는 것 같다. 준성의 멀끔한 얼굴이 떠오른다. 따뜻하지만 영순을 바라볼 때만큼은 강렬하고 뜨거운 그 눈빛, 붉은 입술……

그녀는 갑자기 심장박동이 빨라진다. 소주를 입속에 털어 넣고 후- 거친 숨을 내쉰다. 유리 위에 뿌옇게 김이 서렸다가 사라진다.

"준성인가, 딴따란가 하는 그 사람이 오면서부터 봉녀씨가 어두워졌어."

'창수엄마는 알고 있었구나, 내가 준성씨를 좋아하는 걸'하고 그녀는 생각한다. 그녀는 술잔을 채워 창수엄마에게 건넨다.

"그랬어요, 내가?"

"그래. 난 요즘 괜히 조마조마해. 자매끼리 의 상할까봐."

"그런 거 아니에요. 난 그럴 자격도 없는데요, 뭘."

"아니긴, 괜히 짝사랑 같은 거 하지 마, 다쳐."

그때 갑자기 한 움큼의 빗소리가 문을 밀고 들어온다. 남자 하나가 문 앞에서 비에 젖은 머리를 털고 있다. 옷도 절반은 젖은 것 같다. 자주 보던 유니폼이 아닌 것으로 보아 이 근처 회사에 근무하는 사람은 아닌 것 같다.

창수엄마가 냉장고 위에서 마른 수건을 꺼내 건네준다. 남자가 고맙다고 말한다. 목소리가 중저음이다. 나이는 40대 초반으로 그녀보다 대여섯 살 위로 보인다. 그녀는 그가 수건으로 얼굴의 빗물을 닦고 자리에 앉을 때까지 쳐다보다가 벽걸이 선풍기의 방향을 그에게 맞추고 풍속을 '약풍'에 고정시킨다. '저렇게 잘생긴 남자는 순대국보다는 칼국수를 선택할 거야'하고 생각하면서. 남자의 머리카락이 살랑거린다.

그녀는 자리로 돌아가 술국을 숟가락으로 휘휘 저어 국물을 몇 번 떠먹고는 소주잔을 입안으로 기울인다. 평소에는 손님이 오면 얼른 술병을 치우고 수저통 정리, 테이블 닦기를 했을 터였다. 그러나 오늘 그녀는 도저히 그럴 기분이 아니었다. 비까지 내리고 있으니 말이다. 그녀는 유리벽에 몸을 던져 하염없이 스스로를 터뜨리거나 으깨어 주르르 흘러내리는 빗줄기들을 바라본다.

"웬수 같은 놈의 비."

그녀에게 비는 늘 '웬수 같은 존재'였다. 그 이상인 지도 모른다. 특히 오늘같이 장마철에 내리는 작달비는 '웬수'보다 더한 '저승사자' 같은 것이었다. 그녀가 한창 물오르던 소녀시절에 비는 그녀의 가족을 모두 죽음의 바다로 휩쓸어 갔기 때문이다. 냇둑을 무너뜨리고 넘실거리던 그날의 시뻘건 흙탕물이 그녀의 눈으로 밀려오는 것 같다.

"칼국수 주세요."

그녀의 예상이 적중했다. 남자가 칼국수를 시켰다. 그녀가 남자를 돌아보며 씩 웃는다. 남자와 눈이 마주친다. 마음이 통했던 것일까? 남자가 입 꼬리를 들어올리며 살짝 웃는다. 눈꼬리에 잔주름이 잡힌다. 그 모습이 준성을 닮았다고 그녀는 생각한다.

"소주도 한 병 주세요."

남자의 목소리를 등 뒤로 들으며 그녀는 준성을 생각한다. 그를 생각하면 가슴이 두근거린다. 그가 보고 싶다. 그에게 안기고 싶고, 그를 만지고 싶다. 그녀의 눈과 마음은 온통 그에게 쏠려 있는데 정작 준성은 그녀를 쳐다보지 않는다. 그래서 그녀는 아프다. 아니 준성이 그녀를 쳐다봐 주지 않아도 참을 수는 있다. 그런데 준성이 영순만을 쳐다보기 때문에 그녀는 견딜 수가 없다. 화가 난다. 준성이 미워진다. 더구나 지금 준성은 영순과 한 방에서 뒹굴고 있지 않은가? 목이 탄다. 소주 두 잔을 연거푸 털어 넣는다. 그들이 식당에서 노닥거린다면 차라리 마음이 좀 편할 것 같다. 준성이 눈앞에 있으면 질투는 나지만, 그를 볼 수 있기 때문이다. 두 사람이 눈앞에 없으니 그녀의 마음은 여러 가지 감정으로 뒤섞여 혼란스럽기만 하다.

그녀의 얼굴이 발그스름하게 달아오르자 창수엄마가 슬며시 다가와 술병과 안주가 놓인 쟁반을 들고 주방으로 간다. 그녀가 창수엄마를 따라 일어나서 음료수대 옆에 걸려 있는 거울 앞으로 간다. 거울 속에 비친 그녀의 눈이 어느새 불그스름하게 충혈 되어 있다. 거울 속에 칼국수를 먹고 있는 남자의 모습이 비친다. 그리고 잠시 후 술을 마시기 위해 고개를 젖히던 남자의 눈빛과 그녀의 시선이 거울 속에서 엉킨다. 그녀는 얼른 거울 속을 빠져 나와 비 내리는 유리벽 밖으로 시선을 던진다. 비는 그칠 기미가 전혀 보이지 않는다. 이대로 몇 시간만 더 내린다면 서울 어느 한쪽이 또 물에 잠겼다는 뉴스가 나올 것 같다.

그런데 그때 여자 하나가 문 앞으로 다가와 서서 안쪽을 들여다본다. 우산을 들었지만 여자의 푸른 치맛자락은 검푸르게 젖어 있었다. 잠시 기웃거리던 여자가 문을 밀고 들어서며 우산을 접는다. 우산통에 우산을 세우며 여자는 가게 안을 한 바퀴 휘

둘러본다. 그러더니 안쪽 구석자리로 들어가 앉는다. 먼저 온 남자의 옆 테이블이다. 창수엄마가 보리차를 들고 여자에게 다 가간다. 여자는 조금 있다가 주문하겠다면서 창수엄마가 내려놓은 보리차를 홀짝 한 모금 마신다. 여자는 그다지 예쁘지는 않았지만 얼굴이 갸름했다. 긴 머리를 뒤로 묶고 있었는데 광대뼈가 살짝 도드라져 있었다. 여자의 눈매에서 한기 같은 게 느껴진다. 식당 안은 조용하다. 후황 돌아가는 소리, 선풍기 소리, 빗소리…….

네 사람은 한동안 말이 없다. 알 수 없는 긴장감이 흐른다. 칼국수를 다 먹은 남자가 소주를 따르고 있고, 여자는 보리차 한 잔을 다 마셔가고 있다. 창수엄마가 카세트 데크에 테이프 하나를 꽂아 play를 누른다. 음악이 흘러나와 식당 안으로 조용히 번져간다. 박인희가 읊조리기 시작한다.

"한 잔의 술을 마시고 우리는 버지니아 울프의 생애와 목마를 타고 떠난 숙녀의 옷자락을……."

창수엄마가 Eject를 눌러 테이프를 꺼낸다. 창수엄마가 다른 테이프를 넣으려는데 남자가 창수엄마를 향해 말한다.

"왜요? 좋은데……."

"비도 오고 축축한데다 너무 늘어지는 것 같아서요."

"오늘 같은 날은 박인희 노래가 좋아요. 그냥 두시죠."

남자의 요청으로 박인희가 다시 나온다.

"목마는 주인을 버리고 거저 방울 소리만 울리며 가을 속으로 떠났다. 술병에서 별이 떨어진다. 상심(傷心)한 별은 내 가슴에 가볍게 부서진다."

술잔을 꺾던 남자가 창수엄마를 향해 말을 던진다.

"이 시에서 목마는 세월을 말하는 거구요, 가을은 죽음을 뜻해요. 그러면 술병에서 떨어지는 별은 무엇을 의미할까요?"

어깨를 한 번 들썩이고 난 뒤에 창수엄마는 남자에게로 다가가서 그의 맞은편 의자에 앉는다. 그리고 술병을 높이 들며 말한다.

"저 같은 사람이 어떻게 알겠어요. 하지만 한 번 볼까요? 별이 떨어지는지?"

술병을 기울이자 술이 쪼르르 술잔으로 흘러내린다. 채워진 술잔을 남자에게 건네며 창수엄마가 말한다.

"자, 별 한 잔 드시지요. 손님 말대로라면 '목마가 주인을 버렸다'는 말은 주인이 시간여행을 중단했다 즉, 죽었다는 뜻으로 해석할 수 있겠네요. 그럼 가을 속으로 간 것은 시간인가요? 목마의 주인인가요?"

"그건 둘 다 일 수 있어요. 하지만 목마의 주인이 가을 속으로 갔겠죠?"

"그렇다면 누군가가 죽었고, 그 죽음이 슬퍼서 마시는 술이니, 술병에서 떨어진 별은 '슬퍼하지 마세요'라는 뜻이겠네요? 낮술도 가끔은 그런 위로가 되죠. 이렇게 비 오는 날엔."

남자의 눈이 커진다. '이 어려운 시를 저 여자가 어떻게 알고 있을까?' 하는 눈빛이다. 창수엄마를 보고 남자가 다시 말한다.

"맞아요. '사랑의 진리마저 애증(愛憎)의 그림자를 버릴 때'라는 말은 죽은 사람에 대한 일말의 애틋한 마음마저도 가슴에 남아있지 않은 상태를 말해요, 그리고 '목마를 탄 사랑의 사람은 보이지 않는다'는 것은 그 사람에 대한 기억으로부터 자유로워진다는 뜻이지요."

창수엄마는 연신 고개를 끄덕이고 있지만 그의 말보다는 음악에 몰두해 있는 표정이다. 남자의 목소리에 귀를 기울이고 있던 옆 테이블의 여자는 냉소를 머금고 있다.

"술병이 바람에 쓰러지는 소리를 들으며, 늙은 여류작가의 눈을 바라다보아야 한다."고 말하던 박인희가 들어가고 배경음악이 점점 커지면서 식당 안 분위기를 압도한다. 창수엄마는 주방 앞 카운터 테이블에 상체를 올려놓고, 여자는 보리차 컵을 들고, 남자는 소주잔을 들고, 그녀는 음료수대 앞 벽에 비스듬히 서서 모두 저마다의 상념에 젖어 있다.

"세월은 가고 오는 것."

그녀가 조용히 박인희처럼 읊조려 본다.

"사람은 가고 오는 것, 사랑은 가고 오는 것……."

그리고 생각해 본다. 또 가고 오는 것에는 무엇이 있을까?

'준성은 가고 오는 것! 지금은 영순언니한테 가 있지만 언젠가 나에게로 올 거야.'

박인희가 "등대에-"라는 부분을 낭송했을 때, 식당 문이 열리고 남녀 한 쌍의 뒷모습이 식당 안으로 들어온다. 남자가 우산을 접는 동안 여자는 남자의 허리를 두 팔로 감고 있었고, 그 상태 그대로 식당 안을 향해 몸을 돌린다. 그리고 그들은 한동안 아무 말 없이 서 있다. 여자는 영순이고, 남자는 준성이다. 두 사람의 눈은 안쪽 자리에 앉아 있는 여자에게 붙박여 있고, 여자는 참으로 어이없다는 표정으로 영순과 준성을 번갈아가며 쳐다보고 있다. 영순이 뭔가를 눈치 챘는지 슬며시 준성의 허리에서 손을 푼다. 그 찰라 여자는 들고 있던 컵을 준성을 향해 힘껏 던졌고 벽에 빗맞은 멜라민 컵은 테이블 위에 한 번 튕겼다가 떨어져 떼구르르 바닥으로 구른다.

모두의 시선이 여자에게로 쏠린다. 여자의 눈빛에 독기가 서려 있다. 여자는 벌떡 일어나 영순을 향해 달려간다. 여자가 남자의 테이블 모서리를 치고 가는 바람에 남자의 테이블 위에 놓여있던 술병과 칼국수 그릇이 바닥으로 내동댕이쳐진다. 남자가 당황하며 자리에서 일어난다. 모든 일이 순식간에 일어났다. 여자는 어느새 양 손으로 준성과 영순의 머리카락을 싸잡고 있다.

"두 연놈들, 니들 딱 걸렸어. 그래, 오늘 끝장을 내자."

여자는 악다구니를 하며 두 사람의 머리카락을 사정없이 끌어당긴다. 여자의 손아귀에 잡혀 고개 한 번 제대로 들지 못하고 두 사람은 테이블 사이로 질질 끌려 다닌다.

"여보, 여보. 내 말 좀 들어봐. 이거 놓고……."

엉덩이를 뒤로 빼고 엉거주춤한 자세로 끌려가던 준성이 여자의 손목을 잡고 사정했지만 여자는 쉽게 놓아줄 기세가 아니다.

그녀와 창수엄마, 그리고 남자는 난데없는 상황에 직면하여 눈만 껌뻑일 뿐이다.

가장 먼저 상황을 파악한 사람은 창수엄마다. 두 사람이 여자에게서 벗어난 건 순전히 창수엄마 덕이었다. 창수엄마가 바가지에 물을 받아와 여자의 얼굴에 쫙 뿌렸기 때문에 여자는 두 사람의 머리에서 손을 뗄 수밖에 없었다.

"이 여편네가 어디 남의 식당에 와서 행패야, 행패가."

이유가 무엇이든 간에 창수엄마는 이 식당의 사장인 영순이 모욕당하는 것을 참을 수 없었다.

흘러내리는 물을 닦아내며 여자는 눈을 부라린다. 그리고는 냅다 우산통을 들어 창수엄마를 향해 던진다. 하지만 여자가 우산통을 던지면서 삐끗 미끄러지는 바람에 그것은 남자에게로 날아간다. 남자가 순발력을 발휘해 두 손을 내밀어 우산통을 잡았지만 우산통 밑모서리가 이미 그의 이마를 찍은 후다. 모두의 시선이 남자에게로 쏠린다. 우산통을 내려놓고 여자를 쳐다보는 남자의 이마에서 콧등으로 피가 흘러내리고 있다. 그녀가 음료수대 위에 있는 마른 수건을 들고 잽싸게 남자에게로 달려가 상처에 수건을 대고 누르며 여자에게 소리친다.

"뭐하는 짓이야? 너 누구야?"

"당신들은 참견하지 마. 내 오늘 저 두 연놈을 요절내고 말테니까."

그녀에게 소리치던 여자가 고개를 돌려, 인상을 찌푸리며 두 손으로 머리를 감싸고 있던 준성과 영순에게 퍼붓는다.

"니들이 인간이야? 이 양심 없는 것들아. 내가 이렇게 두 눈 시퍼렇게 뜨고 있는데 겁도 없이 내 앞에서 놀아나?"

여자가 손을 뻗어 영순의 머리를 잡으려고 달려드는 찰라 그녀가 바닥에서 주워 든 우산으로 여자의 손을 힘껏 내리친다. 여자가 '아-' 비명을 지르며 팔을 거두고 그녀를 바라본다.

"당신 때문에 우리 손님이 다쳤잖아. 어떻게 할 거야?"

그녀는 여자에게 소리치며 남자의 팔을 끌고 여자 앞으로 다가선다. 이마에 수건을 대고 있는 남자를 보자 여자가 주춤 뒤로 물러선다.

"이 손님 이마가 찢어졌잖아. 어떻게 할 거야?"

그녀는 남자를 출입문 앞, 좀 전에 자신이 앉았던 의자에 앉히고, 한 손으로 수건을 누르게 한 후 여자 앞으로 다가간다.

"당신, 여기서 당장 나가. 그리고 준성씨, 영순언니도 나가. 다 나가란 말이야! 여기는 당신들이 머리끄덩이 잡고 싸우는 곳이 아니야. 빨리 나가."

그녀가 악을 쓰며 우산을 휘둘렀기 때문에 셋은 슬금슬금 뒷걸음질 치다가 이내 문밖으로 나간다. 준성과 영순이 빗속을 뚫고 어디론가 달려가자 여자가 소리치며 그들을 뒤쫓아 뛰어간다.

세 사람이 모습이 사라지자 창수엄마가 남자에게로 다가간다.

"아프지는 않으세요? 이게 웬 날벼락이래요? 세상에……. 미안해서 어떻게 하나……."

남자가 괜찮다고 말한다.

"그래도 얼굴에 상처 남으면 안 되니까 저와 함께 병원에 가요."

그녀가 문을 열고 우산을 펴며 남자를 돌아보고 말한다.

남자가 이마에 대고 있던 수건을 힘주어 누르면서 일어선다. 그녀가 그에게 우산을 씌운다. 그때 갑자기 창수엄마가 끼어들며 우산을 빼앗는다.

"아니야, 내가 갈 테니까 봉녀씨는 식당 좀 정리해. 세 사람이 언제 어떻게 들이닥칠지 모르니까 내가 병원에 가는 게 나을 거 같아."

창수엄마가 한손으로 우산을 잡고 한손으로 남자의 등허리를 감아 우산 속으로 당긴다. 남자가 갑자기 '아-' 하는 소리와 함께 몸을 비튼다. 창수엄마가 주춤하며 한 발 물러선다.

"거기 아픈 데에요. 너무 꽉 잡지 마세요."

창수엄마가 왜 아프냐고 묻고, 남자가 20여 년 전에 다쳤다고 말한다. 어떻게 하다가 다쳤냐고 묻자 깊이 찔렸다고 대답한다. 창수엄마가 그런데 아직까지 낫지 않았느냐고 묻자 상처는 아물었지만 이렇게 비가 오면 아프다고 남자가 말한다. 창수엄마가 그러면 술을 마시면 안 된다고 말하니까, 남자는 술 없는 세상 무슨 재미로 사냐고 말한다. 부부 같다.

남자와 창수엄마가 빗속으로 사라진다. 아수라장이 된 식당에 그녀만 혼자 남는다. 그녀는 잠시 멍하니 서 있다. 박인희의 조용한 읊조림이 그때서야 그녀의 귀에 들어온다.

"……타다가 꺼지는 그 순간까지 우리들의 이야기는 끝이 없어라……."

'목마와 숙녀'가 떠난 자리에 '모닥불'도 꺼져가고 있다.

여자의 손에 머리를 잡힌 채 우스꽝스러운 몰골로 끌려 다니던 준성의 모습을 떠올린다. 그녀가 우산을 휘두르며 모두 나가라고 소리쳤을 때 그녀를 바라보던 준성의 당황하던 눈빛이 떠오른다.

"짝사랑 같은 거 하지 마, 다쳐."

창수엄마의 목소리가 그 모습 위로 겹친다.

그녀는 준성을 마음껏 비웃어 주고 싶다. 하지만 '준성이 지금 얼마나 괴로울까?' 하는 생각이 들면, 가슴 한쪽이 무너져 내리는 것 같이 아파온다.

그녀는 음료수대 옆에 서 있던 대걸레를 들고 술국과 물로 얼룩진 바닥을 닦아내기 시작한다. 조금 있으면 저녁 손님들이 몰려올 것이기 때문이다. 생각 같아선 문을 닫고 싶지만 월식하는 회사가 몇 군데 있어서 그럴 처지도 못된다. 20여명의 저녁밥과 생선구이를 준비해야 한다.

병원에 갔던 창수엄마는 그녀가 다섯 개의 테이블에 수저와 밑반찬 세팅을 완료하고 고등어를 굽고 있을 때 돌아왔다.

"눈썹 위쪽을 네 바늘 꿰맸는데 큰 염려는 안 해도 될 것 같아요. 치료비는 얼마 안 나왔는데, 혹시나 해서 명함 받아왔으니까 며칠 후에 잘 아물었는지 전화 한 번 해 줘요. 괜히 나중에 덤터기 쓰지 말고……."

하면서 창수엄마가 남자에게서 받은 명함을 내민다. 그녀는 그것을 받아든다. 그리고 딱히 무엇을 확인하겠다는 생각 같은 것도 없이 그저 명함을 들여다본다.

명함에 있는 글자들은 모두 한문이다. 회사 이름은 무슨 주식회사이고, 그 밑에 작은 글씨로 쓰인 직함은 과장이다. '株式會社'나 '課長'은 늘 보던 글자라서 읽을 수 있지만 그 밑에 한문으로 적혀 있는 이름 중에서 그녀가 알 수 있는 글씨는 '李'자밖에 없다. 그래서 그녀는 한문 밑에 영문으로 표기한 이름을 떠듬거리며 읽어 본다.

‘Lee Shin Woo’라고 인쇄되어 있지만 그녀가 읽을 수 있는 글자는 ‘Lee’ 밖에 없다.

‘李과장이라고 부르면 되겠네’라고 생각하며 그녀는 앞치마 주머니에 명함을 넣고 부지런히 생선을 뒤집기 시작한다.

–1963년 7월

뚝방길은 마을 입구에서 두 갈래로 갈라진다. 갈라진 오른쪽 뚝방길 아래로는 내가 흘러 내렸고 왼쪽으로 꺾어진 길은 학교 앞까지 이어졌다가 학교를 지나면서 마을길과 산길로 다시 갈라졌다. 마을길은 뚝방길과 산길 사이의 길로, 그 길 양 옆으로는 논밭이 펼쳐져 있었고, 마을길은 한없이 이어지다가 하류에서 뚝방길과 다시 만났다. 마을길 양쪽으로 30여 채의 집들이 줄지어 서 있었다.

3년 전 홍수 때 둑이 터지는 바람에 이 지역의 논밭과 집들이 모두 물에 잠겼다. 그 때 마을 사람 20여 명이 물살이 휩쓸려 떠내려갔다. 흙탕물에 떠내려가는 돼지며 닭을 잡겠다고 아우성치던 성국이 아버지와 성국이가 돼지와 닭과 함께 떠내려가서 돌아오지 않았고, 잠을 자던 사람들이, 밥을 먹던 사람들이 갑자기 들이닥친 성난 물결이 벽과 지붕을 허물어 버리는 바람에 물속으로 사라졌다. 그녀의 아버지와 엄마도 그때 떠내려갔다. 그녀는 그것을 직접 보지 못했다. 나중에 마을 사람들이 마치 무슨 무용담이라도 되는 양 떠벌리는 소리를 듣고 알았다. 그녀는 그때 영순네 집에 있었기 때문에 목숨을 건질 수 있었다. 둑이 터진 것은 그날 저녁 무렵이었다. 하늘은 온종일 어두웠고 빗줄기는 줄기차게 쏟아져 내렸다. 그 누구도 견고하다고 믿었던 둑이 터질 거라는 예상을 못했기 때문에 피해는 더 컸다. 더구나 밤이 되면서 논밭이 어딘지, 길이 어딘지, 어디가 냇물인지 분간이 되지 않아 사납게 일렁이며 끝없이 밀려오는 검붉은 물만 내려다보면서 산위로 피신한 사람들은 감히 구명작업은 꿈도 꾸지 못했다.

가족을 잃은 사람들이 소리치며 울부짖었다. 그런 사람들을 바라보면서 우산 속에서 혀를 차는 사람들, 흙탕물과 어둠이 범벅되고 있는 벌판에 시선을 거두지 못하고 하염없이 서 있는 사람들 사이로 뒤늦게 달려온 그녀 역시 넋이 나간 채 비를 맞고 서 있었다. 눈물은 나지 않았다. 그녀는 엄마 아버지가 물속에서 죽었다는 사실이 믿어지지 않았고, 실감이 나지 않았다. 뒤따라온 영순이 오히려 그녀의 팔을 잡고 울먹였다.

"봉녀야, 어떡하니. 이제 너 어떡케 사니……."

그해 장마가 끝날 때까지 그녀는 영순의 집에 얹혀살았다. 논밭과 길이 제 모습을 되찾고 제방이 더 높이 쌓여지고, 마을 길 위에 집들이 하나 둘 다시 세워지기 시작했다. 그녀는 집을 지을 수 없었다. 어차피 그 땅은 남의 것이어서 언젠간 이사를 가야만 한다는 사실을 영순 아버지가 알려 주었다. 그러니 굳이 집 지을 이유도 없었고, 그럴 돈도 없었다.

당장 갈 곳이 없어진 그녀는 어느 날 산속을 헤매다가 동굴 하나를 찾아냈다. '찾아냈다'기 보다는 '찾아가야 했다'고 말해야 옳을 것이다. 그 동굴에 대해서는 이미 알고 있었으니까 말이다. 그 동굴은 산길 옆의 우물 위쪽에 위치해 있었다.

동굴이 언제, 어떻게 이곳에 생기게 되었는지 아는 사람이 없다. 마을 사람들이 오기 전부터 그렇게 있었고 누구도 궁금해하지 않았다.

군사적 목적으로 파놓은 것인지, 누가 살기 위해 파놓은 것인지 알 수 없었다. 동굴의 길이가 30여 미터쯤 되고 1미터 정도 일정한 높이를 유지하고 있는 것으로 보아 동굴은 분명 인공적으로 파놓은 것이다. 1개 분대의 군인들이 들어갈 수 있다는 둥, 피난 가다가 한 가족이 살기 위해서 파놓은 거라는 둥, 마을 주민들을 대량 총살하여 이곳에 매장하기 위해 팠다는 둥의 갖가지 소문들이 나돌다가, 언제부턴가 괴물이 살고 있는지 밤만 되면 동굴 안쪽에서 푸른빛이 가끔 번쩍거린다는 소문이 돌자, 밤길에 막걸리 주전자를 들고 심부름하던 아이들은 무서워서 동굴 아래쪽 우물가를 지날 때면 걸음을 빨리하곤 했다.

점심때가 조금 지나서 영순이 찾아왔었다.

"오늘 우리 집에 가서 자면 안 돼? 비 많이 올 것 같은데……."

영순이 거적문을 걷어 올리고 나오며 말했다.

먹구름이 번지고 있는 하늘을 올려다보며 그녀는 말했다.

"아니, 난 여기가 좋아. 겨울 되면 갈게."

"넌 무섭지도 않니? 어떻게 이런데서 혼자 살아? 여자가……."

"무섭긴……. 이젠 익숙해져서 괜찮아. 도라지를 빙 둘러 심어 놨더니 뱀도 안 들어오고, 개구리나 도마뱀은 해치지 않으니

까 괜찮아. 비가 많이 오면 동굴 천정과 벽에서 물이 스며 나오
지만 사는 데는 문제없어. ”
　“밤에 귀신같은 건 안 나오니?”
　“언닌? 귀신이 있다고 믿어?”
　“꼭 그런 건 아니지만, 야, 요즘엔 귀신보다 사람이 더 무섭다
더라.”
　“나 같은 비렁뱅이한텐 훔쳐갈 것도 없는데 뭘…….”
　“그래도 넌 여자잖아, 열여섯 살이나 먹은.”
　“여자? 그래서 영식이 오빠가 날 그렇게 쳐다보는 건가?”
　“왜? 어떻게 쳐다보는데?”
　“그냥……. 빤히 쳐다보기도 하고, 위 아래로 훑어보기도 하
고…….”
　“그래? 이놈을 그냥.”
　영순이 우물 있는 데까지 내려가서 그녀를 올라다보며 손을
흔들며 말했다.
　“조심해, 봉녀야. 비가 너무 많이 오거나 무서우면 우리 집으
로 달려와야 돼.”
　비가 조금 주춤해지던 초저녁. 한 떼거리의 군인들이 산 아랫
길을 줄지어 지나갔다. 그들이 가는 방향이 신작로 쪽인 것으로
봐서 마을 입구에 있는 대폿집이 목적지인 것 같았다. 밤늦게까
지 술을 퍼마시다가 그들은 휴가를 받은 일부와 부대로 복귀해
야 하는 부류로 나뉘어져 서로 반대 방향으로 흩어질 것이다.
특히 부대로 복귀하는 군인들은 목이 터져라 군가를 부르며 산
아랫길을 다시 지나갈 것이다.

그들의 소리가 아득히 사라진 쪽으로부터 쏴르르르- 빗소리가 들려오기 시작했다. 남쪽에서 북쪽으로 먹구름이 몰려오는 모양이었다. 점점 큰 소리로 다가온 빗소리가 그녀의 동굴 앞에 집합했고 이내 산속은 빗소리에 잠겨버렸다. 아득히 깊은 바다 속으로 침잠해 가는 듯했다.

"쿠르릉 쾅"

산꼭대기에 우뚝 서 있는 참나무 위로 벼락이라도 떨어진 걸까? 그녀의 동굴 앞으로 나무뿌리 같은 섬광이 뻗쳤다가 사라지고 난 뒤 큰 천둥소리가 온 산을 뒤흔들었다. 그리고 다시 빗소리가 온 산을, 온 세상을 점령하고 있었다.

영순이 가고 난 뒤 까무룩 잠이 들었던 그녀는 천둥소리에 잠이 깨어 몸을 뒤척이고 있었다. 이러다가 다시 마을이 잠기는 건 아닐까? 제방이 다시 터져 온 마을을 집어 삼키는 건 아닌가? 별빛 하나 없는 이 밤에 내려가 볼 수도 없는 일이었다. 그녀는 바람이 거적문을 들썩일 때마다 동굴 안을 향해 더 큰 구보(驅步) 소리로 밀려오는 빗소리를 온몸의 곤두선 촉수로 받아들여야 했다.

동굴의 길이는 소문처럼 그렇게 길지 않았다. 그녀가 가랑이를 크게 찢어 쟀을 때 일곱 폭이 조금 넘었으니까 기껏해야 10미터 정도였다. 그녀의 잠자리는 가장 안쪽에 있었고, 사과궤짝 네 개를 이어 붙이고, 그 위에 가마니를 깔고, 또 그 위에 두터운 담요를 깔아서 폭신하였다.

번개불빛이 유난히 오랫동안 번쩍거리더니 한참 후에 '우루루루- 쾅쾅' 하는 소리가 천지를 뒤흔들었다. 그녀는 벌떡 자리에서 일어났다. 무서웠다. 이렇게 요란한 천둥번개는 태어나서 처음이라는 생각이 들었다. 왠지 불길한 느낌이 그녀를 휘감아 왔다. 좀 전에 번갯불이 번쩍거릴 때 거적문이 들썩였고, 그와 동시에 빗소리가 세차게 밀려왔는데 그 틈을 타고 누군가 동굴 안으로 들어온 것 같은 생각이 들었다. 그건 비를 피해 들어온 멧돼지나 산짐승은 아닌 것 같았다. 그녀는 이불을 머리 위로 끌어올려 얼굴만 내놓고 몸에 감았다. 물체는 잠시 동안 미동도 없이 우뚝 멈추어 있었다. 그녀도 말없이 문 앞을 주시하고 있었다. 한참동안 문 앞을 쳐다보니 어둠 속에서 어렴풋이 형상이 나타나기 시작했다. 사람이었다. 빗소리에 묻혀 그의 숨소리를 듣기는 어려웠다. 대신에 비에 젖은 더운 살 냄새가 전해져 왔다. 남자였다. 남자도 말없이 안쪽을 정탐하고 있었다. 잠시 후 둥그런 빛 하나가 동굴 천정 위로 올라왔다. 남자가 손전등을 켠 것이다. 그 빛은 동굴 안쪽으로 깊이 들어갔다가 동굴 오른 쪽 벽을 훑으며 문 앞으로 물러갔다. 그녀는 온몸이 후들거리기 시작했다. 비명이라도 지르며 뛰어나가야 하는 건지, 죽은 척 또는 자는 척하며 누워 있어야 하는 건지 판단이 내려지지 않았 다. 일단 그가 어떤 사람인지 모르니까 좀 더 지켜보기로 하고 소리 죽여 자리에 누웠다. 동굴 바닥 가운데로 손전등 불빛이 다가오고 있었다. 그 불빛이 곧장 오다가 동굴 끝에서 50센티미 터 쯤 왼쪽으로 꺾이면 그녀의 잠자리이다. 그녀의 머릿속에 수 많은 생각이 오가고 있었다.

'저 사람은 누구일까? 이 비오는 한밤중에 손전등을 들고 온 것으로 보아 내가 여기에 살고 있다는 사실을 알고 온 사람이

다. 남자다. 좋은 일로 온 것 같지는 않다. 혹시 영식이 오빠가
아닐까?'

그녀는 며칠 전 영순과 함께 감자밭에서 캔 감자를 이고 오다
가 개울가에서 영식을 만났는데, 그녀를 위아래로 훑어 내리며,
한눈을 찡끗 하고 웃어주던 영식이 생각났다.

'혹시 영식 오빠가 나를 어떻게 해 볼 요량으로 숨어든 건 아
닐까?…… 아닐 것이다. 영식 오빠는 이렇게 비겁하게 스며들
지는 않았을 것이다. 그렇다면…… 군인일까? 저녁 때 술 마시
러 나갔던 군인들 중의 한 사람이 부대로 돌아가는 길에 비가
너무 세차게 내려서 잠시 쉬어 가려고 들어온 것일까? 그들은
나를 알고 있으니까. 내가 이곳에 살고 있다는 걸 알고 있으니
까. 그들은 나를 불쌍히 여기고 만날 때마다 건빵을 쥐어주곤
했으니까…….'

그렇게 생각하니 마음이 잠시 놓이는 것 같았다.

'아니야, 간첩일지도 몰라.' 그녀는 바람이 많이 불던 날 산속
에 흩뿌려지곤 했던 삐라(전단)를 떠올렸다. 그녀가 다시 긴장
하기 시작했다. 그녀는 머릿속으로 만일의 사태에 대비해 머리
맡 어딘가에 감춰 두었던 낫과 도끼의 위치를 확인하기 위해 잠
시 눈을 감았다 떴다.

손전등 불빛이 그녀의 이부자락에 꽂혔다. 그리고 서서히 좌
우로 오간다. 불안하게 흔들리던 불빛이 그녀의 얼굴 위로 떨어
졌다. 이제 결판을 내야 할 때가 왔다고 생각한 그녀가 눈살을
찌푸리며 상체를 들어올렸다. 눈이 부셔서 실눈을 떴지만 상대
방의 모습은 보이지 않았다.

"영식 오빠야?"

그녀는 일부러 큰 소리로 그렇게 외쳤다. 그 순간 손전등 불빛이 사라졌다. 동시에 그녀를 향해 돌진하는 다급한 움직임……. 그녀는 잽싸게 이불을 뒤집어쓰고 몸을 동그랗게 말았다. 어둠 속에서 남자가 그녀로부터 이불을 걷어내려고 안간힘을 썼지만 그녀는 이부자락을 결코 놓지 않았다. 남자가 발로 걷어차고 주먹으로 내리쳤지만 솜이불 속의 그녀는 그다지 아프지 않았다. 참을 만했다. 남자가 그녀를 번쩍 들어 올렸다가 바닥에 내동댕이쳤다. 그녀가 쥐고 있던 이부자락을 놓쳤다. 그녀는 뒤집어진 무당벌레처럼 숨을 할딱거리며 손발을 웅크린 채 누워 있었다. 손전등 불빛이 그녀의 얼굴을 집요하게 비추고 있었다. 그 불빛이 너무 따가워서 그녀는 견딜 수가 없었다. 불빛 뒤에 몸을 감추고 자신을 내보이지 않으면서 상대방을 겨냥하고 있는 적이 두려웠다. 그녀가 겁에 질려 악, 악- 소리를 질러대며 이부자락을 주워 모으려고 양팔을 펼쳤을 때 적의 몸뚱이가 그녀 위를 덮쳤다. 술 냄새가 확 끼쳐왔다. 무거웠다. 숨을 쉴 수가 없었다. 그녀가 계속 소리를 질러대자 남자가 한 손으로 그녀의 입을 막았다. 그녀는 두 손으로 남자의 머리카락을 움켜쥐었다. 그러나 머리카락이 잘 잡히지 않았다. 남자의 머리카락은 짧았다. 그녀는 남자의 얼굴을 두 손으로 휘갈기기 시작했다. 찰싹찰싹 소리가 났지만 남자는 끄떡도 하지 않았다. 빗물과 땀에 젖은 남자의 몸이 끈적거렸다. 그녀는 몸을 뒤틀고 팔다리를 휘저으며 남자의 몸을 가격했지만 숨만 가빠지고 있었다. 그러는 사이에 남자가 어느 틈에 그녀의 가랑이를 찢으며 그녀의 몸속으로 들어왔다. 참을 수 없는 고통으로 숨이 멎을 것 같았다. 그녀는 온몸을 오그렸다. 그리고 통증 때문에 어쩔 수 없이 남자를 껴안았다. 그때서야 남자가 그녀의 입에서 손을 거두었다. 남자가 무차별하게 그녀를 공격할 때마다 그녀는 양팔을 허우적거리며 남자의 얼굴과 목을 할퀴어 댔다. 남자가 서두를수록 그녀의 아픔은 더욱 심해졌다. 그녀의 머릿속에서 연장이 떠올랐다. 사과상자 아래 감추어 두었던 호신용 무기…… 그녀는 그 무기의 위치를 어림하여 오른쪽 팔을 뻗었다. 그리고 몇 번을 더듬거려 간신히 낫자루를 손아귀에 쥘 수 있었다. 남자가 그녀를 향해 더욱 거칠게 돌진해왔을 때, 그녀는 남자의 목에 매달려 댕강거리던 은빛 줄을 낚아채면서 그의 등에 힘껏 낫을 찍어 꽂았다. 가쁜 숨을 몰아쉬며 절정으로 향하던 남자가 윽- 하고 몸을 웅크리더니 그녀 옆으로 무너졌다. 무기를 들어올려 다시 한 번 남자의 등을 찍으려 했지만 얼마나 깊이 박혔는지 남자의 등에서 낫이 빠지지 않았다. 순간 그녀는 더럭 겁이 났다. '너무 깊이 찔려서 이 남자가 죽는 것은 아닐까?' 그녀는 도망쳐야 한다는 생각밖에 나지 않았다. 그녀는 몸을 일으켰지만 다리가 후들거려서 걸음이 떨어지지 않았다. 그녀는 거의 기다시피 하여 동굴 입구로 왔다. 안쪽에서 남자가 신음을 뱉어내며 뭐라고 말하는 것 같았지만 빗소리 때문에 잘 들리지 않았다. 그녀는 쪼그린 자세로 동굴 밖으로 나오다가 발을 잘못 디뎌 빗물에 미끄러지면서 우물 아래쪽으로 뒹굴었다. 오히려 다행이었다. 그녀는 일어설 수 가 없었다. 아랫배가 쿡쿡 쑤시고 가랑이가 찢어질 듯이 아리고 쓰렸다. 하지만 그녀는 도망가야 한다고 생각했다. 멀리, 아주 멀리 도망가야 한다고 생각했다. 그녀는 일어서서 걷기 시작했다. 달리기 시작했다. 쏟아지는 비를 온몸으로 맞으면서, 바늘처럼 따갑게 눈을 찔러대는 빗줄기를 손등으로 막아내면서 그녀는 칠흑같이 어두운 밤길을, 빗속을 달리고 또 달렸다. 하지만 그녀는 생각나지 않았다. 자신이 언제까지 달렸는지, 얼마나 달렸는지……. 자신이 지금 누워있는 곳이 어디인지……. 누구의 집인지.

그녀가 잠에서 깨어났을 때 그녀는 자신이 천국에 누워있다고 생각했다. 아주 포근하고 깨끗한 이불 속에 그녀가 누워있었기 때문이었다. 그곳은 그녀가 살던 동굴처럼 어둡고 음침한 곳이 아니었다. 겨울에 잠자던 영순의 뒷방같이 허름한 곳이 아니었다. 좁지만 아늑하고 평화로운 방이었다. 창문엔 커튼이 드리워져 있었다. 그녀는 눈을 떴지만 움직이지 않았다. 온몸이 부어 아팠기 때문이다. 눈동자를 굴려 이리저리 살피고 있는데 흰 옷을 입은 중년의 여자가 미닫이를 열고 들어왔다. 죽이 담긴 그릇을 쟁반에 받쳐 온 여자가 누워있는 그녀의 허리께에 앉으며 말했다.

"이틀 동안 내리 잠만 자서 걱정했는데 이제 깨어났네?"
"……."
그녀가 어기적거리며 몸을 일으키려 하자 여자는 만류하면서 다시 말했다.
"아니야, 아무 걱정 하지 말고 그냥 푹 쉬어. 여긴 학교 관사야. 안전한 곳이니까 염려하지 마."
그녀는 다시 누웠다.

“배고프지 않니? 이 죽 좀 먹어 볼래?”

그녀는 고개를 저었다. 그리고 여자를 쳐다보았다.

“넌 지금 많이 아플 거야. 하혈을 많이 한 거 같은데, 혹시 이 군번줄하고 관계있니?”

여자가 몸을 돌려 다갈색 문갑 위에 놓여 있던 은색 줄을 집어 그녀 얼굴 위로 들어올렸다.

그녀는 고개를 저었다. 잘 생각이 나지 않았다.

“문 앞에 쓰러져 있으면서도 넌 이걸 쥐고 있었어. 얼마나 꽉 쥐었는지 니 손바닥이 찢어져 있던 걸?”

그녀가 왼손을 들어보니 붕대가 감겨 있었다.

“잘 생각해 봐. 너를 다치게 한 사람이 이 군번줄의 임자인지…….”

그녀는 눈을 감았다. 그날 밤의 일들이 생생히 떠올랐다. 아랫배와 가랑이가 아파왔다. 맞다. 그녀를 덮친 사람은 바로 그 군번줄의 임자가 맞다. 하지만 그녀가 휘두른 낫에 등을 깊이 찔린 남자가 혹시 죽은 건 아닐까 하는 두려움과 무서움이 밀려와 심장이 뚝 떨어져 버릴 것 같았다. 그 사람이 죽었다면 자신도 무사하지 못할 거라는 생각이 퍼뜩 들었다.

“그건 우리 오빠 거예요. 홍수 났을 때 물에 떠내려가 죽었어요. 우리 가족 모두…….”

“쯧쯧, 가엾어라……. 그랬구나.”

고개를 끄덕거리던 여자가 군번줄을 들여다보며 혼자 중얼거렸다.

“이름 이신우, 육군, 혈액형은 A형이네?”

섬

모든 이름들은 하나의 섬이다. 모든 영혼들도 하나의 섬이다.
모든 혹성들은 하나의 섬이다. 모든 성단들도 하나의 섬이다.
섬에서 섬으로 그리움의 바다가 흐른다.
가슴 안에 간절한 사랑을 간직하고 있는 자들만이
섬과 섬 사이를 오갈 수 있다.
(섬, 이외수 감성사전)

1

전화벨이 여러 번 울리다가 끊겼다. 그리고 잠시 후 다시 울리기 시작했다. 세 번째 울렸을 때 그는 그 소리를 들었다. 그는 눈을 감은 채로 걸어가 테이블 위의 수화기를 집어 들고 소파에 푹 파묻혔다.

“여보세요?”

역시 아직 눈 뜨지 않은 목소리였다. 그러나 수화기에서는 아무 소리도 들리지 않았다. 몇 번을 불렀지만 상대편은 묵묵부답이었다. 만약 상대편이 전화를 끊었다면 뚜뚜뚜- 소리가 이어졌을 것이다. 그는 수화기를 내려놓고는 침대로 다시 돌아와 누웠다. 그는 계속 눈을 감고 있었다. 눈을 뜨면 다시 잠들기 힘들 것 같았기 때문이다. 하지만 잠은 이미 달아나 버렸다.

누구였을까?……… 갑자기 그는 번쩍 눈을 떴다. 그리고 머리맡의 괘종시계를 들여다보았다. 3시 30분을 향해 큰바늘이 움직이고 있었다.

‘누굴까? 왜 아무 말도 하지 않았을까?’

그는 갑자기 궁금해졌다. 사무실 전화였기 때문에 발신자를 확인할 수 없었다.

‘엄마에게 무슨 일이 생긴 걸까?’

가끔 형사가 들이닥치거나 밤낚시파 똘마니들이 예고 없이 찾아오는 위급한 상황이면 엄마가 휴대폰이 아닌 공중전화로 연락해 주곤 했었다.

‘전화를 걸어 놓고 아무 말도 하지 않는 이유는 말을 할 수 없는 상황에 처해있기 때문인가?’

그는 갑자기 불안해졌다. 엄마에게 아니면 자신에게 무슨 일인가 생긴 것이 틀림없다고 생각했다. 아니면, 송사장일지도 모른다. 지금 그의 사무실 근처에 와서 그가 사무실에 있는지를 확인하고 급습하기 위해 전화한 것인지도 모른다.

그는 옷을 주섬주섬 챙겨 입었다. 그의 사무실에서 엄마의 집까지는 걸어서 20분이면 충분하다. 그는 휴대폰과 열쇠지갑을 챙겨 가방에 넣고 문을 밀었다. 문이 열리지 않았다. 그는 좀 더 세게 다시 한 번 문을 밀었다. 문 뒤에 무언가 무거운 물건이 받치고 있는 것 같은 느낌이 들었다. 그는 두 손으로 문을 힘껏 밀었다. 문 뒤에 있던 물체가 뒤로 밀리면서 문이 반쯤 열렸다.

"뭐지?"

그의 머리가 먼저 문밖으로 나갔다. 사람이었다.

"누가 남의 사무실 문 앞에서 잠을 자는 거야?"

그는 짜증스럽게 내뱉으며 자고 있는 사람을 툭툭 찼다. 술에 취해 자는 사람일거라고 생각했다.

"재수 없게."

그는 엎드려 있는 사람의 두 다리를 들어 올려 복도 창쪽으로 끌었다. 그런데 느낌이 좀 이상했다. 싸늘한 느낌? 그는 그 사람의 두 다리를 툭 떨구고 허리를 굽혔다. 그리고 자세히 그 사람을 살피기 시작했다. 그 사람의 목 뒷덜미에 나일론 줄이 묶여 있었다. 그는 놀라서 흠칫 뒤로 물러서며 엉덩방아를 찧었다. 그 사람은 죽어 있었다. 아니 죽은 사람 같았다. 그의 가슴이 쿵쾅거리기 시작했다. 그는 침을 꼴깍 삼키며 그 사람의 얼굴을 보기 위해 엎어져 있는 몸을 뒤집었다. 놀랍게도 그 사람은 이신우 노인이었다. 그는 노인의 코앞에 손을 대 보았다. 숨결이 느껴지지 않았다. 그는 순간적으로 노인에게서 손을 떼고 탁탁 손을 털었다. 못 만질 것을 만진 듯 두 손바닥을 벽에 문질렀다. 그는 주변을 살폈다. 아무도 없었다. 하지만 계단 쪽에서 두런거리는 소리가 나는 것 같았다. 그는 그 소리의 반대편으로 달리기 시작했다. 누군가의 눈에 띈다면 공연히 의심받기 딱 좋은 상황이라는 판단 때문이었다. 그는 계단을 통해 순식간에 지하 주차장 입구까지 내려왔다. 주차장 출입문 손잡이를 잡아당기려 할 때 머릿속에 불현듯 CCTV가 떠올랐다.

'이건 완벽한 함정이다.'

그는 주차장으로 나가지 못하고 계단에 털썩 주저앉았다. 그리고 마음을 가다듬었다.

지금 도망치듯이 이 문을 밀고 나간다면 영락없이 범인으로 오해 받을 것이다. 3층 복도와 양쪽 비상구에도 CCTV가 있었던가? 잘 생각나지 않았다. 만약 CCTV가 있다면 사무실 문을 나서면서부터 이곳으로 나려올 때까지의 모든 과정이 녹화되었을 것이다. CCTV가 있는지 확인하러 가서 거기에 찍히면 그건 또 무슨 우스꽝스러운 일인가?

그는 다시 한 번 지금까지의 정황을 머릿속으로 정리해 보고자 눈을 감았다.

예상치 못한 일을 당해 경황이 없어서 좀 전에는 사물이 제대로 그의 눈에 들어오지 않았지만 마음을 가라앉히고 생각해 보니 그 현장의 모습이 하나씩 머릿속에 되살아났다.

이신우 노인의 손에 핸드폰이 쥐어져 있었던 것 같았다. 그 핸드폰 속에 그의 사무실 전화번호가 찍혀 있다면? 자신을 깨웠던 전화벨이 이신우 노인이 울린 거라면? 그 노인의 발목과 옷자락에는 이미 그의 지문이 묻어 있을 것이다. 그 노인이 자신의 사무실 앞에서 숨졌다는 사실 하나만으로도 충분히 그는 의심받을 수 있는 상황이다.

　노인의 가방……. 그는 갑자기 그것이 생각났다. 엎어져 있던 노인을 젖혔을 때 그의 가슴 밑에 깔려 있다가 드러난 그 갈색 가방……. 그 속에 혹시 펌프라도 들어 있다면……? 그가 노인에게 주었던 그 음경확대 물리기구가 들어있다면? 만약 경찰이 그 물건을 왜 그 노인에게 주었는지 추궁한다면 음란물 촬영의 대가로 주었다고 말하지 않을 수 없을 것이다. 거기에 음란물 불법 유포 사실도 자백하지 않을 수 없을 것이다.

　그럼에도 불구하고 그는 다시 계단을 올라가기 시작했다. 그 노인이 죽었는지 살았는지 다시 한 번 확인할 필요가 있다는 생각이 들었다. 만약 노인이 죽지 않았을 수도 있다. 그러면 문제될 것이 별로 없을 것이기 때문이다. 노인이 살아 있다면 119에 신고해서 병원으로 이송시키고, 죽었다면 경찰에 신고하여 상황을 자세히 이야기 하리라. 그것이 모든 혐의로부터 자유로워지는 길이라고 그는 생각했다. 하지만 그는 이미 별이 세 개다. 경찰이 그의 말을 믿어줄까? 그것이 그를 갈등하게 했다.

　이대로 모른 척하는 것이 경찰과 어떻게든 연결되지 않는 방법이다. 경찰서에 왔다갔다 하다보면 무슨 혐의로든 엮일 것이 분명하다. 가뜩이나 음란물 불법 복제 및 유포 혐의를 받고 있는데 그 노인에게서 결정적인 단서라도 나오는 날엔 곧바로 구속이 아닌가?

　3층 계단 입구에서 그는 자신의 사무실로 통하는 복도를 살펴보았다. 그의 사무실 앞에 서너 사람이 노인을 둘러싸고 있었다. 그들의 웅성거리는 말소리가 복도에 울렸다 무슨 소리인지 알아들을 수는 없었다. 좀 전에 자신이 내려올 때 올라오던 사람들일 거라고 그는 생각했다.

사람들이 모여 있으니 그쪽으로 다시 가서 문을 열고 사무실로 들어가는 것도 어려울 것 같고 건물 밖으로 나가자니 CCTV에 찍혀 오히려 오해의 소지를 남길 것 같았다. 그렇다고 언제까지나 계단에 앉아 있을 수도 없는 일이었다.

그렇다면 CCTV에 찍히지 않고 밖으로 나갈 수 있는 방법은 없을까? 살인 혐의를 면할 수 있는 방법은 무엇일까?

늘 엘리베이터만 타고 다녔기 때문에 계단 비상구 어디쯤에 CCTV가 설치되어 있는지 잘 생각나지 않았다.

밤낚시파 똘마니들과 경찰들이 언제 들이닥칠지 모르는데도 불구하고 자신이 입주해 있는 건물에 CCTV와 비상구의 상황을 점검해 두지 못한 자신이 바보스럽다는 생각이 들어 그는 두 손으로 머리를 마구 쥐어박았다.

그는 다시 주차장 문 앞으로 내려와 계단에 쭈그려 앉아 무릎에 얼굴을 묻고 깊은 생각에 빠졌다.

2

이신우 노인은 한때 엄마의 애인이었다. 그가 방해만 하지 않았다면 그 노인과 엄마는 지금쯤 혼례를 올렸을지도 모를 일이다. 엄마가 어떻게 그 노인에게 빠졌는지 알 수 없다. 그 노인이 어떻게 엄마를 쓰러뜨렸는지…… 솔직히 말해서 엄마는 돈 앞에서 쓰러지니까 엄마를 쓰러뜨리는 것은 그리 어려운 일이 아니었을 것이다. 엄마는 단돈 만원이면 누구 앞에서나 쓰러지는 여자니까. 낙원동의 '바카스 아줌마'이고 '꽃뱀'이니까.

그런데 이신우 노인에게만은 좀 달랐다. 돈 때문이 아닌 사랑 때문에 엄마는 쓰러진 여인이 되었던 것이다.

지금까지 봐온 엄마는 수없이 많은 남자들을 달고 다녔지만 진정으로 그들을 사랑한 적은 없었다. 엄마에게 있어 남자는 생리대 같은 존재에 불과했다. 그런 엄마가 뒤늦게 이신우 노인과 사랑에 빠져 허우적거리고 있었다.

그가 이신우 노인을 처음 것은 지난 4월 종묘공원 목련나무 아래서 였다. 그 무렵 그는 짝퉁을 수입해서 인터넷 쇼핑몰을 통해 판매하는 일을 하고 있었다. 하지만 유사 사이트가 난무하면서 수입이 줄어들었다. 그래서 성인용품 쇼핑몰을 개설하여 다양한 제품을 공급하는 한편 직접 전단지와 제품을 들고 다니면서 소개하고 판매하였다. 그 대상은 주로 종묘공원과 탑골공원의 노인들이었다.

짝퉁 쇼핑몰을 개장하면서 그는 송사장으로부터 삼천만원을 빌렸는데 상환 기일이 지나 독촉 받고 있었다. 그래서 그는 아침부터 늦은 밤까지 종묘공원과 탑골공원은 물론 인근의 공원들과 지하철역까지 순회해야 했다. 하지만 노인들을 상대로 하는 영업은 변변치 않아 그는 어떻게 하면 돈을 벌 수 있을까 궁리하고 다니던 참이었다.

아무튼 그날, 목련꽃 그늘 아래 점잖은 노인이 앉아 막걸리 병나발을 불고 있는 모습이 그의 눈에 포착되었다. 그는 노인에게 다가갔다. 노인에게서 먹물 냄새가 났다. 온몸에 공부한 티가 역력히 배어 있었다. 그런 티는 그냥 척 보면 안다. 이런 노인에게는 친화력으로 승부를 해야 한다는 것을 그는 몇 번의 경험을 통해 알고 있다.

그는 만면에 웃음을 머금고 노인에게 다가가 인사를 건넸다. 그리고 등 뒤로 가서 어깨를 주무르기 시작했다.

"할아버지, 술을 그렇게 급히 마시면 건강에 해로워요."

노인은 그를 쳐다보지도 않고 골똘히 생각에 잠겨 있었다. 안마가 싫지는 않은 모양이었다. 거절하지 않으면 반쯤은 마음을 연 것이나 다름없다.

골똘히 생각에 잠긴 노인의 등과 어깨를 보며 그는 아버지를 떠올렸다. 아버지도 그랬었다. 기타를 치면서, 담배를 피우다가 우두커니 앉아 골똘히 생각하곤 했었다. 돌아앉아 생각에 잠긴 사람의 등만큼 쓸쓸한 게 있을까? 특히 남자의 등은 더 그렇다. 아버지의 황량한 등에 기대어 잠들고, 보채던 어린 시절이 그의 눈앞에 불현듯 스쳐갔다.

노인은 말없이 막걸리 한 병을 다 비우고는 빈병을 들고 일어섰다. 노인은 그를 거의 의식하지 않고 있었다. 화장실 앞 쓰레기통에 빈병을 버린 노인은 공원 후문 쪽으로 빠르게 걸어갔다. 술기운 때문인지 원래 걸음걸이가 그런지 모르겠지만 노인은 조금 휘청거리고 있었다. 노인은 서순랏길을 지나 묘동 4거리 쪽으로 걸어갔다. 그는 왠지 위태로워 보이는 노인을 계속 뒤쫓고 있었다. 그런데 노인이 4거리를 지나 오른쪽 골목으로 꺾어졌을 때 이상하게도 그의 가슴이 두근거렸다. 노인이 지금 향하고 있는 곳이 그의 엄마의 집이라는 것을 그는 직감했기 때문이다.

아니나 다를까 노인은 엄마의집 쪽문을 밀고 들어갔다. 그때 그는 왜 그렇게 가슴 한쪽이 무너져 내리는 것 같은 아픔을 느꼈을까?

무엇엔가 깊이 사로잡힌 것 같이 퀭하던 그 노인의 눈빛과 표정이 모두 엄마 때문이었다는 생각이 들자 그의 마음 깊은 곳에서 알 수 없는 질투심 같은 것이, 증오심 같은 것이 솟아오르기 시작했다.

노인과 엄마는 지금 무슨 짓을 하고 있을까? 아니 괜찮다. 엄마는 꽃뱀이고, 바카스 아줌마니까. 엄마는 그런 여자니까. 그런데 왜 이렇게 화가 날까? 그 노인 때문이다. 그 노인의 쓸쓸하던 등과 퀭한 눈빛 때문이다. 엄마 때문에 힘들어 하고 번민하던 아버지의 모습을 노인에게서 보았기 때문이다. 그 노인이 단순한 엄마의 고객이라면 저렇게 외로운 모습으로 엄마를 찾지 않을 것이다. 노인은 분명히 엄마를 좋아하고 있다.

엄마는 자신을 사랑하는 남자에게 늘 고통을 주는 여자다. 엄마는 아버지를 떠나게 하고, 결국 죽음으로 몰아넣은 여자다. 그런 여자를 그 노인이 사랑하는 것이다. 엄마가 그 노인에게 사랑받는 것도 싫지만 그런 엄마를 사랑하는 노인이 그는 더 미워졌다.

그는 며칠 동안 노인의 주변을 맴돌았다. 그리고 탑골공원과 종묘공원을 오가며 엄마와 다정히 지내는 모습을 목격했다. 확실하다. 노인에게 보내는 엄마의 저 자애로운 미소. 지금까지 엄마는 저렇게 여성스런 모습을 보여준 적이 없었다. 예전 아버지를 대하던 때와는 전혀 다른 모습이었다. 관심과 애정이 없으면 절대로 그런 눈빛으로 상대를 바라볼 수 없다.

엄마도 노인에게서 죽은 아버지의 모습을 본 것일까? 아버지에 대한 죄책감을 노인에 대한 사랑으로 사죄하려는 걸까?

쓸쓸한 등과 어깨가 아버지를 닮은 그 노인 역시 엄마 옆에서는 행복해 보였다.

'우리 엄마, 꽃뱀의 본분을 망각했군. 꽃뱀이 그러면 안 되지. 행복해 죽는구만, 노인 양반? 그러면 안 되지……'

그의 마음속에 점화된 증오의 불길은 걷잡을 수 없이 번져갔다.

엄마는 박카스를 들고 헌팅 나갔다. 엄마는 옷차림만 보고도 그 노인이 끓어오르는 욕망 때문에 괴로워하는지, 꺼져가는 욕망 때문에 걱정하는지 판별해 낸다. 엄마는 평생을 남자들 속에서 살았으니까. 스탠드바, 룸살롱의 칙칙한 조명을 햇빛 삼아 반평생을 음지에서 살았으니까.

엄마는 분명 욕심이 많은 여자다. 자신은 수많은 남자들을 달고 살았으면서도 아버지에게 단 하나밖에 없는 여자, 그의 엄마를 질투했으니까.

"당신, 영순언니한테는 이러지 않았잖아. 늘 자상하고 잘 챙겼잖아. 내가 얼마나 부러웠는지 알아? 왜 나한테는 냉담한 거야? 아직도 영순언니를 버리지 못한 거야?"

사업상 어쩔 수 없다고 하더라도 지킬 건 지키면서 살자는 아버지의 핀잔은 엄마를 울컥하게 만들었고, 그것이 발단이 되어 늘 겉돌던 아버지와 엄마의 말다툼은 터무니없는 엄마의 억지 때문에 격화되곤 하였다.

"그래, 내가 무식해서, 내가 덜 돼서 그래. 맨날 술이나 퍼마시고 욕이나 해대는 내가 부끄럽다 이거지? 영순언니처럼 조신하지 못하다 이거지?"

"그만 하자. 그런 말이 아니잖아."

"죽은 사람 왜 못 잊는 건데? 살아생전 잘해주지 못한 게 그렇게 미안해? 언니 일찍 죽은 게 모두 당신 때문인 것 같아 죄스러워서?"

엄마의 목소리에 독이 오르면 다툼이 길어진다. 그것을 알고 있는 아버지는 방문을 박차고 나가서 스탠드바 무대 위로 올라갔다. 그리고 기타를 들고 미친 듯이 연주하기 시작했다. 그것이 노래라고는 도저히 생각할 수 없었다. 무슨 곡인지도 몰랐다. 너무 시끄럽고 정신 사나운 소리가 수분 간 이어졌다. 그것은 헝클어진 아버지의 마음 같은 소리였다. 그 소리가 점차 리듬을 만들고 박자를 갖추면서 아버지의 마음은 누그러졌다.

Run away-. 아버지는 그 노래를 결코 빠르게 부르지 않았다. 높은 음으로 부르지도 않았다. 시낭송 하듯이 편하고 자유롭게 불렀다. 그래서 그 노래는 슬프게 들렸다.

그는 고등학생이 되어서야 그 노래가 Del shannon의 Run away라는 것을 알았다.

아버지는 괴로운 현실로부터 달아나고 싶었던 것일까? 떠나간 '사랑의 도망자'인 영순언니, 그러니까 그의 친엄마를 그리워했던 것일까?

엄마는 늘 죽은 영순언니, 아니 그의 친엄마를 운운하며 영순

언니만큼 자신을 사랑해 주지 않는다는 이유로 아버지를 닦달
했다. 그래서 마침내 아버지의 인내심은 바닥을 드러내고 말았
다.

"왜 그렇게 날카로워지는 거야? 당신이야말로 이제 그만할
때가 된 거 아니야? 언제까지 괴롭힐 거야? 이제 끝내자."

아버지는 술 취해 널브러져 있는 엄마와 울고 있는 그를 남겨
두고 떠났다. 엄마도, 그도 아버지를 기다렸다. 끝내자고 했던
그 말은 화가 나서 했던 말이라고 생각했다. 아니 엄마는 아닐
지 몰라도 그는 아버지를 기다렸다. 아버지는 그를 사랑했었으
니까. 그는 아버지의 유일한 피붙이였으니까. 그러나 아버지보
다 먼저 그가 아버지를 찾아가야 했었다. 떠난 지 10년이 되던
어느 해 가을에 아버지는 병원 장례식장에 누워 있었다. 다시는
깨어날 수 없는 깊은 잠을 자면서 그를 불렀던 것이다.

"니 애비 죽은 거랑 나랑 무슨 상관인데? 내가 왜 거기 가니?
그 사람이 지금까지 내 남편이었던 적이 있었어? 니가 내 아들
인 적이 있었어? 내가 섬이었다면 너희 부자는 파도 같은 존재
였어. 언제나 나를 물어뜯는……. 밤낮 할퀴고 칭얼댈 줄만 알
았지. 너와 너의 아버지는 철새 같은 존재였어. 내 속에 둥지를
틀고 살아야 하는데 내 주위를 빙빙 겉도는 존재. 언제 떠날 줄
모르는 존재. 난 그런 새들을 품고 30여년 살아온 섬이었어. 결
국엔 떠날 사람을 사랑이란 이름으로……. 난 네 아버지를 내
가슴 속에 묻어 두고 싶지 않다."

그때 그의 나이 열일곱이었다.

엄마가 종묘공원에서 욕망을 주체하지 못하고 괴로워하는 노인을 헌팅하는 동안 그는 엄마의 집에 있었다. 그는 엄마의 방을 구석구석 유심히 살폈다. 창문을 가리고 있는 짙은 녹색, 아니 검은 색에 가까운, 그리고 지금까지 걷힌 적이 한 번도 없는 그 커튼을 젖혔다. 먼지와 빗물자국에 얼룩진 유리창을 열었다. 그는 창밖을 휘휘 둘러보고 다시 창문을 닫으려다가 맞은편 집의 열려진 창문 안에서 한 여자가 침대에 쓰러져 있는 모습을 발견했다. 그는 그 여자가 혹시 죽은 건 아닐까 하는 생각이 들어 창문으로 머리를 내밀고 그 여자를 살펴보았다. 거리는 좀 있었지만 여자는 잠을 자고 있다는 걸 알았다. 생각해 보니까 그 여자는 엄마가 가끔 말하던 '잠보 아가씨'인 것 같았다. 이름이 '진주'라고 했는지, '구슬'이라고 했는지 잘 생각나지는 않았지만, 지난봄에 종묘공원 동상 아래 웬 젊디젊은 아가씨 하나가 쓰러져 있어 데려다 뒷방에 들였는데 밤이나 낮이나 잠만 잔다던 그 여자. 그는 한참동안 그 여자의 방을 들여다보다가 창문을 닫고 커튼자락에 카메라 렌즈를 부착했다. 그리고 준비해온 모빌을 달아 길게 늘어뜨렸다. 형형색색의 투명 플라스틱으로 만들어진 구슬과 보석들이 꿰어져 있는 모빌은 몰래 카메라의 렌즈가 발견되지 못하도록 도와 줄 것이다.

그는 또 하나의 렌즈를 화장대 손잡이 옆에 설치했다. 그 화장대 앞에 침대가 있었기 때문에 엄마와 노인들의 정사장면이 그 렌즈에 고스란히 잡힐 것이다.

이제 엄마만 설득하면 된다. 침대 밑에 있는 버튼을 누르면 된다고. 노인들이 몸이 달아 달려들 때 혹은 옷을 벗을 때 침대

에 걸터앉아 눈치 채지 못하게 버튼을 누르라고, 눌러야 한다고
엄마에게 말해야 한다. 송사장에게 진 빚을 갚고 엄마가 헌팅
같은 거 하지 않고 살기위해서는 꼭 그렇게 해야 한다고 엄마를
설득해야 한다. 엄마가 전혀 눈치 채지 못하도록 조심해서 말해
야 한다. 엄마와 그 노인에 대한 복수심이 숨어 있음을 절대 들
켜서는 안 된다.

그는 방안을 한 바퀴 둘러본 뒤 엄마의 방에서 나왔다. 그는
곧바로 종로5가 약 도매상가로 향했다. 엄마의 바카스 단골약
국에 주문해 놓은 최음제와 수면제, 비아그라를 찾아오기 위해
서였다. 그 약들은 그의 성인용품, 특히 물리기구의 판매 증대
에 지대한 역할을 담당할 것이다.

최음제가 든 음료수를 먹여 그 노인을 자연스럽게 그의 사무
실로 유인하여 최대한 친근한 방법으로 물리기구의 사용법을
소개하고, 그 물리기구를 이용해 엄마와 정사하게 한 후 그 장
면을 몰래카메라로 촬영해 인터넷에 올리면 제품 주문이 쇄도
할 것이라고 그는 생각했다. 그 방법 밖에는 없었다. 빚도 갚고
엄마와 노인에게 복수도 할 수 있는 길은……

그 노인에게 김구연 이라는 친구가 있는데 그 노인 먼저 제거
한 후에 서서히 접근한다면 반드시 성공할 수 있을 거라고 그는
확신했다.

노인들은 외로운 섬이다. 물론 노인들 말고도 외로운 섬은 많
다. 그 섬에 도달하는 가장 쉬운 방법은 '말 걸기'와 '말 들어주
기'이다. 외로운 그들은 누군가와 이야기를 나누고 싶어 한다.

자신의 사정을 들어줄 사람이 필요하다. 종묘공원을 찾는 대부분의 노인들은 소통하기 위해 온 것이다. 그들에게 친절한 말 한마디와 음료수 한잔은 세상에 대한 모든 경계심을 허물게 하는 친화력의 묘약이요, 최면술사의 '레드 썬'이다.

그는 마음의 빗장이 풀린 노인들에게 '박카스 아줌마'의 존재를 이야기한 후, '아침저녁으로 두 탕씩 뛰는 노인이 있다더라'는 소문을 흘렸다. 그러면 노인들은 호기심과 부러움이 가득한 눈으로 그를 쳐다보았다. 그때를 놓치지 않고 그는 전단지를 꺼내 보여주며 "바로 이 음경확대 물리기구 덕분"이라고 말하고, 확대는 물론 1시간 발기 지속 가능함을 덧붙였다.

의심 많은 노인들을 사무실로 데려가 사용설명을 곁들인 비디오 한 편을 보여주거나, 그것도 믿지 못하겠다는 노인에게는 직접 몸으로 체험하게 해주었다. 그리고 결정적으로 그 물리기구의 힘을 빌어 실제 정사를 하는 비디오 한편을 보여 주었다. 그러면 비로소 노인들의 얼굴은 놀라움과 희망의 빛으로 달아올랐다. 그 비디오 속에서 실제 정사를 벌이고 있는 모델은 다름 아닌 그의 엄마와 이신우 노인이었던 것이다.

비디오 속의 그 노인, 엄마의 애인이었던 그 노인, 지난 한 달여간 모습을 보이지 않았던 이신우 노인이 갑자기 물리기구가 든 가방을 안고 그의 사무실 문 앞에서 나일론 줄에 목이 조여 죽어 있었으니 그 황당한 상황에 맞닥뜨린 그가 어찌 황망하지 않으랴.

무슨 의도였을까? 이 노인은 왜 자신의 죽음을 그에게 보여주려 했던 것일까? 그에 대한 일종의 복수심의 표현이었을까? 항의였을까? 경고였을까? 그렇다면 노인은 알고 있었단 말인가? 그의 복수를……. 하지만 이미 늦었다.

그는 가방 속에서 휴대폰을 꺼내 시간을 확인했다. 6시 5분이었다. 그는 휴대폰의 전원을 끄고 가방 속에 다시 집어넣었다. 이제 휴대폰을 사용해서는 안 된다고 생각했다. 그의 위치가 노출되기 때문이다. 그는 계단에서 일어나 서성거리기 시작했다.

'어떻게든 이곳을 벗어나야 한다.'

그는 지하와 1층 사이의 계단을 오르내리며 경민을 생각했다. 그가 이곳을 빠져 나가서 가장 먼저 만나야 할 사람은 경민이다. 경민이 밖에 없었다. 경민이는 아무도 모르는 그만의 섬이다. 그만의 안식처이고 도피처이다. 경민이 곁에 있으면 제 아무리 냄새 잘 맡는 김형사라도, 아무리 날고 기는 밤낚시파 똘마니들이라도 그를 찾아내지 못할 것이다. 그러니까 빨리 경민이한테 가야한다. 그는 마음이 급해지기 시작했다. 그는 휴대폰을 꺼내 전원을 켜고 경민에게 '급히 도서관으로 나오라'고 문자를 보냈다. 그리고 전원을 다시 껐다. 그러는 사이에 주차장 문이 열리면서 두 사람이 계단으로 올라왔다. 그는 옆으로 비켜서 주었다. 이제 곧 출근 시간이다. 사람들의 왕래가 빈번해질 것이다. 계단을 오르내리다가 그는 서너 명이 한꺼번에 1층 출입문으로 나갈 때 그들 일행에 섞여 나가야겠다고 생각했다. 1층 계단 옆 화장실에 있다가 엘리베이터에서 쏟아져 나오는 사람들과 합류하여 밖으로 나간다면 CCTV를 정밀분석하지 않는 한 자신을 숨아내기가 쉽지 않을 거라고 그는 계산했다.

3

도서관 주차장에 경민의 모습이 보였다. 그는 계단을 내려가서 그 계단으로 올라오려는 경민의 손을 이끌고 아래쪽에 있는 화장실로 들어갔다.

"무슨 일이야? 또 사고 친 거야?"

경민이 도끼눈을 뜨고 그를 노려보았다. 그는 대답 대신 고개를 끄덕였다.

"뭔데, 이번엔?"

"살인"

"뭐?"

경민이 경악했다.

"살인자로 오해받기 딱 좋게 걸렸어."

"자세히 좀 말해봐, 형."

그는 경민을 이끌고 화장실 안으로 들어갔다. 변기통 위에 그를 앉히고 몸을 굽혀 그에게 깊은 키스를 했다. 그의 손이 경민의 셔츠를 걷어 올리고 가슴으로 입술을 가져갔다. 경민이 머리를 젖히며 가벼운 탄성을 내뱉었다. 그가 경민의 허리띠를 푼다. 경민이 그의 손을 잡았다.

"안 돼."

경민은 알고 있었다. 그가 불안하거나 초조한 마음을 달래기 위해 그의 몸을 탐닉하려는 것을. 그가 경민의 말을 무시하고 그의 샅으로 손을 집어넣었다.

“왜 안 된다는 거야? 필 받았는데.”
“아무튼 오늘은 안 돼.”
“오래 간만에 만났는데…… 정말 이럴 거야?”
“그래. 오래 간만에 만난 오늘이 형하고 마지막이야. 이 말 하려고 나왔어. 결혼할거야, 곧 아이도 태어날 거구. 나한테 가족이 생긴다구. 그러니까 나도 이젠 평범한 남자로 살 거야. 형을 잊을 자신은 없어. 그렇지만 참고 살 거야.”
경민이 그의 허리를 감싸 안으며 그의 아랫배에 얼굴을 묻었다.
“뭐야, 지금. 너 나한테 이별 통보하는 거야?”
경민이 대답 대신 고개를 끄덕였다. 그는 잠시 할 말을 잃고 서 있었다.
“내가 아닌 다른 사람하고 잘 살 수 있겠어?”
“어, 잘 살 거야. 잘 살아 낼 거야.”
어느새 경민이 그의 지퍼를 내리고 오럴하고 있다.
그는 눈을 감은 채 두 손으로 경민의 머리를 어루만졌다.
“엎친 데 덮친 격이라더니……. 오늘 기분 엿 같다. 당분간 잠수해서 너하고 같이 지내려구 했는데……. 넌 아무도 모르는 나만의 섬이니까.”
“이제 난 누구의 섬 같은 걸로 살지 않을 거야. 비밀을 간직한 채 숨겨진 존재로 살지 않을 거야. 한 사람이 섬이라면 다른 한 사람은 갈매기이거나, 파도이거나, 바람이거나 아무튼 뭔가 말을 걸어 주든가, 다가와 줄 수 있는 것이어야 해. 형과 나는 서로 바라만 볼 수 있어. 그렇게 언제까지 갈 수 있을 거라고 생각해?”

그러면서 경민은 거칠게 그를 애무했다.”

“같은 섬끼리는 절대 같이 살 수 없어. 그게 바로 섬이 가장 외로운 이유야.”

그들이 화장실에서 나왔을 땐 8시 10분경이었다. 간혹 등산로에서 내려오는 사람이 보였지만 개관시간이 50여분 남아 있어서 그런지 인적이 드물었다.

“널 잡지는 않겠다. 널 말리지도 않겠다. 나같이 못난 놈 만나서 고생 많이 했는데……. 숨겨주고, 경찰 따돌리고……. 나도 염치라는 게 있는 놈인데 어떻게 널 잡겠니?”

등산로를 오르며 그가 경민에게 말했다. 말은 그렇게 했지만 왠지 코끝이 찡해 왔다.

“아, 진짜 엿 같다.”

그는 산벚나무 가지를 흔들었다. 닥치는 대로 풀잎을 뜯었다. 언제까지나 경민이를 잡고 있을 수 있을 거라고 생각하진 않았다. 그렇지만 이렇게 예고 없이 이별이 찾아올 거라는 생각은 못했다.

“짜-식, 준비할 시간이라도 줄 것이지.”

그는 생각할수록 경민이가 야속했다. 배신감마저 들었다. 하지만 그를 놓아주는 것이 진정으로 그를 사랑하는 것임을 알고 있다. 그는 뒤돌아서서 따라오던 경민을 덥석 끌어안았다.

“다시는 나를 생각하지도 말고, 오직 너와 너의 가족만을 생각하면서 살아라. 다시는 연락하지도 말고, 뒤돌아보지도 말고 살아라.”

그는 경민에게 키스를 끝내고 그를 돌려 세웠다.

"내려가라. 뒤돌아보지 말고……. 잘 살아야 돼."

눈시울이 뜨거워졌다. 경민이가 잠시 머뭇거리다가 내려가기 시작했다. 그는 경민이가 밉지 않았다. 경민도 그것을 알리라. 경민이의 모습이 나무에 가려져 보이지 않을 때까지 산 밑을 내려다보다가 그는 뒤돌아서서 정상을 향해 오르기 시작했다.

아버지한테 버림받았을 때 엄마는 이런 기분이었을까? 송사장도 이런 기분이었을 거야. 내가 독립한다고 뿌리치고 떠나갔을 때 엿 같았을 거야. 지금 나보다 더 엿 같았을 거야. 그러니까 그렇게 노발대발 했지.

송사장의 일그러진 눈썹과 삼각형 눈을 떠올렸다.

"미스터 리, 너 나한테 이러면 안 되는 거지. 니가 나를 배신하면 안 되는 거지. 내가 널 얼마나 아끼는지 너 정말 몰라서 그래?"

그는 송사장에게서 받은 것을 모두 돌려주었다. 오피스텔도, 자동차도, 그가 준 목걸이도, 반지도, 스포츠센터 회원권도…….

"누구야? 누구한테 그렇게 깊이 빠진 거야?"

송사장은 그를 다그쳤다.

"니가 없으면 사무실 어떻게 하라구. 누구한테 맡기냐구?"

송사장은 당황했다.

"안 된다, 미스터 리. 뭐가 필요해? 내 다 해줄게."

송사장은 그의 두 팔을 잡고 애원하기 시작했다.

"사장님, 저 두 번째에요. 사장님 배신하는 거. 세 번 하지 말라는 법 없잖아요. 그러니까 저 포기하세요. 저보다 더 젊고 유능한 애들 많잖아요. 이제 절 놔 주세요. 영혼이 망가지면 무엇으로도 대체되지 않아요. 이미 망가진 건 어쩔 수 없잖아요. 그만큼만 가지고 갈게요. 더 이상 다치지 않을 거예요.”

그에게 송사장은 황금의 섬, 쾌락의 섬, 파멸의 섬이었다. 그 섬엔 모든 것이 풍족했지만 그것은 거져 주어지는 것이 아니었다. 그가 안락함을 얻기 위해서는 송사장에게 순수한 영혼을 지불해야 했다. 그의 젊음을 담보 잡혀야 했다. 그의 지갑에는 공허와 퇴폐라는 거스름돈만 쌓여갔다. 그는 일조량이 부족한 나무처럼 윤기를 잃어가는 것 같았다.

4

“야, 송사장, 넌 왜 맨 날 죽는 소리냐?”

그가 어렸을 때 새벽녘에 혀 꼬부라진 엄마를 따라 들어와서는 엄마의 팔을 잡고 늘어지던 송사장의 모습이 떠올랐다.

“누님, 이번 한 번만, 꼭 한 번만. 마지막이에요.”

15년 전 송사장은 꽤 핸섬했었다. 너무 훤칠해서 눈을 들고 볼 수가 없었다. 그 때 그는 중학생이었고 송사장은 엄마의 동생이었다.

“오늘은 안 돼. 우리 아들 옆에 가서 자.”

송사장은 엄마의 말을 잘 들었다. 그래야 엄마한테서 돈이 나오기 때문이었다.

엄마 술집의 단골손님이던 송사장은 가끔 그의 방에서 자고 가곤 했었다.

가슴이 너무 답답해서 눈을 떠 보면 송사장이 그를 꼭 껴안고 자고 있었다. 자고 있는 모습 조차도 송사장은 멋있었다. 그는 짐짓 자는 척 몸을 뒤척이면서 송사장의 품으로 파고들었다. 그러면 송사장이 그를 더 포근히 안아 주었다.

아버지의 품처럼 따듯한 송사장의 품이 그는 좋았다. 아버지도 그랬었다. 매일 새벽에야 들어오는 엄마 때문에 아버지는 그와 함께 잠을 자곤 했는데, 어린 그를 늘 그렇게 포근히 안아 주었었다. 아버지가 집을 나가고 오랫동안 그는 엄마를 기다리며 혼자 잠을 자야 했다. 그래서 그랬을까? 그는 늘 아버지의 품이 그리웠고 송사장의 품이 좋았다.

자다보면 송사장의 손이 그의 바지춤에 들어와 있곤 했다. 그의 것을 꼭 쥐고 있기도 했다. 그런데 그는 싫지 않았다. 남에게 쉽게 열리지 않는 그의 마음은 송사장의 그런 친화력에 의해서 열렸다. 그러나 어느 날부턴가 송사장이 그의 것을 잡고 있다는 사실을 인식하는 순간부터 그것이 자꾸 부풀어 올랐다. 그는 송사장이 눈치를 챌까봐 조마조마했지만 그것은 송사장의 손아귀에서 무럭무럭 자라고 있었다. 그가 송사장의 손을 바지춤에서 슬쩍 끌어내려 하자 송사장이 더욱 힘주어 움켜쥐었다. 그가 눈을 뜨고 송사장의 얼굴을 쳐다보았다. 송사장과 눈이 마주쳤다. 그때 그의 가슴이 걷잡을 수 없이 마구 뛰기 시작했다. 그건 지금까지 경험해 보지 못한 떨림이었다.

송사장의 입술이 그의 입술에 닿았을 때 그의 가슴은 터질 것 같았다.

그 후 그는 엄마를 찾아왔다가 엄마를 재워놓고 몰래 그의 방으로 건너와 그와 함께 자곤 했다. 엄마가 송사장을 놓아주지 않을 때는 빼고 말이다. 그는 송사장과의 밀회를 기다리고 있는 자신을 발견했다.

새벽녘에 엄마가 오는 소리에 잠이 깨면 그는 송사장이 같이 오지 않았을까 긴장하며 귀를 기울였다. 엄마의 남자는 많았다. 하지만 송사장처럼 그의 방에서 자고 가는 사람은 없었다. 대부분 엄마와 함께 자거나 그냥 돌아갔다. 아버지가 언제 다시 돌아올 줄 모르는데 집으로 자꾸 남자를 끌어들이는 엄마를 보면서 그는 엄마가 마음속에서 아버지를 지우려고 애쓰고 있다는 생각을 했다. 그래서 엄마가 밉고, 엄마에게 화가 나기도 했다. 하지만 표현하지는 않았다. 지금까지 엄마라고 불러본 적이 없기 때문에 간섭할 이유도 없을 것 같았기 때문이었다.

아버지의 장례식을 치루고 그는 엄마 집을 나왔다. 자신과는 피 한 방울 섞이지 않은 그를 엄마는 방치했다. 아버지가 돌아올 거라는 일말의 기대로 그나마 전처 자식인 그를 키워 주었지만 더 이상 그럴 필요가 없다고 엄마는 생각했던 것이다. 그 또한 엄마의 방탕한 생활을 견딜 수 없었기 때문이었다.

그는 송사장의 오피스텔로 가서 송사장의 섬이 되었다. 그를 위해 밥을 짓고 빨래를 하고, 청소를 했다. 그건 그렇게 어려운 일이 아니었다. 그가 어렸을 때부터 아버지를 도와 했던 일이었으니까 말이다.

송사장은 결코 외박하는 일이 없었다. 엄마와 함께 새벽까지 있다가도 꼭 들어왔다. 그가 운영하는 인터넷 쇼핑몰은 대박이었다.

송사장이 그를 미스터 리라고 부르게 된 것은 그가 송사장의 사무실에서 일을 했기 때문이다. 송사장은 건강식품과 성인용품 수입 판매를 하고 있었는데 그는 매일 방과 후에 출근해서 고객명단을 정리하고, 홍보전단지를 발송했다. 계산서를 발행하고 지로용지를 출력하는 등의 업무와 고객들에게 우편 배송하는 업무를 담당했다.

"평생 내 곁에만 있어. 내가 다 해 줄 테니까."

송사장은 그를 사랑했다. 그래서 언제나 그에게 그렇게 말하곤 했다.

그는 송사장의 말을 믿었다. 송사장이 좋았다. 늘 따뜻하게 안아 주고 자신을 거둬준 그를 위해 못할 일이 없다고 생각했다.

하지만 엄마에게서 얻어낼 것을 다 얻어내고 사업을 확장하면서 송사장은 변하기 시작했다. 사업 때문에 받는 모든 스트레스를 그에게 해소하기 시작했다.

새벽 세시에 초인종을 눌러 그를 깨워 놓고서는 공부 안 하고 잠만 잔다며 잔소리를 퍼부었다. 그리고는 기분이 상할 대로 상한 그를 침대로 끌고 가 강제로 옷을 벗기고 그의 몸을 탐하였다.

한밤중이었다. 그의 방에 누군가 침입했다. 침입자는 복면을 쓰고 있었다. 술 냄새가 진동했다. 침입자가 그의 잠옷을 벗기려 하였다. 잠에서 깬 그가 느닷없는 상황에 소리를 질렀다.

"누구야?"

　그는 몸을 움직이려 했지만 움직일 수 없었다. 그의 손과 발이 침대 모서리에 묶여 있었기 때문이었다. 침입자가 그의 입에 이불자락을 물렸다. 그는 소리를 질러도 소용없다는 것을 깨달았다. 그는 침입자가 하는 행동을 그대로 감수할 수밖에 없었다. 그의 옷을 다 벗긴 침입자는 그의 남성을 사정없이 공격하였다. 그는 몸을 뒤틀었다. 그럴수록 공격의 강도가 높아졌다. 그는 저항을 포기했다. 그러고 나니 온몸이 서서히 부풀어 오르기 시작했다. 자신을 애무해 준 사람은 지금까지 송사장 밖에 없었다. 그리고 그것이 당연하다고 생각해 왔었다. 그런데 송사장이 아닌 다른 사람에게 애무당하는 기분이 왠지 더 야릇한 느낌이 들었고 아주 작은 자극에도 온몸의 세포들이 민감하게 반응하는 것 같았다. 온 몸 구석구석 흥분이 전달되었고 그는 주체할 수 없는 쾌감에 자신도 모르게 신음 소리를 내고 있었다. 그럴수록 침입자의 공격은 더 거칠었다. 마침내 그는 오르가즘에 도달하였다. 그는 그동안 느껴보지 못했던 강렬하면서도 몽롱하고 황홀한 느낌을 더 오랫동안 음미하고 싶어 눈을 감았다. 그런데 갑자기 방안이 환해졌다. 침입자가 불을 켠 것이었다. 침입자가 복면을 벗었다. 땀에 젖은 얼굴의 소유자는 송사장이었다.

　그가 송사장의 집을 나온 것은 그 다음날이었다. 이제 더 이상 송사장은 그의 아버지 같은 존재가 아니었다. 그는 자신이 송사장의 성노리개에 지나지 않는다고 생각했다. 그런 삶을 살고 싶지 않았다.

　팔다리를 묶인 채 벌거벗겨진 몸을 조금이라도 가리기 위해 어색하게 움츠리고 있던 그를 묘한 미소로 바라보던 송사장의 눈빛이 잊히지 않았다. 그날 밤의 수치심과 모욕감, 그리고 울컥 솟구쳐 오르던 그 설움을 그는 잊을 수가 없었다.

그는 갈 곳이 없었다.

아버지도 그랬겠지? 막상 모든 것을 뿌리치고 집을 뛰쳐나왔지만 갈 곳이 없었겠지? 기타 하나 달랑 메고 떠난 아버지. 한강 둔치에라도 가서 기타를 치며 목청껏 런 어웨이를 불렀을까?

처음엔 튜닝을 하며 느리게 조그맣게 부르다가 점점 감정이 고조되면서 기타 연주가 빨라지고, 목소리가 커지고, 결국엔 목이 터져라, 기타 줄이 끊어져라 거칠게 밤의 적막을 찢으며 몸부림 쳤겠지?

죽은 엄마를 놓지 못해 엄마와 늘 언쟁하던 아버지. 그의 친엄마 이영순과 그의 새엄마 신봉녀는 같은 마을에서 언니 동생 하며 지내던 사이였다고 했다. 두 사람은 서울로 도망쳐 와서 공장에 취직했다가 더 많은 돈을 벌기 위해 술집에 나가기 시작했고, 스탠드바의 기타 연주자였던 아버지를 동시에 좋아하였다고 한다. 그런데 언니였던 이영순과 아버지가 동거하면서 신봉녀는 배신감을 느꼈지만 마음속에 늘 아버지에 대한 미련을 담고 있었다. 그가 네 살 때 이영순은 병원에도 가지 못하고 집에서 그의 동생을 낳다가 과다출혈로 죽었다. 엄마는 신봉녀에게 그와 그의 아버지를 부탁한다는 유언을 남기고 죽었다. 아버지를 좋아했던 신봉녀는 그의 아버지와 동거를 시작했지만 그의 아버지는 신봉녀를 가까이 하지 않았다. 늘 그를 안고 잠잤다. 사랑하는 사람을 얻었지만 상대가 자신을 사랑하지 않는다는 걸 안 신봉녀는 그의 마음이 돌아올 거라는 생각을 하며 건조한 동거생활을 지속하였다. 그러나 세월이 흐를수록 갈등의 골은 깊어갔고 아버지가 부르는 Run away의 목청도 더 높아갔다.

5

산 정상에 팔각정이 서 있었다. 등산객 대여섯 사람이 누각 위에 서서 시내 전경을 내려다보고 있었다. 그도 팔각정 위로 올라갔다. 느린 걸음으로 올라왔지만 그의 이마엔 땀방울이 송글송글 맺혀 있었다. 산바람이 그의 얼굴을 어루만져 주었다.

그는 이신우 노인에 대해 생각하고 있었다. 그 노인이 왜 죽었을까? 엄마한테 무슨 이야기를 들은 것인가? 엄마와 무슨 일이 있었던 것일까? 자살을 감행할 만큼 노인에게 충격적인 일이 있었던 것일까? 왜 하필이면 노인이 자신의 사무실 앞에서 죽었을까? 아무리 생각해도 그는 알 수가 없었다.

엄마는 이신우 노인을 끔찍이 공경했다. 그를 대하는 태도는 지금까지 그가 보아왔던 엄마의 모습이 아니었다. 그 노인에 대한 엄마의 사랑은 진정인 것 같았다. 그래서 그 노인과의 비디오 촬영이 쉽지 않았었다. 엄마는 의도적으로 몰카의 전원을 끄고 고장 내기도 하였다. 물론 그건 순전히 그의 추측이지만.

비디오를 끝내고 나서 엄마는 이신우 노인을 배신했다는 죄책감 때문에 근 열흘 동안 앓아 누웠었다. 엄마에게 이신우 노인은 어떤 섬이었을까? 세파에 지친 엄마가 의지하고 싶었던 마지막 섬이었을까? 엄마는 이신우 라는 섬의 새가 되고 싶었을까? 그의 섬에 조그맣게 둥지를 틀고, 지친 날개를 접고 여생을 그의 섬에서 살고자 했던 건 아니었을까?

…… 노인은 어떻게 되었을까? 경찰은 출동했을까? 경찰이 뭘 알아냈을까? 자신과 노인의 죽음이 관련되어 있다는 혐의를 발견했을까? 그의 머릿속으로 수많은 생각이 오갔다. 아직은 엄마한테까지 찾아가지는 않았을 것이다. 사무실은 어떻게 되었을까? 경찰이 무슨 단서라도 찾겠다고 홀랑 뒤집어 놓았겠지? 수많은 CD와 사진들이 널브러진 사무실 바닥의 전경이 그의 머릿속에 펼쳐졌다. 서버와 컴퓨터는 이미 압수되었을 것이다. 다른 건 다 압수당해도 괜찮은데 책장의 수평을 맞추기 위해 받쳐놓은 그 책만은 아무 일이 없기를 그는 기도했다.

CD의 크기와 두께만큼 가운데를 도려내고 그 속에 CD를 넣은, 마르케스의 '백년 동안의 고독'이라는 그 책만큼은 그대로 있기를 그는 기도했다. 물론 그 CD 내용은 메모리스틱에 복사본이 저장되어 있고 그것은 지금 그의 가방 속에도 있다. 만약 그 CD의 내용을 경찰이 보게 된다면 그에게는 음란물 불법 유포뿐만 아니라 자살방조죄까지 추가 적용될 것이기 때문이었다. 책장 밑에서 CD를 품고 그것을 떠받치고 있는 그 책은, 그 책의 제목처럼 백년, 천년 고독하게 묻혀 있어야 한다. 절대로 밖으로 나와서는 안 된다. 거기엔 잘라내지도, 모자이크 처리도 하지 않은 원래 그대로의 동영상이 숨어 있기 때문이다. 엄마와 이신우 노인의, 그리고 엄마와 김구연 노인의, 엄마와 또 다른 노인의 동영상이…….

6

"이승재!"

낮고도 친근한 목소리가 그를 부르고 있었다. 그는 눈을 감고도 안다. 경민의 목소리라는 것을. 그는 짐짓 못들은 체 하고 누각 위에 앉아 산 아래 펼쳐진 도시를 내려다보고 있었다. "승재 형!" 경민이가 다시 한 번 그의 이름을 불렀다. 낮고도 불안한 음색이었다. 그는 고개를 먼저 돌리고 나서 가부좌를 풀었다. 일어서려는 그를 경민이가 다가와 등 뒤에서 감싸 안았다.

"뭐야? 벌써 보고 싶은 거야? 기껏해야 두 시간 밖에 안됐는데?"

경민이 그의 귀에 입술을 갖다 대고 속삭이기 시작했다.

"난 형이 쫓기면서 사는 게 싫어. 죄 짓고 사는 거 원치 않아. 앞으로 우리 만나지 않을 거지만 형이 떳떳하게 살았으면 좋겠어. 그리고 그렇게 살 수 있게 해 주는 것이 내가 형에게 줄 수 있는 마지막 선물이라고 생각했어. 나 원망하지 않을 거지?"

경민이 그를 더 힘주어 안았다.

"무슨 소리 하는 거야? 뜬금없이……."

"김형사한테 미행당했어. 통화내역 조회했나봐. 형이 실수한 거야. 아니 결과적으로는 잘한 거지만. 평소처럼 공중전화로 했어야 했는데 형이 형 핸드폰으로 전화한 게 단서가 돼서 경찰이 통화내역 조회하고 나를 따라붙은 거야."

그는 놀라지 않았다. 좀 전에 경민이가 불러서 뒤돌아 일어서

려고 할 때 경민이 뒤에 서 있던 사람이 종로 경찰서 김형사라
는 사실을 알고 있었기 때문이었다. 모자를 눌러쓰고 있어서 처
음엔 긴가민가했었는데 경민이의 이야기를 듣는 순간 그 사람
이 김형사일 거라는 것을 직감했다.

"나 용서해 줄 거지?"

"그래 잘했다. 너한테 차여서 허전했는데, 어떻게 살아야 하
나 막막했었는데 얼마간 교도소 콩밥으로 허전한 곳 채우다 보
면 또 살고 싶은 생각이 들겠지."

그는 눈이 맵고 코끝이 찡해짐을 느꼈다.

경민이의 포박을 풀면서 일어섰다. 김형사가 모자를 벗으며
다가왔다.

"이승재, 너를 성폭행 및 허위진술죄로 체포한다."

"네? 전 누굴 성폭행한 적이 없는데요, 김형사님?"

"네 엄마 신봉녀씨 뒷집에 사는 허진주씨를 성폭행한 사람이
세탁소 주인 한정국이라고 허위 진술하고, 네가 성폭행한 사실
을 은폐했잖아. 유전자 감식 결과가 나왔어."

전혀 예상하지 못했던 혐의를 적용해 체포하겠다는 김형사의
말에 그는 잠시 머릿속이 텅 비는 것 같았다. 엄마가 헌팅 나가
고 없는 틈을 타서 엄마의 방에 몰래 카메라를 설치하던 그날이
비디오 테이프의 빨리감기 화면으로 그의 머릿속을 스쳐갔다.
바로 그날, 그는 종로5가에 가서 박카스와 최음제를 사다가 엄
마 방에 놓고 나오려다가 왠지 모를 호기심에 이끌려 커튼을 젖
히고 창문을 열었다. 맞은편 방의 창문이 그때까지도 열려 있었
고 여자는 계속 자고 있었다. 그는 자신도 모르게 두 개의 창문

을 뛰어 넘었다. 그리고 그 여자의 방으로 들어갔다. 그리
고……. 그는 거기에서 정지버튼을 누르고 눈을 질끈 감았다.
  어떻게 그렇게 까맣게 잊을 수 있었을까? 그녀와의 섹스를.
하지만 솔직히 그녀와의 섹스는 섹스라기보다는 자위에 가까웠
다고 그는 기억했다. 그는 가끔 자위를 할 때 실리콘 고무로 제
작된 인형을 이용하곤 했었는데, 그녀는 줄곧 자고 있었기 때문
에 자위용 인형을 가지고 노는 것 이상의 흥분은 없었다. 그래
서 그 일이 또렷한 기억으로 저장되지 않은 것이라고 그는 생각
했다.
  그는 눈을 떴다. 경민을 바라보았다. 경민의 눈빛에 원망이
숨어 있었다. '이별통보'의 원인이 바로 이것 때문이었니? 하고
그의 눈빛이 경민을 향해 물었다. 경민이 고개를 떨궜다.
  그나저나 경찰은 아직 모르는 걸까? 이신우 노인의 죽음을?
'백년 동안의 고독'은 아직 발견되지 않은 걸까? 이신우 노인이
죽지 않았기를 간절히 바라면서 그는 순순히 김형사 앞으로 두
손을 내밀었다.

  모든 이름들은 하나의 섬이다. 모든 영혼들도 하나의 섬이다.
                    ……
    섬에서 섬으로 그리움의 바다가 흐른다.
  가슴 안에 물거품 같은 욕망을 간직하고 사는 사람들이
                   섬을,
          섬과 섬 사이를 파괴한다.

사랑이 올까요?

1

바람이 불어온다, 라고 말했을 때 이미 그 바람은 가고 없다. 바람은 급하다. 바람은 결코 혼자 오지 않는다. 때로는 비릿한 바다냄새나 아카시아 향기를 몰고 오기도 하고, 구름이나 황사 또는 폭우를 동반하기도 한다. 바람은 어디에도 머물 수 없는 운명을 갖고 태어난다. 하지만 더러는 그런 운명을 거부하고 머물러 사는 바람도 있다. 터널 속에 집을 지은 바람이다. 그런 바람들은 달리고 싶어도 달릴 수 없을 만큼 노쇠했거나, 상처가 깊은 바람일 것이다. 그렇지만 그런 바람일지라도 역마살을 안고 태어나기 때문에 자신들의 의지와 상관없이 움직여야 한다. 가고 싶지 않은데 가야만 하는 그곳의 바람은 그래서 늘 쫓기며 산다. 기차가 움직이면 그들도 이사를 해야 하는 것이다. 그들은 기차와 같은 방향으로 움직이며 살아간다. 그들은 하루에도 수십 번씩 자리를 옮기고, 심지어 러시아워 땐 2분마다 이사를 한다.

화곡역 플랫폼 3-2. 계단에서 내려와 세 걸음이면 닿는 곳. 매일 아침 그가 지하철을 기다리는 자리다. 바람과 사람은 서로 사는 곳을 구별해야 한다며 아무리 스크린도어로 막아도 바람은 수시로 플랫폼을 침범한다. 지금 바람이 오고 있다. 우장산에 만개한 아카시아 꽃향기를 이삿짐으로 싸들고 바람이 달려오고 있다. 열차 소리도 뒤쫓아 온다. 미끄러지듯 다가온 열차가 멈추면 스크린 도어와 출입문이 차례로 열리고 문 옆에 줄지어 섰던 사람들이 우르르 객차 안으로 몰려든다. 인파에 떠밀려 들어간 그는 사람들 틈을 비집고 겨우 손잡이 하나를 잡고 선다. 사람들은 각자 자기에게 알맞은 자리를 찾아 자신만의 보이지 않는 경계를 만든다. 신문을 펼쳐 넓은 자리를 확보하기도 하고, 출입문 옆 쇠기둥에 찰싹 달라붙기도 한다. 손잡이 두 개를 붙잡고 두 사람 자리를 혼자 차지하는 사람도 있고, 좌석 앞으로 너무 바싹 다가서서 앉아 있는 이들로 하여금 시선 둘 곳을 모르게 만드는 사람도 있다. 타인들로부터 간섭받고 싶지 않은 사람들로 빼곡한 객차 안이라서 그런지 안내 방송이 없거나 열차가 굴곡 없는 코스를 달릴 때는 신문 뒤적이는 소리까지 들릴 정도로 적막한 순간도 있다. 책 속에 눈을 붙박고 주변에 무심한 사람들, 이어폰으로 귀를 막고 오로지 음악의 세계에 빠진 사람들, 잠속에 빠진 사람들, 휴대폰으로 문자를 찍느라 손이 바쁜 사람들. 사람들은 대부분 자신만의 성벽 속에서 갑옷을 입고, 과묵하게 목적지가 다가오기를 기다리고 있다. 휘이이-이익. 적막한 휘파람소리를 내며 달려가는 마천행 열차.

"5호선의 보라색은 '황제'를 상징합니다, 5호선 이용 고객님은 우리 도시철도공사의 황제이십니다."

그는 출입문 위쪽에 붙어있는 보라색 스티커를 들여다본다. 자신만의 성에 갇혀 황제가 된 사람들을 태운 열차가 한순간 굉음을 내며 흔들린다. 황제들이 잠시 비틀거리다가 제자리를 찾는다. 어두운 유리창에 비친 그들의 모습이 낯설다. 그는 습관처럼 아랫입술을 내밀어 후후 바람을 불어 올리며 유리창에 비친 사람들의 모습을 하나하나 바라본다. 그의 왼쪽에 긴 머리카락의 여자가 서 있고, 오른쪽으로 다섯 사람의 얼굴이 어려 있다. 바로 옆 남자는 이어폰을 꽂은 채 눈을 감고 있다. 그 남자 옆의 여자는 신문을 접어 읽고, 그 여자 옆의 여자는 유리에 비친 자신의 모습을 바라보며 볼 풍선을 불고 있다. 그 여자 옆의 키 큰 남자는 휴대폰으로 TV를 보며 희죽거리고 있다.

그는 시선을 떨궈 이번엔 좌석에 앉은 사람들을 슬쩍 내려다본다. 바로 앞에 앉아 눈을 감고 있는 여자의 뒤통수 가마가 유난히 넓어 보인다. 그러고 보니 이 여자는 안면이 있다. 며칠 전에도 이 여자 앞에 섰던 기억이 떠오른다.

이 여자는 여의도역에서 내렸었다. 화곡에서 여의도까지는 대략 20분. 20분 정도 서서 가다가 이 여자가 비워준 자리에 앉아 15분 정도 가면 그의 목적지인 종로3가이다. 그런데 그 여자 옆 좌석의 남자는 영등포구청에서 내릴 것 같다. 외모와 차림새를 보면 대충 그 사람이 어떤 역에서 내릴 것인지 감이 온다. 말끔한 양복 차림에 안경을 낀 것으로 보아 남자는 공무원 아니면 사무원이 틀림없다. 그 남자가 내릴 영등포구청 역까지는 12분 정도 걸리는데 그 남자 앞에는 이어폰을 꽂은 뚱뚱한 남자가 떡하니 버티고 서 있어서 오늘은 그냥 이 여자 앞에 서 있다가 여의도에서 앉아가야 할 것 같다.

좌석에 앉아 가든, 서서 가든 빽빽한 사람들 속에서 일정한 공간을 확보한다는 건 넓은 세상 한 가운데서 자신만의 집을 얻고 사는 일과 같다. 똑같은 길을 가면서도 어떤 이는 서서 가고 또 어떤 사람은 앉아서 간다. 돈이 있다고 해서 앉아가고, 돈이 없다고 서서 가는 것만도 아니다. 인생은 그냥 기회일 뿐이다. 기회가 닿으면 앉아 가는 거고 그렇지 않으면 서서 가는 것이다. 하지만 기회를 잡기 위해 노력할 수는 있다. 앉아가고 싶은 생각이 간절한 사람은 좌석 앞으로 바싹 다가가서 앉은 사람이 일어나자마자 그 자리를 확보하면 된다. 어떤 사람이 빨리 일어날는지 그것을 알아내는 것은 그 사람의 능력이다.

그는 손잡이에 힘을 주며 두 눈을 감는다. 회사에 도착하면 8시 40분이고, 그때부터 또 하루의 전쟁이 시작되리라. 지난 주 업무현황을 사장에게 보고하고, 다음 달 취재기획서를 작성해야 한다. 오후엔 사진부 김기자와 함께 주방가구 회사를 방문하여 화보제작용 사진촬영을 하고, 여의도 A아파트 건설 현장에 가서 송경화 대리에게 시공 자료를 받아다 건설기록 지 원고도 써야 한다. 2개월 전부터 전화 목소리로만 만나왔 던 그녀를 오늘 비로소 만나는 것이다. 막상 그녀를 만나야 한다고 생각하니 무어라 형언하기 어려운 감정들로 뒤얽힌 다. 그녀와의 만남을 피해야 할 이유도 없지만, 피해 가야 할 방법도 없다고 생각하니 좀 막막해 진다. 지금까지 그래왔던 것처럼 송경화 대리는 그냥 전화로만 만나면 좋겠다는 것이 솔직한 그의 심경이다.

여성잡지사에서 건설기록지를 만든다고 하면 건설현장 사 람들의 대부분은 의아하게 생각한다. 전문적인 책을 어떻게 일반 잡지사에서 제작할 수 있느냐는 것이다. 하지만 요즘 같 은 불경기에 열악한 환경의 잡지사들이 살아남기 위해서는 사업을 다각화하지 않으면 안 된다. 몇 년간 이어지는 불황으 로 인해 잡지 광고가 줄어들고, 온라인 쪽으로 광고가 이동하 자 사장은 틈새시장을 찾으라고 회의 때마다 핏대를 올려대 고 있던 참이었다. 건축설계사로 일하고 있는 그의 학교선배 가 건설기록지를 만들어 보라는 제의를 해왔다. 건설기록지 는 하나의 건축물이 기획, 설계되어 준공되기까지의 과정을 담은 책으로, 회사 운영에 큰 도움이 될 거라고 했다. 월간지 처럼 한두 달 일해서 자금을 회수하는 것이 아니라 공사가 끝 나야 비로소 책이 완성되고, 납품 후에 결제를 받는다는 단점이 있지만 사장은 "지금 우리가 물불 가릴 때냐?"며 계약서에 도장을 찍어 버렸다. 건설지 제작을 전담하는 '기획실'이 신설되었고, 그는 '대리' 직함을 하나 더 얻게 되었다. 20%의 계약금이 입금된 것을 확인하고 그는 여의도에 재건축되는 주상복합 아파트의 A건설 현장사무소를 선배와 함께 찾아갔다. 담당 공무과장을 소개받은 후 건설기록지의 제작방향과 일정을 논의하고 그가 계획서를 작성하여 이메일로 보내기로 하였다.

여러 종류의 건설기록지를 참조하여 목차를 만들고, 제작 일정을 작성하여 공무과 천과장에게 보냈으나 며칠 후 천과장이 갑작스럽게 타 현장으로 가게 되었다면서 새로운 담당자가 그에게 전화를 했다. 여자였다.

"A건설 공무대리 송경합니다. 한 대리님이시죠? 천과장님 후임입니다."

"……아, 예."

"오늘 들어오셔서 진행사항 보고 좀 해 주셔야겠어요."

그녀의 목소리는 건조했고, 어투는 명령조였다. 그는 잠시 당황스러웠다. 적어도 자신이 천과장의 후임자라면 업무를 인수인게 받았지만, 그 이후 어떻게 진행되고 있는지 궁금하니까 인사도 나눌 겸 최대한 빠른 시일 내에 한 번 들어와서 설명해 달라고, 언제쯤 가능하겠느냐고 물어봐야 하는 게 아닌가? 보고를 하라니……. 낯선 목소리의 여자에게 무시당하는 것 같은 생각이 들자 그는 갑자기 화가 치밀어 올랐다.

“미안하지만, 오늘은 제가 다른 스케줄이 있어요.”

“헛-”

여자의 어이없다는 듯 한 짧은 웃음소리가 들려왔다.

“오후 2시에 감리단 회의가 있어요. 그때 제가 건설지 진행상황 보고를 해야 돼요.”

“천과장님께 인수인계 받았다면서요? 그걸 정리해서 보고하시면 되죠. 그리고 그렇게 시급한 문제는 미리 말해 줘야 저도 준비를 할 게 아니에요? 아무리 우리가 그 회사의 일을 하고 있지만 맘대로 와라 가라 하시면 안 되죠. 내가 송경화 대리의 직속 부합니까?”

그는 거칠게 전화기를 내려놓았다.

이후 몇 차례 송경화 대리로부터 전화가 걸려 왔지만 그는 받지 않았다.

일주일 후 그는 다시 송경화 대리의 전화를 받았다.

“4월 10일은 감리단, CM단, 시공사, 발주처 등 아파트 건립 관계자 미팅이 있는 날입니다. 이날은 필히 참석하셔서 진행상황과 향후 일정보고를 해 주셔야 합니다. 지난번엔 제가 대충 정리해서 보고했지만 이번엔 안 돼요. PPT파일로 문서 작성해서 10시까지 현장 사무실로 오세요. 장비점검하고 리허설한 후 11시부터 브리핑해 주세요.”

그녀의 목소리는 여전히 차가웠고 딱딱했다.

미팅 당일인 4월 10일, 그는 마포대교를 건너다가 송경화 대리의 전화를 받았다.

"죄송합니다. 오늘 미팅이 무기한 연기되었습니다. 다시 날짜 잡히면 연락드릴게요."

그는 머리가 띵해졌다. '장난치는 건가? 일정이 취소되었으면 출발하기 전에 전화를 해줘야지. 5분 후면 도착하는데…. 전화하는 태도는 또 그게 뭐야? 왜 그렇게 경우가 없는 거야? 얼음만 처먹나? 왜 그렇게 차가워.' 갑자기 짜증이 나고 열이 뻗쳐올라 그는 한강 둔치 주차장에 차를 세웠다.

송경화 대리는 언제나 일방적으로 결정해서 그에게 통보했다. 그녀의 말과 태도에는 항상 계약서에 명시된 '갑'으로서의 역할만 있었고, 그에게는 '을'의 역할만을 요구했다. 그래서 송경화 대리를 생각할 때마다 불쾌하고 짜증이 났다.

4월 12일부터 파일공사와 골조공사 일부가 완료됨에 따라 시공 자료와 사진을 받기로 계획되어 있었다. 송경화 대리에게 먼저 전화해서 시공담당자를 소개받아야 했다.

그는 그녀에게 처음으로 전화를 걸었던 그 순간을 생각하면서 자신도 모르게 눈을 번쩍 떴다. 마지막 숫자를 누르고 전화기를 귀 가까이 가져갔을 때 그의 뇌리를 거쳐 마음속으로 전해지던 그 컬러링 음악. 등려군의 간드러진 목소리.

티엔 ~ 미 ~ 미, 니 샤오 ~ 더 티엔미미 ~ , 하오 쌍 화얼 카이자이 춘펑리 ~

달콤해, 달콤한 너의 미소는, 마치 봄바람에 피어난 꽃 같구나

영화 첨밀밀의 주제곡이었다. 그 노래를 듣는 순간 뭔가 강

한 진동이 그의 마음을 흔들었다. 그가 좋아하는 노래였기도 했지만, 그의 휴대폰 컬러링도 첨밀밀이기 때문이었다. 얼음처럼 차갑고 건조한 송경화 대리가 첨밀밀 같이 고풍스럽고 로맨틱한 노래를 좋아할 거라고는 상상도 못했었다. 목소리로만 만나왔던 송경화 대리가 장만옥의 얼굴로 떠올랐다. 아마도 영화 초반, 여소군(여명)에게 마음을 열기 전, 돈 밖에 모르고 깍쟁이 같던 이교(장만옥)의 차가운 느낌과 송경화의 이미지가 오버랩 되었기 때문이리라.

송경화 대리도 첨밀밀을 봤을까? 여소군과 이교의 그 안타깝고 우울한 엇갈림을 보면서 가슴을 여미었을까? 여소군과 이교를 이어주던 등려군의 노래들을 들으면서 상실과 그리움의 긴 여로를 헤맸을까? 첨밀밀을 생각하니 허진주가 떠올랐다. 벌써 몇 달째 볼 수 없는 그녀. 이교처럼 하얀 얼굴에 붉은 립스틱이 인상적인 그녀. 텐미미. 달콤해. 달콤한 미소의 허진주. 도대체 어디로 간 것일까? 등려군의 목소리와 첨밀밀의 음률에 실려 와서 꽃잎처럼 난무하며 눈앞에 흩어지는 그녀의 모습. 일 때문에 잠시 잊고 지냈던 허진주에 대한 그리움이 물밀듯이 밀려왔다.

그는 송경화 대리가 전화를 받기 전에 얼른 수화기를 내려놓았다. 허진주에 대한 생각으로 마음이 어지러웠을 뿐만 아니라 컬러링이 멈춤과 동시에 들려올 그녀의 차갑고 건조한 목소리를 듣고 싶지 않았기 때문이었다. 첨밀밀이 흔들고 간 그의 마음은 한동안 진정되지 않았다.

첨밀밀, 하루에도 수십 번 그의 휴대폰에서 울려 퍼지는 노래. 들을 때마다 촉촉이 그의 몸과 마음속에 스며들어 그리움과 애수를 일깨워주는 노래. 간혹 친구나 지인들은 최첨단 시대를 살아가는, 더구나 기자라는 사람이 어떻게 그런 촌스러운 노래를 컬러링으로 쓰느냐며 당장 바꾸라고 했지만 그는 그냥 웃어넘기고 말았다. 그러면서 그는 언제부턴가 누군가에게 전화를 걸었을 때 들려오는 컬러링으로 그 사람을 판단하는 버릇이 생기기 시작했다.

자신이 좋아하는 음악을 컬러링으로 설정한 사람은 이기적인 사람이다. 자신이 좋아하는 음악을 전화하는 사람에게 일방적으로 들려주고 싶어 하기 때문이다.

자신보다 타인을 배려하여 세미클래식과 같이 누구나 좋아할 수 있는 음악을 설정한 사람은 이타적인 사람이다. 전화를 받을 때까지 편하게 음악을 들을 수 있게 해 주는 사람이다.

컬러링이 없는 사람들은 매사에 무성의하고 메마른 감정의 소유자로 느껴진다.

컬러링 설정을 하는 자체를 귀찮아하는 사람이거나 전화는 단지 통신수단이라고 생각하여 컬러링 자체를 무시하는 사람이다.

컬러링을 자주 바꾸는 사람은 감정변화의 폭이 큰 사람으로 변덕이 심하고 불안과 우울한 감정의 소유자라고 생각한다.

송경화 대리의 휴대폰 컬러링이 첨밀밀이라는 사실을 안

이후부터 그는 그녀에게 전화를 걸고 싶어졌다. 솔직히 말하면 첨밀밀이 듣고 싶었다. mp3에 다운 받으면 하루 종일이라도 들을 수 있는 노래지만 그의 머릿속엔 그녀의 단축 번호가 자꾸 떠올랐다. 그녀의 이름이나 숫자를 누르는 순간 흘러나오는 음악. 두 소절이 흘러나올 때까지 듣고 있다가 그녀가 통화버튼을 눌러 음악이 끊어지는 순간 그는 종료버튼을 눌렀다. 여느 사람 같으면 자신이 전화를 늦게 받아서 끊어진 줄 알고 상대편에게 리턴콜을 할 것이다. 그런데 송경화 대리는 전화를 하지 않았다. 송경화 대리가 무엇 때문에 전화를 했느냐고 물으면 단축번호를 잘못 눌렀다고 변명까지 준비해 놓았는데 말이다. 그래서 그는 또 그녀에게 전화를 했다. 그녀가 받을 것 같은 느낌이 들면 얼른 종료 버튼을 눌렀다. 하루에 두 세 번 씩 그런 장난 아닌 장난을 했음에도 그녀에게서는 이렇다 할 반응이 없었다. 혹시 그녀가 휴대폰을 두고 자리를 비웠는지 궁금해서 사무실 전화로 걸어보았더니 그녀가 전화를 받았다.

"장난합니까? 왜 자꾸 전화를 받으려면 끊어요?"

그녀의 싸늘한 목소리가 선명하게 전해져 왔다. 그는 얼른 전화를 끊었다. 그러자 잠시 후 그녀에게서 전화가 걸려왔다.

"내가 그렇게 우스워요? 유치한 장난 언제까지 할 거예요, 대체?"

"장난이 아니라… 노래가, 컬러링이 저하고 같아서…….
저도 첨밀밀 좋아하거든요."

그는 잔뜩 주눅이 든 목소리로 더듬거렸다.

"참, 기가 막혀서……. 그래도 장난은 싫어요."

그녀의 목소리에서 처음으로 온기가 느껴졌다.

휘이이잉- 철로 위를 미끄러지는 열차의 가속음이 몇 초 정도 이어지다가 객차 안은 다시 조용해진다. 이렇게 많은 사람들이 모여 있음에도 불구하고 객차 안은 적막하다. 모두가 혼자이기 때문이다. 자신의 어깨만한 넓이의 공간을 차지하고 자신만의 생각 속에 갇혀 있는 사람들. 섬이다. 간혹 적막이 어색해서 누군가가 일부러 내는 듯 한 잔기침소리가 들리고, 휴대폰에 대고 속삭이는 소리, 신문 뒤적이는 소리가 없었다면 주위가 너무 조용해서 상대편의 목소리까지 이쪽으로 들릴 지경이었다. 이럴 때 누군가의 뱃속에서 꼬르륵 소리라도 난다면, 심지어 누군가가 방귀라도 뀐다면 상당히 난감하리라. 적막함이 두려운 사람들. 안내방송이라도 빨리 나왔으면 하고 바라고 있을 때 어디선가 난데없이 "자기야, 전화 받아. 자기야, 전화 받아" 하고 외쳐대는 여자의 목소리 전화벨이 들려온다. 그가 실소를 머금고 황제들을 힐금거려 보지만 그들은 웃지 않는다. 그들에게는 자기 자신의 소리 밖에는 들리지 않기 때문이다. 잠시 후에 다음 정차역을 알리는 여자의 음성이 객차내로 울려 퍼진다.

"다음 정차역은 2호선으로 갈아탈 수 있는 영등포구청역입니다. 내리실 문은 왼쪽입니다."

다수의 사람들이 출입구 쪽으로 이동한다. 그의 예상대로 말쑥한 신사복 차림의 안경 쓴 남자가 일어서고 뚱뚱한 남자가 그 자리에 앉는다. 어수선한 가운데 출입문과 스크린도어가 열리고, 승객들이 빠져나간 자리에 새로운 사람들이 우르르 밀려들어오기 시작한다. 내린 사람보다 많은 사람들이 새롭게 탔기 때문에 그가 인파에 떠밀려 여자 앞으로 한 발 더 가까이 다가가지 않을 수 없었다.

그는 손잡이를 바꿔 잡고 다시 눈을 감았다. 첨밀밀의 멜로디를 떠올린다. 허진주의 얼굴이 다가온다. 허진주가 그리울 때마다 첨밀밀 속의 이교가 생각났다. 이교를 그리워하며 뉴욕 차이나타운의 거리를 헤매고 다니는 여소군이 마치 자신의 모습인 양 생각되었고, 자신의 눈빛도 여소군의 슬픈 눈빛을 닮아가는 것 같았다.

허진주를 생각하면 갑자기 성욕이 솟구쳐 오른다. 그녀를 갖고 싶은 욕망과 함께 김사장과 얼싸안고 침대에서 뒹굴고 있는 그녀의 모습도 떠오른다. 김사장을 지우고 그 자리에 자신을 가져다 놓고는 맘껏 그녀와 사랑을 나누는 모습을 상상한다. 그러면 온 몸이 뜨거워지면서 얼굴이 벌겋게 달아오른다. 자신도 모르게 앞부분이 불쑥 솟아오른다. 쿵쾅쿵쾅 심장이 요동치면서 터질 듯 부풀어 오른다. 하지만 그것도 잠시뿐. 이미 찾을 수 없는 곳으로 그녀가 숨어버렸다는 사실에 생각이 미치면 그의 몸은 급격히 냉각되고 후회와 아픔이 밀려온다.

'고백했어야 했는데……. 김사장에게 빼앗기기 전에 그녀

를 가졌어야 했는데…….'

　첫 출근하던 날부터 좋아하기 시작했다고 말할 수 있는 시간과 기회는 많았었다. 한강 유람선에서 개최된 선상 패션쇼를 취재하고 야간 벚꽃놀이 축제에 단 둘이 갔던 날, 그녀는 포도주와 꽃향기에 취해 들떠 있었지. 그때 그녀를 보내지 말았어야 했다. 아무리 사장이 점찍어 놓은 여자라도 말이다. 취재부 기자들끼리 보길도 해변으로 MT를 갔을 때도 기회는 있었고, 특집 기사를 쓰느라 밤늦도록 함께 있으면서 삼각김밥과 컵라면을 먹던 그 사소한 순간들도 기회였으리라. 공연히 김사장과 그녀의 거리를 재며 가슴만 졸이던 자신이 얼마나 바보 같았는지, 김사장에게로 쏠리는 그녀를 바라보기만 했던 자신이 얼마나 어리석었는지 그는 허진주가 사라진 후에야 깨달았다.

　김사장이 떠오른다. 그가 사랑했던 여자 허진주를 가로챈 김사장. 아니다. 엄밀히 말하면 그가 김사장에게서 허진주를 빼앗으려고 했다. 허진주를 먼저 만난 사람도, 그녀를 데려온 사람도 김사장이었으니까 말이다. 취재업무의 난이도를 따져 봤을 때 경력기자가 필요했음에도 불구하고 신출내기나 다름없는 허진주를 스카웃한 사람이 김사장 아니었던가? 허진주가 김사장에게 사로잡히기 전에 그녀의 마음을 자신에게로 돌렸어야 했다. 김사장의 마수에 걸려들기 전에 그녀를 구했어야 했다. 그랬다면 그녀가 '불륜'이라는 주홍글씨를 가슴에 새기고 잠적하는 일은 없었을 것이고, 사라진 그녀를 떠올리며 그리움과 죄책감으로 이렇게 가슴 아프지는 않으리라.

구양표의 곁을 떠날 수 없었던 이교를 부둣가에서 하염없이 기다리던 여소군을 자신으로 바꾸고 그는 깜깜한 밤바다를 응시하고 있는 자신의 모습을 상상한다. 항구 저편 어둠 속에 명멸하는 먼 불빛들 중에 빛을 잃고 희미해져 가는 빛 하나가 허진주는 아닐까?

바람이 불어온다. 객차와 객차 사이의 연결문이 열리면서 소음과 함께 들어온, 다음 정차역인 목동역에 이삿짐을 풀어야할, 길 잃은 바람이다. 바람도 사랑처럼 가끔은 길을 잃을 때가 있다. 바람이 그의 얼굴로 불어온다. 아니, 그 바람은 이미 가고 없다. 바람은 사랑처럼, 사랑도 바람처럼 우리를 기다려주지 않는다. 가차 없이 스쳐가는 사랑. 사랑은 짧다. 그래서 사랑한다, 말했을 때 이미 그 사랑은 증발하고 없다. 사랑은 휘발성이다. 사랑은 결코 혼자 오지 않는다. 때로는 집착이나 욕망과 함께 오기도 하고, 질투나 미움 또는 눈물을 동반한 뒤 후다닥 사라져 버린다. 그래서 우리는 자칫 사랑과 함께 온 다른 것들을 사랑으로 잘못 알고 '사랑'이라고 얘기했을 지도 모른다. 우리가 느낀 사랑이 조금씩 다른 이유가 거기에 있다. 사랑은 '영원할 수 없음'과 '헤어짐'을 운명으로 안고 태어난다. 그래서 우리는 사랑에게 바란다. 영원하기를, 이별 없기를.

그는 살며시 눈을 뜬다. 그러고 나서 어두운 유리창에 반사된 자신의 얼굴을 들여다본다. 오늘따라 유난히 일그러져 보이는 얼굴이 낯설다. 이어폰을 끼고 눈을 감고 있던 옆 옆의 남자가 갑자기 눈을 떴고, 유리창 속에서 그와 눈길이 마주쳤다. 그는 얼른 시선을 아래로 옮겼다. 여자는 고개를 숙이고 졸고 있다. 그녀는 다리를 가지런히 모으고 손을 무릎 위에 얹고 있다. 중단발 머리에 화장을 하지 않은 얼굴이지만 갸름해서 밉지는 않다. 위에서 내려다 봐서 그런지 좀 크다 싶은 코가 유난히 도드라져 보인다. 하얀 티셔츠 위에 청자켓을 걸치고 있고, 전갱이까지 내려오는 청바지를 입은 그녀의 발에는 짙은 갈색 운동화가 신겨져 있다. 그는 이런 타입의 여자에게는 별로 관심이 없다. 그는 허진주처럼 물결치듯 길고 화려한 머리 스타일과 정장 차림이 어울리는 가녀린 여자에게 마음이 쏠린다.

잠시 후면 여의도에서 내릴 이 여자의 직업은 무엇일까? 하고 그는 생각해 본다. 여의도역에서는 사무직 종사자들이 많이 내리는데 이 여자는 사무직과는 어울리지 않은 복장을 하고 있기 때문이다.

그는 고개를 들어 위쪽을 올려다본다. 선반 위에 몇 개의 가방이 올려져 있고, 승객이 읽다 두고 간 신문지들이 널려 있다. 선반과 천정 사이에 일정한 간격을 두고 광고 시트들이 걸려 있다. '자유투어'라는 여행사의 광고가 객차 한 칸을 모두 차지하고 있다.

그는 시트들마다 각기 다른 여행지의 상징적인 사진과 매혹적인 카피로 유혹하고 있는 광고를 하나하나 뜯어본다.

'중국의 스위스'라고 불리는 청도! 다양한 양식의 유럽식 건축물과 서구식 저택들이 바다와 어우러져 마치 유럽의 휴양지에 온 듯한 분위기를 느낄 수 있는 청도 자유여행 2박 3일. 카피 아래 펼쳐진 화려하고 거대한 도시의 불야성이 그의 시선을 사로잡는다.

청도 옆에는 도쿄가 있다. 도쿄타워가 하늘을 찌를 듯 솟아 있고, 신주쿠 거리가 인파로 붐비고 있다.

330여 개의 화산섬으로 이뤄진 남태평양의 푸른 보석 피지도 보인다. 지상낙원을 꿈꾸는 최고의 휴양지 피지의 에메랄드 빛 바다가 그의 시선을 놓아주지 않는다.

4박 6일의 피지섬 여행을 허진주와 함께 가고 싶었다. 세상에서 가장 순박한 사람들이 산다는 그곳에서 허진주와 영원히 살고 싶었다. 허진주는 어디로 사라진 걸까? 김사장과의 이루어질 수 없는 사랑을 끝내기 위해 그녀가 떠난 것이고, 언젠가는 그녀가 자신에게 돌아올 거라고 믿고 있지만, 그는 지금 그녀가 너무 보고 싶다. 여소군처럼 외롭다. 에메랄드 빛 바다에 젖은 두 눈이 시리다. 눈물이 날 것 같아 그는 눈을 질끈 감아버린다.

2

눈을 감고 상념에 잠겨있던 그녀가 눈썹을 일그러뜨리며 실눈을 뜬다. 앞에 서 있는 사람이 자신을 내려다보고 있을

지도 모르는데, 갑자기 눈을 뜨고 올려다보다가 시선이 마주치면 얼마나 멋쩍을까?

우리는 하루하루 누군가를 스쳐간다. 지나치는 시간과 사람들 속에서 눈에 보이는 것들만 본다. 심지어 보이는 것조차 보지 못하고 지나칠 때가 있다. 그런데 그건 우리의 잘못이 아니다. 우리의 능력 밖에 있는 일이기 때문이다.

눈을 감고 있는 사이 얼마나 많은 사람들이 그녀의 앞을 지나갔는지 모른다. 얼마나 많은 기회와 인연이 왔다 갔는지 알 수 없다. 아니 보이지는 않지만 지금 그녀의 눈앞에 와 있는지도 모른다. 그래서 그녀는 조심스럽게 실눈을 뜬다.

그녀의 눈에 검은 색 구두 한 켤레가 들어온다. 남자다. 바지 다림선이 곧다. 구두와 바지 앞 선만 보아도 그 사람의 성격을 알 수 있다. 광을 내지는 않았지만 깔끔하게 닦인 구두를 신은 이 남자는 최소한 바람둥이는 아니다. 자신의 일에 책임을 다하는 사람이다. 성실하고, 결벽한 사람이다. 끈을 조여 매듭을 저렇게 맵시 있게 묶은 걸 보면 섬세하고 사려가 깊은 사람이다. 물론 그렇지 않을 수도 있다. 하지만 그녀가 그동안 살아오면서 얻은 경험에 비추어 볼 때 자신의 예측이 크게 빗나가지 않을 거라고 그녀는 확신한다.

태현이도 그랬었다. 발이 꽉 조이도록 구두끈을 잡아맨 후 긴 끈의 반을 접어 잠자리 날개 모양의 매듭을 발등 위에 올려놓던 그. 건축학도였던 그녀의 눈에 음악도인 태현은 호기심의 대상이었고 신비한 존재였다. 그는 전공이 작곡이었는데 국악에 관심이 많았다. 하숙생들 대부분이 집에 가거나 외출하고 없던 주말 늦은 밤에 그의 방에서 흘러나오는 가야금 산조를 듣기 위해 그녀는 전등을 껐다. 방문을 조금 열어놓고 문가에 쪼그리고 앉아 청각을 곤두세우곤 했었다. 기말고사가 끝나고 여름방학을 며칠 앞 둔 장마철 어느 날 오후, 오락가락하는 빗소리에 섞여 은은히 스며들던 그의 가야금 소리를 그녀는 잊을 수 없다. 진양조의 느린 장단으로 시작했다가 자진모리를 거쳐 휘모리로 이어지는 가야금 소리는 그녀의 가슴속에 열정과 욕망의 소나기를 동반한 태풍으로 불어와서 그녀의 이성을 마비시켰다.

그녀는 알 수 없는 이끌림에 의해 태현의 방문을 열어젖혔고, 놀란 그가 자리에서 일어났다. 그녀는 대뜸 그를 힘차게 끌어안았다. 그녀는 여자에게도, 아니 자신에게도 욕망이 있다는 것을, 여자도 욕망을 참을 수 없다는 걸 그때 알았다. 며칠 동안 뼈와 살을 녹여 내릴 것 같던 육체의 고통이, 한밤중에 갑자기 찾아와서 잠 못 들게 하던 가슴 두근거림증이, 지나가는 아무 남자에게 몸을 맡겨서라도 외로움을 털어내고 싶던 충동이 모두 욕망이었음을 깨달았다. 그녀는 그의 허리띠를 거칠게 풀고 바지지퍼를 내렸다. 그리고 겁탈하듯 그를 가졌다. 그때 그녀는 걷잡을 수 없는 청춘의 회오리 한가운데에 있었다.

태현과의 그날 밤을 생각하면 얼굴이 좀 뜨거워지지만, 사실 그녀의 몸속 어딘가에 욕망이 없었다면 지금의 자신도 없었을 거라고 그녀는 생각한다. 그녀에게 있어 욕망은 용기와 도전의 다른 이름이었고, 사랑과 청춘의 또 다른 얼굴이었다.

그녀의 욕망 속에 태현이 있었고, 태현과 3년 동안의 동거가 끝나면서 그녀의 욕망도, 청춘도 시들기 시작했다. 1년 6개월 동안의 고시원 생활 끝에 취득한 건축기사 자격증이 그 욕망의 마지막 증표였고, A건설회사 공무과 입사가 그 욕망의 마지막 문이었다.

허울이 좋아 공무과 대리이지 5년 넘게 공사현장을 전전하며 너저분한 일들을 도맡아해야 하는 업무 속에서, 거칠고 억센 남자들 속에서 아무리 열정의 거품을 일구어 내려고 해도 욕망은 부풀지 않았다.

회식 때마다 한 잔 따라보라며 큰소리치는 소장, 부르고 싶지 않은데 자꾸만 노래시키고 치근대는 노총각 과장, 여자가 왜 그렇게 웃음과 애교가 없냐며 윽박지르는 공무부장……. 남자들은 모두 그녀를 이기려고만 했다. 자신들이 강하다는 걸 자랑하려고만 했다. 그런 일들은 비단 건축현장에서 뿐만은 아니었다. 최근에 새로 맡게 된 건설기록지 제작 업무 때문에 자주 통화하는 여성저널 한영훈 기자도 마찬가지였다. 계획서가 잘못되었으니 수정해서 다시 보내달라는 게 뭐 그리 어려운 일이라고 자기에게 지시하지 말라, 자기를 무시하지 말라면서 전화를 끊어버리는지 그녀는 이해할 수가 없었다. 만약 그 전화를 공무부장이 했다면 결코 그러지는 못했을 것이다. 예, 예하면서 단박에 수정해서 이메일로 보냈겠지.

여자 이겨 보겠다고 목숨을 거는 쩨쩨한 남자들. 현장 어디에도 태현은 없었다. 그렇다. 태현은 이 세상 어디에도 없다. 그는 죽었으니까. 아니 그는 그녀의 마음속에 언제나 살아있다. 서로 있는 곳이 다를 뿐. 그가 이곳에 올 수 없을 뿐이다. 그가 올 수 없다면 그녀가 가면 된다. 여소군과 이교가 그 넓은 아메리카 대륙의 한복판에서 해후하듯이 언젠가 그녀도 그를 만날 수 있을 거라고 믿고 있다. 아직도 그녀의 눈앞엔 스크린 가득 클로즈업 되어 있는 여명의 얼굴이 선명히 남아 있다. 그것은 태현의 얼굴이기도 했다. 등려군의 사망소식을 알리고 있는 가전제품 판매점 TV앞에서 꿈에도 잊지 못하던 장만옥과 조우했을 때 믿어지지 않는 상황에 그저 멍하니 그녀를 바라보던 여명의 눈동자를, 그리고 그런 여명을 바라보며 기쁨의 눈물로 촉촉이 번져가던 장만옥의 눈동자를 그녀는 영원히 잊을 수 없다.

　잔잔히 미소가 번지는 두 사람의 얼굴이 점점 멀어지면서 자막이 오르고, 그 자막 뒤로 흐르던 흑백 필름에서 두 사람이 타고 왔던 홍콩행 열차의 한 장면이 펼쳐진다. 서로 등을 맞대고 졸면서 홍콩까지 왔던 두 사람이 서로를 스쳐지나가던 그 첫 만남의 장면이, 태현과 함께 타고 갔던 무주구천동행 관광버스 맨 뒷자리에 태현을 홀로 두고 아이스크림을 사러 갔던 그 순간과 디졸브 되면서 그녀로 하여금 스크린에서 눈을 뗄 수 없게 만들었었다. 시간을 다시 그때로 되돌릴 수 있다면, 그래서 태현을 데리고 함께 버스에서 내린다면 브레이크 파열로 멈출 수 없었던 다른 관광버스가 태현이 앉았던 그 자리를 들이받고 멈췄다 해도 그는 아직도 그녀의 곁에 있으리라.

최근 들어 그녀는 부쩍 태현이 그립다. 그건 한영훈 대리 때문이다. 천과장으로부터 건설지 업무를 인수인계 받고 진행상황도 알아보고, 담당자와 인사도 나눌 겸 한영훈 대리에게 전화했을 때 그녀는 심장이 멎는 듯 했었다. 그의 휴대폰 속에서 들려오던 전혀 예상할 수 없었던 컬러링 때문이었다.

첨밀밀. 달콤해. 너의 웃는 모습이 달콤해. 등려군의 목소리가 그녀의 귓속으로 전해지던 순간 그녀는 갑자기 울컥 눈물이 쏟아질 뻔했다. 태현에 대한 그리움이 밀려왔기 때문이었다. 전화를 끊으려는데 한 대리가 전화를 받았다. 그녀는 자신의 젖은 목소리를 숨기기 위해 목소리 톤을 높여야 했다. 그리고 꼭 필요한 말만 해야 했다. 너무 사무적이어서 그랬을까? 한 대리가 불쾌하게 전화를 끊어버렸다. 한 대리에게 미안했지만 그에게 전화를 걸 때마다 울컥거려서 휴대폰이 아닌 회사 전화로 건 적도 있었다.

여태까지 많은 사람들과 통화를 했었지만 자신과 같은 컬러링을 갖고 있는 사람은 한 대리 한 사람뿐이었다. 그녀는 한 대리에게도 자신과 같은 사랑의 아픔이 있지 않았을까 궁금했지만, 그저 자신을 무시하는 남자들 중의 한 사람에 불과할 뿐이라고 치부해 왔다.

오늘은 한 대리가 그녀의 현장 사무실을 방문하는 날이다.

그가 오는 건 순전히 일 때문이다. 그동안 목소리로만 만났고, 유쾌한 기분으로 통화를 한 적도 별로 없었다. 그런데 왠지 그녀는 자꾸 신경이 쓰인다. 그를 대면했을 때 멋쩍고 쑥스러울 순간을 생각하면 온몸이 스멀거린다. 그래서 그가 오지 않았으면 좋겠다고 생각한다. 심지어 그를 오지 못하게 할 수 있는 방법은 없을까? 하고 궁리도 해본다. 이메일을 이용하거나 웹하드에 자료를 올려놓고 확인하라는 문자를 보낼까? 그는 앞으로도 죽 전화로만 만났으면 좋을 것 같다는 생각이 든다. 그에게서 벌거벗은 자신의 모습을 볼 것 같은 불길한? 예감이 들기 때문이다. 비슷한 경험을 가지고 있다는 건, 컬러링이 같다는 건 서로에게 약점으로 작용할 수 있기 때문이다. 물론 교감하고 서로를 이해하는 데는 도움이 될지 모르지만, 비즈니스 그 이상도 그 이하도 아닌 만남에서 굳이 교감이 필요할까? 더군다나 동성도 아닌 이성 간에 말이다.

앞에 선 남자가 한 발자국 더 가까이 그녀에게 다가선다. 한꺼번에 몰려든 인파 때문에 그가 밀렸기 때문이다. 출입문 위의 모니터에 '영등포구청역. 오른쪽'이라는 글자가 깜박거리다가 사라진다. 그의 허리띠 버클이 그녀의 눈앞에서 반짝거린다. 자세히 들여다보니 황금색 둥근 모양의 버클 한 가운데에 조그만 원형시계가 들어있다. 독특한 모양의 버클이다. 그녀는 호기심 어린 눈빛으로 그 시계를 한참 들여다본다. 그 시계의 바늘은 8시 5분을 가리키고 있다. 허리띠 위쪽 푸른 호수빛 셔츠로 올라가던 그녀의 시선이 갑자기 허리띠 아래

께로 향했다. 남자의 앞부분이 갑자기 꿈틀거리더니 부풀어 올랐기 때문이다. 그녀는 잠시 머춤했고 다음 순간 얼굴이 확 달아오른다. 그녀는 고개를 숙이며 양옆을 살핀다. 다행히 그녀와 남자에게 관심을 두는 사람이 없다. 눈을 감았지만 왠지 가슴이 콩콩 뛴다.

태현이도 그랬었다. 그녀를 바라볼 때 그의 앞부분은 항상 부풀어 있었다. 언젠가 밥을 먹다가 그녀는 갑자기 그가 섹시하다는 생각이 들었다. 억누를 수 없는 성욕이 솟구쳐 올라 그녀는 자신도 모르게 식탁 밑으로 들어가서 맞은편에 앉아 있는 그에게로 기어가 그의 바지 지퍼를 내리고 거칠게 애무한 적이 있었다.

그녀의 뜨거운 체온만 떠올려도 부풀어 올랐던 태현. 그녀의 앞에 선 지금 이 남자도 한 때 사랑했던, 아니 지금 사랑하고 있는 어떤 여자를 떠올리고 있는 것일까? 그녀와의 뜨거운 입맞춤과 그녀의 향긋한 머릿결을 떠올리며 앞을 부풀리고 있는 것일까?

그녀는 머리카락을 쓸어올리는 체하며 남자를 힐끗 올려다본다. 남자는 눈을 감고 있지만 핸섬하다. 반듯하고 흰 얼굴에 높은 코, 짙은 눈썹, 붉은 입술… 헤어젤을 살짝 발라 넘긴 머리 때문에 얼핏 나이가 들어 보인다.

그녀는 갑자기 그의 머리를 감겨주고 싶은 충동을 느낀다. 머리카락을 비벼 풍성하게 샴푸 거품을 일군 다음에 샤워기로 깨끗이 헹구고 드라이어로 말려 자연스럽게 빗어주면 그는 훨씬 더 젊어 보일 것 같다.

말끔하게 세수한 그의 얼굴을 자신의 무릎 위에 반듯이 뉘고, 하얀 마스크 팩을 붙인 그의 얼굴을 내려다보면서 손가락으로 톡톡 볼을 두드려 주다가 그의 감은 눈에 키스를 하고, 그의 콧등에, 그의 입술에 뽀뽀를 해주면 그는 황홀해 하겠지?

레몬스킨을 듬뿍 덜어 수렴하고, 핀셋으로 삐죽이 뻗친 눈썹을 뽑아 주리라.

햇볕이 따뜻한 창가나 마루에서 서로의 눈을 마주보며 그와 함께 향긋한 커피를 마신다면 천국이 따로 있을까?

눈 감은 그녀의 얼굴 위로 작은 미소가 번져 나가고 있다. 그러나 잔물결처럼 번지던 그 행복도 잠시. 그녀가 깜짝 놀란 얼굴로 눈을 뜬다.

"이번 정차역은 9호선 열차로 갈아탈 수 있는 여의도역입니다. 내리실 문은 왼쪽입니다."

그리고 곧이어 들려오는 안내 방송, "출입문이 열립니다."

그녀는 화들짝 공상에서 빠져 나온다.

출입문이 열려 있고 사람들이 내리고 있다. 그녀는 벌떡 일어나 문 쪽을 향한다. 그녀의 어깨가 그의 왼쪽 팔에 부딪친다. 그 바람에 손잡이를 잡고 눈을 감고 있던 그가 눈을 떴고 그녀가 앉았던 자리에 앉기 위해 몸을 돌린다. 그가 엉덩이를 내려놓다가 좌석 위에 놓인 책을 발견한다. 책을 집어 들고 출입문 쪽을 돌아보지만 그녀는 이미 내리고 없다. 그는 책을 들고 자리에 앉는다. 그리고 혹시 그녀의 이름이나 연락처가 책갈피 어딘가에 있지 않을까 해서 책을 휘리릭 넘겨보다가 덮는다. 그녀는 매일, 같은 시간에 이 지하철을 타고 출근하므로, 들고 다니다가 그녀를 만나면 전해 주리라고 생각한다. 책을 쥔 손을 무릎 위에 올리면서 그는 눈을 감는다. 백팩을 맨 짧은 머리의 여자가 그의 앞으로 바싹 다가와 선다.

사랑, 그 오묘한 감정의 실체적 행동들

― 황인수 창작집《사랑은 누구에게도 머물지 않는다》

이 병 렬 (소설가 · 문학박사)

I

작가 황인수를 처음 만난 것은 2009년 당시 부천대학 민충환 교수의 소개로 참여한 경기도 부천의 복사골문학회 소모임인 '주부토'에서이다. 기성 작가와 신인은 물론 소설을 공부하고자 하는 일반 회원들이 월별로 자신들의 작품을 들고 와 윤독한 후 토론을 거쳐 한 편의 소설을 완성해가는, 일종의 소설창작강좌였다. 우석대학교 문창과에서 소설창작을 강의하던 때였는데, 참여자의 작품을 읽고 토론하는 과정을 지켜보면서 유난히 눈에 뜨였던 사람이 바로 황인수였다.

그때 함께 읽은 작품이 <고사목>이란 단편이었는데, 그냥 눈에 뜨인 정도가 아니라 기성 작가의 작품이라 해도 믿을만한 작품이었다. 나의 이러저러한 지적에 그는 장편을 집필 중인데 그 중 한 편이라 했다. 장편의 일부임에도 단편으로서 완성도를 보인다…… 그러니 나로서는 욕심이 날 밖에. 갓 50을 바라보는 나이임에도 그는 소설 창작에 대단한 열정을 보였다. 욕심이 이끄는 대로 따로 연락하여 다른 작품도 써놓은 것이 있으면 보자고 했다.

그가 새롭게 가져온 것이 <간과했던 순간들>이었는데, 작품을 읽자마자 나는 그에게 '작가'라는 이름을 붙이고 싶었다. 그래서 그 작품을 이듬해인 2010년, 마침 내가 간여하고 있던 '한국작가교수회'의 무크지 《소설시대》에 초회추천작으로 게재토록 했다. 《소설시대》에서는 초회와 완료 두 번에 걸쳐 추천을 받아야 했는데, 그는 기다릴 것도 없이 곧바로 같은 해에 부천문화재단이 주관하는 '제7회 부천신인문학상' 소설부문에 당선작을 냈다.

그런데 웬 걸. 같은 해에 《문예감성》에 시로 등단을 하더니, 2011년에는 고용노동부 근로복지공단에서 주관한 '근로자문화예술제' 소설부문에 입선을 했고, 이후 지금까지 《부천작가》,《소설과비평》,《문예감성》,《시와늪》 등의 문예지에 소설과 시를 여러 편 발표 했다. 알고 보니 그는 한국잡지협회로부터 우수잡지기자상도 받았고, 몇 권의 저작물까지 출간한, 내가 작가로 초회추천을 하기 전에 이미 그는 작가였던 것이다.

지난 2010년, '한국작가교수회'의 무크지 《소설시대》에 황인수의 단편 <간과했던 순간들>을 초회추천작으로 밀며 나는 이렇게 썼다.

연작이기에 한 편으로는 완결되어 있지 않음에도 이 작품을 초회추천작으로 소개하는 것은 황인수가 가진 이야기를 이끌어가는 힘 때문이다. 그 힘은 나열된 사건을 서술하는 부분에서 확인할 수 있다. 군데군데 묘사가 약한 것도 보이고 어색한 문장도 눈에 뜨이지만 이 작가가 지닌 서사의 힘을 생각하면 아주 사소한 것이라 할 수 있다.

그런데 오늘, 지천명을 훌쩍 넘겨 처녀 출간하는 그의 창작집 《사랑은 누구에게도 머물지 않는다》를 읽으며 위 추천의 말은 조금 수정해야겠다. 내가 그의 장기로 꼽은 '이야기를 이끌어가는 힘'은 여전하지만, 이 외에도 묘사, 서술은 물론 인물의 성격을 창조해내는 것까지 완숙한 경지를 보이며 이들이 그의 '서사의 힘'을 더욱 돋보이게 하고 있다.

소설은 이야기, 즉 서사(敍事)이고 그 시간 속에 사건과 인물이 얽혀있는 것이다. 즉 소설이 되기 위해서는 누가 뭐라해도 서사가 탄탄해야 한다. 황인수의 작품이 보여주는 것은 바로 이 '서사의 힘'이다.

Ⅱ

《사랑은 누구에게도 머물지 않는다》에는 모두 일곱 편의 단편이 들어 있다. 그런데 책을 읽고 나면 알 수 있듯이 <고

사목>, <사로잡히기>, <낙원의 덫>, <그녀가 잠든 사이에>, <간과했던 순간들>, <섬>, <사랑이 올까요?> 일곱 편은 각각이 단편이기도 하지만 모두가 연결되어 있는 장편의 작은 에피소드들이기도 하다. 그렇다고 연작소설이냐 하면 그것은 아니다. 각각의 단편들이 이어지며 다양한 이야기, 사랑의 감정과 행동들을 그려내면서, 각각의 단편들은 그 안에 이미 그 앞의 작품 속 사건과 인물들에 연결되는 문학적 장치를 담고 있다.

사실 편집을 하며 작품의 배열을 그렇게 한 것이지 어느 작품을 먼저 읽어도 큰 무리는 없다. 왜냐하면 앞에서 지적했듯이 각각의 작품들은 독립된 단편들이기 때문이다. 그러나 순서에 상관없이 다 읽고 나면 이미 다양한 인간군상의 삶의 모습, 오묘한 사랑의 감정들과 그 감정들이 토해내는 여러 가지 구체적인 행동들을 읽게 되는 것이다.

이야기는 복잡한 것 같지만 작품을 읽다보면 이야기가 등장인물들에 의해 연쇄적으로 혹은 파노라마와 같이 연결된다.

<고사목>은 그(김 사장)에게 초점이 맞춰져 있다. 결혼한 몸이지만 아내와 소원한 관계인 그는 신입여사원 허진주에게 마음이 가 있다. 가 있는 정도가 아니라 온 정신을 다 빼앗기고 있다.

　세상에는 한 여자만을 사랑하다가 죽는 남자가 있고, 한 여
자도 제대로 사랑하지 못하고 죽는 남자가 있다. 그는 자기
자신이 후자라고 생각했다. 그래서 자신이 한없이 초라하고
보잘 것 없는 존재로 느껴졌다. 지켜주지 못할 사랑이라면 사
랑이라고 말하지 말아야 한다. 그녀를 찾아내야 한다. 그녀를
찾아내지 못하면 그녀를 사랑했다고 말하지 않으리라.

－ <고사목> 중에서

　그에게 사랑이란 오로지 허진주와의 관계일 뿐이다. 아내
에 의해 두 사람의 관계가 깨어진 이후 그는 사라진 허진주에
대한 생각으로 출판사 경영까지 나락으로 떨어진다. 그리고
허진주를 향한 사랑을 잃은 그의 고통은 '고사목'으로 형상화
되어 허상을 쫓는 남자의 모습으로 묘사된다.

　고사목은 이내 그의 마음을 사로잡았다. 창가를 서성이면
서 그는 고사목을 바라보기 시작했다. 고사목을 바라볼 때마
다 그는 자신의 몸속으로 고통의 파장 같은 것이 전해져 옴을
느꼈다. 살아있기 때문에 생생하게 느껴지는 아픔, 그것은 강
인한 생명력 같은 것이었다. 죽은 나무를 보며 생명을 느낀다
는 것은 얼마나 아이러니한 일인가? 하지만 그에게 고사목은
죽은 나무가 아니었다. 거칠고 단단한 껍질 속에 무한한 생명
력을 충전하고 있는 생명체였다. 바람과 추위에게 살과 근육
과 피를 모두 내어주고 깡으로, 악으로, 독으로 버티고 서 있

는 고사목의 모습이 시나브로 그의 심장으로 옮아오고 있었
다.

- <고사목> 중에서

'고사목'은 말 그대로 죽은 나무이다. 그러나 그에게는 '거
칠고 단단한 껍질 속에 무한한 생명력을 충전하고 있는 생명
체'이다. 그렇기에 그는 스스로 고사목이 되어버리는 것이다.
　작품의 곳곳에 등장하는 고사목에 대한 그의 상념과 고사
목 사진은 이 작품을 관통하는 상징이다. 사랑을 잃고 그 사
랑을 찾아 헤매는 한 남자의 형상은 바로 고사목 그 자체로
묘사된다.

<사로잡히기>는 그녀(서은아)의 이야기이다. 그녀의 준기
에 대한 사랑이 김 사장과 허진주의 관계와 중첩되며 그녀의
아버지와 어머니의 죽음을 그리고 있다. 애욕이 강했던 어머
니, 그리고 불임남성이었던 아버지의 결혼생활과 그녀의 생
부라 할 명숙이 아버지와 어머니의 관계가 묘사되면서 이것
이 쥐덫과 쥐잡기를 통해 '사로잡히기'를 형상화한다. 시간적
배경이 다른 두 개의 이야기가 중첩되면서 이들이 쥐잡기 -
'사로잡히기'와 병치되어 있다.

<낙원의 덫>은 그(이신우)의 이야기로 《사랑은 누구에게도
머물지 않는다》 속 일곱 편을 하나로 보았을 때 이 단편이 그

중심에 놓여 있다고 할 것이다. 언뜻 보기에 앞의 두 작품과 동떨어진 것처럼 느낄 수 있지만, 경영난으로 김 사장이 출판사 사무실을 옮긴 곳이 바로 낙원상가 뒷골목이고, 이 공간적 배경을 통해 김 사장과 허진주의 이야기와 자연스레 연결된다.

그는 돌담을 따라 오른쪽으로 50여 미터쯤 가다가 왼쪽으로 돌아 종묘공원으로 들어섰다. 그곳은 낙원이었다.
"밥 공짜로 먹을 수 있지, 운 좋으면 술도 얻어먹고, 아무데나 앉아서 쉬고 이야기할 수 있지, 돈 만원만 있으면 꽃뱀하고 놀 수 있으니 낙원동, 여기보다 더 좋은 데가 어딨어?"
그가 종묘공원 매표소 앞에 왔을 때 김구연이 밥 먹듯 지껄여대던 말이 떠올랐다.
"근데, 한 가지, 저 예수쟁이가 허구한 날 떠들어서 못살겠어. 여기가 낙원이요, 천국인데 왜 자꾸 천국에 가라는 거야?"

― <낙원의 덫> 중에서

김구연 노인이 설명하는 종묘공원이다. 이 낙원에서 그는 벗이었던 김구연을 만나고, 미쓰 신(신봉녀)과 미스터 리(이승재)와 만나면서 미쓰 신을 향한 순수한 사랑이 영글게 된다.
그러나 그의 순수한 사랑이 작품의 겉면이라면 그 이면에 감춰진 것은 그에 대한 미스터 리의 계략이다. 다시 말해 박카스 아줌마, 꽃뱀이라 할 미쓰 신을 향한 그의 순수한 감정은 낙원상가, 탑골공원, 종묘공원들이 주는 '낙원'의 이미지와 겹치면서 이와 함께 그 안에 감춰진 남성의 욕망이 서술되고, 이어 미쓰 신과 미스터 리의 관계와 함께 그들의 흉계를 그가 알게 되면서 비극적 사건이 일어날 것임을 암시한다.

<그녀가 잠든 사이에>는 그녀(허진주)가 김 사장과의 관계를 끊던 날, 김 사장의 아내가 던진 화병에 머리를 맞아 기면증에 걸린 후, 엄마(신봉녀)라 불리는 여자에게 도움을 받아 살아나면서 벌어진 이야기이다. 그 안에 김구연 노인의 살해사건, 범인으로 지목된 이웃 세탁소 주인 한정국 그리고 사건을 수사 중인 김 형사와의 조우가 그려진다.

기면증. 기발한 착상이다. 잠이 들면 아무 것도 모르는 그녀, 자신이 수없이 겁탈을 당했다는 사실조차 모른 채 잠만 자는 그녀와 그녀의 의식이 오락가락하면서 저간의 사정이 기술되는데, 잠자는 그녀의 모습에 반한 한정국의 이야기가 능소화와 병치되면서 사랑이란 묘한 감정이 표현된다.

<간과했던 순간들>에서는 그녀(신봉녀)의 현재(2007년)로부터 과거(1982년과 1963년)로 거슬러 올라가며 서술되는데, 독자들은 이 속에서 그녀와 이신우의 관계와 함께 미스터 리(이승재)의 생모인 이영순과 생부 준성이 신봉녀와 어떤 관

계였는지도 알게 된다. 그러나 정작 그녀 본인은 모르고 있다. 모른다기보다는 기억해내지 못하는 것이다.

사실 그들과 그녀가 만났었을 지도 모를 과거의 어느 한 때에 그들이나 그녀에게 중요했던 것은 서로에 대한 인간적인 관심이 아니라 욕망의 해소와 충족이었다. 그래서 그들은 서로를 간과했었다. 사소해서라기보다는 추구했던 것이 서로 달랐기 때문이다. 그때 그녀는 몰랐었다. 간과했던 사소한 순간들은 언젠가 반드시 그 간과했다는 사실에 대해 응징한다는 것을. 작고 보잘것없는 아니, 작고 보잘것없다는 것을 인식조차하지 못한 일일수록 간과한 것에 대한 응징의 아픔이 더 크게 느껴진다는 것을.

　　　　　　　　　　　　　　－ <간과했던 순간들> 중에서

사실 우리는 살아가며 모든 것을 다 기억할 수는 없다. 그리고 아주 사소한 만남이 나중에 자신의 인생에 얼마나 큰 영향을 주는지도 모르고 지나간다. 그녀(신봉녀)가 그렇다. 이신우는 1963년 비가 내리는 날 동굴 안에서 자신을 겁탈한 군인이었으며, 1982년 영순과 준성이 놀아날 당시 영순이 운영하는 밥집에 온 손님이었고, 오늘 현재 그녀를 사랑하는 이 노인이라는 것을 (독자들은 알지만) 그녀는 모르고 있다. 그러니 그녀가 '간과한 것에 대한 응징의 아픔'을 그녀는 아주 크게 느끼게 되는 것이다.

<섬>은 그(이승재)의 이야기이다. 생모(이영순)가 어떻게 죽었으며 이후 생부(준성)가 현재의 엄마(신봉녀)와 동거하다 어떻게 떠나게 되었는지, 공원에서 이 노인(이신우)을 어떻게 유인하여 음란기구를 팔고 음란동영상을 찍게 되었는지가 밝혀진다. 곁가지처럼 느껴지는 이야기이지만, 이어 송 사장과의 관계 그리고 경민과의 관계, 즉 동성애가 그려지며 또 다른 모습의 사랑을 구체화한다.

이 작품에서는 이외수의 '감성사전' 속 섬의 의미를 사랑으로 풀어내는데, 특히 그와 송 사장, 그리고 그와 경민의 동성애를 통해 독자가 느낄 수 있는 것은 그(이승재)는 외로운 섬이었다는 사실이다.

그에게 송 사장은 황금의 섬, 쾌락의 섬, 파멸의 섬이었다. 그 섬엔 모든 것이 풍족했지만 그것은 거저 주어지는 것이 아니었다. 그가 안락함을 얻기 위해서는 송 사장에게 순수한 영혼을 지불해야 했다. 그의 젊음을 담보 잡혀야 했다. 그의 지갑에는 공허와 퇴폐라는 거스름돈만 쌓여갔다. 그는 일조량이 부족한 나무처럼 윤기를 잃어가는 것 같았다.

— <섬> 중에서

경민과 그의 관계를 포착한 김 형사에 의해 남산에서 체포되는 순간, 그는 순순히 팔을 내민다. 그는 진정 홀로 남은 섬이 되는 것이다.

<사랑이 올까요?>의 서술 기법은 특이하다. 같은 사건에 대한 두 개의 시선. 즉 출판사 직원 한영훈의 송경화에 대한 시각과 건설사 직원 송경화의 한영훈에 대한 시각이다. 둘은 전철 안에서 아주 가까이 있음에도 서로를 인식하지 못한다. 왜냐하면 전화통화로만 연결된 사이이기 때문이다. 게다가 한영훈은 사라진 허진주에 대한 짝사랑의 감정이 아직 지워지지 않았고, 송경화는 연인 태현의 죽음을 아직도 받아들이지 못하고 그리워하는 여자이다.

바람이 불어온다. 객차와 객차 사이의 연결문이 열리면서 소음과 함께 들어온, 다음 정차역인 목동역에 이삿짐을 풀어야할, 길 잃은 바람이다. 바람도 사랑처럼 가끔은 길을 잃을 때가 있다. 바람이 그의 얼굴로 불어온다. 아니, 그 바람은 이미 가고 없다. 바람은 사랑처럼, 사랑도 바람처럼 우리를 기다려주지 않는다. 가차 없이 스쳐가는 사랑. 사랑은 짧다. 그래서 사랑한다, 말했을 때 이미 그 사랑은 증발하고 없다. 사랑은 휘발성이다. 사랑은 결코 혼자 오지 않는다. 때로는 집착이나 욕망과 함께 오기도 하고, 질투나 미움 또는 눈물을 동반한 뒤 후다닥 사라져 버린다. 그래서 우리는 자칫 사랑과 함께 온 다른 것들을 사랑으로 잘못 알고 '사랑'이라고 얘기했을 지도 모른다. 우리가 느낀 사랑이 조금씩 다른 이유가 거기에 있다. 사랑은 '영원할 수 없음'과 '헤어짐'을 운명으로 안고 태어난다. 그래서 우리는 사랑에게 바란다. 영원하기를,

이별 없기를.

- <사랑이 올까요?> 중에서

특히 이 작품을 이해하기 위해서는 영화 '첨밀밀'의 줄거리, 등장인물 그리고 주제곡을 알아야 한다. 작품 전편에 깔려 있는 이러한 영화와 관련된 요소들은 작품을 이해하고 한영훈과 송경화의 심리를 이해하는 데에 커다란 도움이 될 것이다.

결국, <사랑이 올까요?>는 한영훈과 송경화의 이야기이지만 일곱 편의 단편을 아우르는 결말 구실을 한다. 즉, '우리는 사랑에게 바란다. 영원하기를, 이별 없기를.' 작가는 이 말을 하고자 여러 인간군상의 다양한 사랑의 감정과 그에 따른 행동들을 그렸던 것이 아닐까.

Ⅲ

황인수의 창작집 《사랑은 누구에게도 머물지 않는다》를 한마디로 규정하기는 어려울 것이다. 왜냐하면 소설의 여러 요소들을 아주 다양하게 담고 있기 때문이다.

그런데 예리한 독자라면 《사랑은 누구에게도 머물지 않는다》를 읽으며 허술한 부분을 금방 느끼게 될 것이다. 바로 일곱 편의 단편을 하나로 이어진 이야기로 보았을 때에 결말이 없다는 것이다. 좋게 말해 독자의 상상에 맡긴다고 할 수도 있으나, 독자의 상상력을 자극하면서 끝난 것이 아니라 뭔가 중요한 것처럼 서술해 놓고 막상 아무 말도 없이 끝내 버린 느낌이다. 이것저것 잡다하게 늘어놓기만 하고 그래서 어떤 일이 일어났는지는 아무런 설명 없이 끝냈기 때문이다.

이승재가 김구연 노인을 왜 죽였는지 어렴풋하게나마 짐작은 할 수 있으나 김 형사의 수사과정 속에 이승재가 잠자고 있는 허진주를 겁탈한 것 외에 더 나올 법한데 아무런 설명이 없다. 또한 이신우 노인은 자살인가 타살인가, 게다가 승재가 그렇게 걱정한 이 노인의 가방 속에는 무엇이 들어 있었는지 궁금증만 부풀려놓고 끝났다.

비단 이런 것 외에도 <사랑이 올까요?>가 에필로그 기능을 한다면 <섬>에서 이승재가 체포되면서 끝날 것이 아니라 뭔가 흩어진 사건들을 하나로 묶어 더 비참한 혹은 더 쓰라린 사랑의 아픔을 그렸어야 할 것이다. 즉, <섬>과 <사랑이 올까요?> 사이에 결말에 해당하는 내용의 단편이 김 형사의 입장에서 그려지면 어떨까, 하는 생각이 든다.

그러나 이러한 단점들도 탄탄한 서사, 파노라마식으로 이어지는 이야기에 덮여버린다. 처음 대한 황인수의 작품에서 내가 반한 것은 '이야기를 이끌어가는 힘'이라고 했다. 사랑은 누구에게도 머물지 않는다》를 읽으며 무릎을 치게 된 것은 일곱 편의 독립된 단편들을 어떻게 연쇄적으로 꼬리에 꼬리를 물고 이어지게 만들었을까 하는 점이었다. 기발한 착상이 아닌가. 어찌 읽으면 한 편의 추리소설을 읽는 것과 같은 착각이 일 정도로 이야기가 이어진다. 물론 그렇게 이어지는 내용을 각각 독립된 단편으로 만들다 보니 군더더기 설명이 눈에 뜨인다. 그러나 그런 군더더기조차 파노라마와 같은 인간군상의 모습을 보면서는 아주 사소한 것이 되어 버린다.

이런 기법에 유효적절한 용어가 바로 파노라마식 서술 혹은 연쇄법이다. 김 사장과 허진주로 출발한 이야기가 김 사장 출판사의 서은아에 이어져 그녀의 사랑과 생부와 관련된 그녀 부모들의 이야기로 이어지고, 동떨어진 것 같지만, 종로공원의 박카스 아줌마인 미쓰신(신봉녀)과 이신우 노인, 그리고 아들 미스터 리를 통해 훗날 밝혀지는 허진주와의 관계가 이어진다. 신봉녀의 과거가 드러나며 이신우와의 필연적 관계가 밝혀지고, 이승재의 과거와 현재를 통해 신봉녀의 또 다른 삶이 서술된다. 결국 김구연 노인 살인사건은 이승재가 체포되면서 막을 내리지만, 에필로그처럼 허진주를 짝사랑했던 한영훈의 이야기가 마지막에 자리하고 있다.

전혀 관계가 없을 것 같은 각각의 단편들이 작품을 다 읽고 나면 긴 이야기의 작은 에피소드 역할을 하고 있다는 사실을 알게 된다. 바로 파노라마식 혹은 연쇄법에 의한 서술 때문이다. 작가 황인수는 이러한 기법을 아주 적절하게 활용하고 있는 것이다.

이뿐만이 아니다. 작가는 각각의 단편들에 그 주제의식을 드러내는 데에 병치의 기법을 아주 유용하게 활용한다. <고사목>의 '고사목', <사로잡히기>의 '쥐잡기', <그녀가 잠든

사이에>의 능소화, <섬>의 이외수 감성사전 속 '섬', <사랑이 올까요?>의 영화 '첨밀밀' 등이 그것들이다. 이러한 것들은 문학적 장치로 주제를 드러내거나 인물의 성격을 형상화하는 데에 커다란 역할을 하고 있다. 서술 기법도 다양하다. 한 작품 속에서 시점이 바뀌는가 하면, 서로 다른 시선으로 서로를 바라보기도 한다.

위에 지적한 장단점을 감안할 때, 황인수의 창작집 《사랑은 누구에게도 머물지 않는다》는 첫 창작집이라기보다는 능숙한 작가의 작품 실험으로 읽힐 수도 있다. 왜냐하면 위에 지적한 단점이 있다고 하더라도 여러 서술기법들이 곳곳에 자유자재로 활용되고 있고 그 기법들이 아주 자연스럽게 적용되었기 때문이다. 김구연 노인 살인사건을 다룬 추리소설이기도 하면서, 20세기를 살아가는 인간군상의 사랑법이기도 하다.

그래서 나는 황인수의 이 창작집을 '사랑, 그 오묘한 감정의 실체적 행동들'이라 평하고 싶다. 그리고 내가 그를 작가로 초회 추천했었다는 뿌듯함이 가슴에 남는다.

문학은 늘 내 삶 속에서 꿈을 꾸었고,
그 꿈속에 내 삶이 있었다

황인수

소설동인 <주부토>가 아니었다면 나의 소설집이 이렇게 빨리 나오지는 못했을 것이다.

부천신인문학상에 응모했던 해인 2009년에 <주부토> 회원 중의 한 분이 내게 전화를 걸어왔다. 기성 작가는 물론 소설을 배우고자 하는 사람들도 참여할 수 있으니 합평회에 한 번 나와 보라는 것이었다. 한참 고민을 했다. 사람들과 어울리거나 남 앞에 나서는 것을 별로 좋아하는 성격도 아니거니와 소설 배웁네 하면서 놀러 다니는 모임은 아닌가 하는 의구심 때문이었다. 하지만 나는 결국 그 모임에 나갔다. 내 마음을 움직인 건 오기였다. 그해 부천신인문학상에 응모했던 내 작품이 최종심에서 탈락했는데 그것이 묘하게 내 신경을 건드렸다. '부천이라는 조그만 도시에서 개최하는 공모전에서 수상을 못하다니, 내 실력이 이것밖에 안 되는 구나' 하는 자괴감 뒤에 다시 한 번 도전해 보겠다는 오기가 발동했던 것이다.

<소설동인 주부토> 식구들은 참 소박하고, 따뜻했다.

문학박사이면서 소설가인 이병렬 교수, <해인의 비밀>을 쓴 베스트셀러 작가이면서 동요 <노을>의 작곡자인 서울대 음대 출신의 최현규 교수를 비롯해 <제1회 전태일문학상> 수상자인 이준옥 작가, 부천문학상 수상자인 이재욱 작가, 박주호 작가 등이 주축이 되고, 평론가 이정미, 시인 출신의 예비 소설가 최희영, 컴퓨터 전문 강사 김경희, 영어 선생님 정윤정까지 다양한 이력과 능력의 소유자들이 포진하여 매월 1회 합평회를 하고 있었으며, <소설과 비평>이라는 동인지를 발행하고 있었다.

<주부토>에 오기 전까지 내가 활동했던 문학모임은 학교 다닐 때 안도현, 정영길 선배와 이정하 등이 주축이 되었던 시 동아리 <청뫼>가 유일했다.

30년 만에 만난 문학 모임 <주부토>, 그것은 30년 만에 문학 활동을 다시 시작해 보겠다는 내 의지요, 각오이기도 했다.

매월 1회 합평회를 하고, 연말까지 회원들의 작품을 모아 동인지를 출간해야 하므로 작품을 쓰지 않을 수 없었다. 당연히 글을 쓰는 시간이 많아지고, 그러다 보니 한 편 한 편 작품 수가 늘어났다.

사실, 나는 소설가가 되고 싶었지만 소설을 써서 뭘 어떻게 하겠다는 거창한 목표 같은 건 없었다.

오히려, 내가 소설을 잘 쓸 수 있을까? 뭘 쓸 수 있을까? 늘 걱정을 하는 편이었고, 써 놓은 작품들을 볼 때마다 부족하다는 생각만 들었다. 하지만 <주부토> 회원들은 늘 재미있게 읽어 주었고, 그것이 나에게 큰 힘이 되었다.

그러나 누구보다도 내 소설에 가장 큰 힘이 되어준 사람은 한성봉이다. 그를 만나지 않았다면 난 소설을 쓰지 않았을 지도 모른다. 소설 부문의 문예장학생이었던 그와 어울리면서 나는 소설에 대해서 알게 되었고, 소설가의 길을 가기로 결심했던 것이다.

시인(문학가)이 되겠다고 결심한 후 43년 만에 내놓는 나의 첫 문학 작품집 <사랑은 누구에게도 머물지 않는다>. <주부토>가 아니었다면 더 늦게 탄생했을지도 모를 이 책이 나오기까지 나는 수없이 길고 먼 뒤안길을 걸어왔다. 친구와 선배들이 등단하여 활발히 활동하는 모습을 바라보면서 그들을 부러워하면서도 나는 단 한 줄의 글도 쓸 수 있는 여유가 없던 때도 있었다.

한 달 전쯤에 나는 부천문화재단 관계자와의 인터뷰에서 다음과 같이 말한 적이 있다.

'국문과는 굶는과'라며 다른 학과를 선택할 것을 요구했지만 난 또 한 번 부모님의 뜻을 거역하고 국문과에 입학했다.

　결국 국문과를 졸업하고 취업하여 굶지는 않고 살았지만 넉넉하게 살지 못했고, 지금도 그러하다. 하지만 나는 내가 선택한 문학의 길을 후회하지 않는다.

　잡지사에 근무하면서 내가 원하지 않는 취재와 기사를 쓰다가 가끔 '이게 아닌데'라는 생각이 들 때마다 '그래도 쓰고 있잖아, 내가 쓰고 싶은 시나 소설은 아니지만 언젠가 쓸 수 있는 감각을 놓지는 않고 있잖아.' 하고 스스로 위로하면서 한참동안 곁길을 걷기도 했었다. 뒤늦게 다시 문학의 길로 접어들었지만 늦었다는 것을 자책하거나 그럴 수밖에 없었던 환경을 탓하지도 않았다. 그 전까지의 기간은 내가 경험을 쌓을 수 있는 시간이었고, 내 속에서 생각이 익는 시간이었음을 알기 때문이다. 그동안 나는 다른 길을, 곁길을 걸어온 것이 아니라 그 길도 또한 문학의 길이었음을 깨달았다.

　그러고 보면 문학의 길과 내 인생의 길은 따로따로가 아니라 같은 길이었다. 문학적 능력이나 성과와 상관없이 문학은 늘 내 삶 속에서 꿈을 꾸었고, 그 꿈속에 내 삶이 있었다.

　지금까지의 내 삶이 문학의 영향을 받았다면, 이제부터의 삶은 내가 문학에 어떤 영향을 줄 것인가를 생각하며 살고 싶다.

　소설집 <사랑은 누구에게도 머물지 않는다>에 수록된 단편들은 내가 문학의 뒤안길, 문학의 곁길을 걸으며 경험했던 직간접적인 것들에 상상을 불어넣어 창조한 작품들이다. 내가

단 한 줄의 글도 쓰지 못하고 살아야 했던 시절에 나는 이미
앞으로 내가 쓸 소설들의 소재를 미리 찾아놓은 것이나 마찬
가지이기 때문에 내가 그동안 결코 곁길만을 걸어온 것은 아
니라고 생각한다. 그리고 늦은 것도 아니다. 내가 다른 사람
들처럼 일찍 시작했다고 해서 좋은 작품을 썼을 거라고 생각
하지 않기 때문이다.

이제 나는 내가 써야할 수많은 작품들 중의 몇 작품을 모
아, 내가 출판해야 할 수많은 책 중의 첫 번째의 책을 냈다.
처음이라서 그럴 것이다. 부끄럽다.

2013년 8월 15일

<부록>

- 제7회 부천신인문학상 수상작 -

Delete

여자를 본 순간 나는 머춤했다. 낯이 익은 얼굴. 어디선가 본 듯하지만 그다지 유쾌하지 않았다는 느낌이 드는 여자. 어디서 봤을까? 미간을 좁히고 한동안 기억의 파일 이곳저곳을 클릭해 보았지만 여자에 대한 그 어떤 정보도 찾아 낼 수 없었다. 여자가 승강기를 올라와 두리번거리며 좌석을 찾아 앉을 때까지, 버스가 터미널을 완전히 벗어난 후에도, 나는 여자가 누구인지 기억해 내려고 안간힘을 썼다. 머리가 아파왔다. 무엇인가 한 가지를 집요하게 생각할 때마다 나타나는 편두통이다. 아, 모르겠다. 좌석을 뒤로 젖히고 벌렁 누우려던 바로 그때 머릿속으로 시 한 구절이 스쳐갔다. 나는 용수철처럼 튕겨져 일어나며 소리쳤다.

"자, 그러면 가자꾸나, 그대와 나는……."

'J. 앨프릿 프루프록의 연가'였다.

"수술대 위 마취된 환자처럼 저녁놀이 하늘에 퍼뜨려지거든. 가자꾸나, 인적 드문 거리……."

나의 입에서는 마술사의 주문인 양 막힘없이 그 詩句가 흘러나왔다. 세 좌석 앞에 앉아 있던 여자가 몸을 틀어 나를 돌아다보았다. 어떤 놈이 헛소리하는 거야? 하는 듯이. 나는 곧 추세웠던 몸을 다시 뉘었다. 알 수 없는 일이었다. 여자가 누구인지를 기억하려고 했는데 뜬금없이 엘리어트의 시가 떠오르다니…….

나는 눈을 감고 잠시 영문과 강의실 밖에 피어있던 하얀 목련꽃을 생각했다. T.S.엘리어트를 강의하던 K교수의 얼굴을……. '그대와 나는' 이라는 詩句에서 '그대'는 '외적인 자아'를, '나'는 '내적인 자아'를 의미한다고 강조하던 그의 목소리를……. 프루프록이라는 이름의 무미건조함과 찬란한 봄날과의 대조를……. 늙어가는 한 사나이와 피 끓는 우리들의 청춘을……. '그나저나 나는 늙어간다……. 늙어간다. 바지를 걷어 올려서 입어야 겠도다'라는 부분을 번역할 때 그 얼마나 절묘한 우연의 일치였던가? '바지를 걷어입는다는 것은 페니스를 발기시키겠다는 뜻'이라고 부연하던 K교수의 바지 지퍼가 내려가 있음을 발견하고 키득거렸던 일들을……. 그런데 나는 왜 여자를 본 순간 이 시가 떠올랐을까? 영문과, K교수,

목련꽃을 여자와 연관시켜 보았지만 연결고리를 찾을 수 없었다. 아, 또 머리가 아파 온다. 그때 여자가 내 쪽으로 다가왔다. 여자는 나를 힐끗 쳐다보더니 건너편 창가 좌석에 앉으며 나처럼 의자를 뒤로 젖히고 누웠다. 화장기 없는 여자의 얼굴은 나보다 서너 살 위로 보였다. 여자는 눈을 감고 있었다. 고속버스의 뒷자리는 대부분 비어 있었으나 사람들은 앞자리에 몰려 앉아 끼리끼리 떠들고 있었다.

차창 밖으로 끝없이 가을 풍경이 펼쳐졌다. 그것은 웨딩마치에 발맞춰 입장할 때 양 옆에서 박수를 치며 환호하는 하객들처럼 창밖을 스쳐갔다. 턱시도와 나비넥타이. 연분홍 양란(洋蘭)이 수줍게 웃고 있던 재영의 왼쪽 가슴. 긴 레드 카펫 위를 당당하게 행진해 들어가던 그. 박수치는 하객들 속에서 그를 지켜봐야 했던 내가 차창 밖으로 스쳐가는 저 가을 풍경과 무엇이 다를까.

지우려고 했다. 블록을 씌우고 Delete를 눌러 그와 관련된 모든 기억을 삭제하려 했다. 그런데 자꾸만 나의 손은 Ctrl+Z를 눌러 되살리기를 하고 있었다. 부분삭제는 불가능해 보였다. 무엇이건 그와 관련되지 않은 것이 없었고, 그와 관련된 모든 것을 지웠을 때 내 인생도 없었다.

방법은 오직 하나. D 드라이브, 내문서 폴더를 차례로 클릭해 들어가 h24부터 h30까지 7개의 파일을 통째로 휴지통에 넣는 수밖에. 서른 개의 한글파일들은 수많은 품사와 부호들, 그리고 갖가지 색채와 명암으로 그려진 내 삶의 궤적들이다.

h는 내 이름의 이니셜이고, 숫자는 내 나이다.

　지난 3개월 동안 나는 그 파일을 휴지통에 넣었다가 다시 바탕화면으로 드래그 해오기를 반복하며 재영을 내 인생에서 덜어내려고 노력했다. 하지만 그와의 기억은 삭제를 시도할수록 악성코드처럼 나를 얽어맸다. 나는 휴지통비우기를 결심하지 않을 수 없었고, 며칠간의 여행을 감행키로 했다.

　차창 밖 풍경과 여자의 잠든 얼굴을 힐끔거리다가 나는 까무룩 잠이 들었다. 그리고 죽암 휴게소에서 잠시 버스가 멈췄을 때 눈을 떴다. 화장실에 들렀다가 자판기에서 캔 커피 두 개를 뽑아 버스로 돌아왔다. 여자는 자리에 없었다. 나는 그동안 수 없이 고속버스를 탔지만 내 옆 좌석에 누가 앉든 별 관심이 없었다. MP3의 볼륨을 높이고 책을 읽다가 눈이 아프면 창밖을 내다보곤 했었다. 그런데 지금 나는 왜 여자를 찾고 있는 걸까? 버스가 막 출발하려고 할 때 여자가 올라왔다. 내 옆자리로 다가온 여자가 캔 맥주를 꺼내 하나를 내게 건넸다. 나도 캔 커피 하나를 여자에게 주었다. 여자가 소리 내어 활짝 웃었다.

　"우리 서로 마음이 통했군요?"

　여자의 목소리는 높은 콧소리였고, 뜻밖에도 애교가 넘쳤다. 여자는 캔을 들어 맥주를 한 모금 마시고 어서 마시라는 듯이 내게 손짓을 했다. 여자의 손이 희었다. 나는 왼손 팔목과 가슴 사이에 캔을 끼고 오른손 집게손가락을 캔 뚜껑 고리

에 걸었다. 그런 나의 모습을 보고 있던 여자가 캔을 가져가
더니 뚜껑을 열어 다시 내게 건넸다.

"그 손은 어쩌다가 다쳤어요?"

여자가 흰 장갑을 끼고 있는 내 왼손을 바라보며 물었다.
나는 공연히 여자의 놀라는 모습이 보고 싶어져서 그녀의 얼
굴을 빤히 쳐다보며 말했다.

"다친 게 아니라 잘랐어요."

여자의 눈이 동그래졌다. 그리고 미간을 좁히며 물어왔다.

"군대 안 가려고 그랬군요?"

여자의 엉뚱한 되물음에 나는 이렇게 응수했다.

"손 때문에 못간 건 아니구요, 사실은 제가 평발이었거든
요."

여자가 큰 소리로 웃으면서 내 어깨를 툭 쳤다. 여자의 스
스럼없는 행동이 싫진 않았지만, 그 바람에 들고 있던 맥주가
바지 위로 조금 쏟아졌다. 여자가 맥주를 닦아내기 위하여 급
히 내 쪽으로 몸을 기울였고, 그녀의 손길이 내 허벅지 안쪽
에 닿았을 때 나는 순간적으로 무릎을 움츠렸다. 허리를 펴
면서 나를 바라보는 여자의 얼굴에 뜻 모를 미소가 물려 있었
다. 나는 여자의 시선을 비키면서 맥주 한 모금을 마셨다.

"전 군대에 가는 남자들을 많이 보아왔어요. 그들의 눈엔
불안함과 두려움이 있었죠. 그래서 군대 가기 전에 술을 마시
나 봐요. 그걸 버리기 위해서, 때로는 동정까지도……. 그런
남자들이 안됐어요. 아 참, 우리 아직 이름도 모르죠? 전 이

유미에요.”
“홍현픕니다.”
“홍현표?⋯⋯.”
아주 짧은 순간이었지만 여자의 두 눈이 가늘어졌다. 기억 속에서 누군가를 찾고 있는 것 같았다. 여자가 다시 눈을 반짝이며 내게 물었다.
“현표씨는 아직도 동정을 지키고 있나요?”
참 당돌한 여자도 다 있다고 생각하며 어떻게 대답해야 할까 고민하고 있는데 여자가 다시 물었다.
“정말 스스로 자른 거예요, 그 손은⋯⋯?”
여자는 둘 중 하나다. 딱히 ‘나의 동정’이 궁금했던 게 아니거나, 눈치가 빠른 거 거나.
“현표씨는 아주 독한 사람인가 봐요?”
나는 맥주 캔을 왼팔로 말아서 가슴에 안고 오른손을 여자의 눈앞에 펴 보이며 말했다.
“저는 어려서부터 손이 예쁘다는 소리를 많이 들었는데 그게 다 좋은 건 아니었어요. 철이 들 무렵부터 지금까지 이 손 때문에 많은 고통과 번민 속에서 살아야 했죠.”
아, 아니다. 이런 말을 할 필요가 없다. 이 여자는 내 말을 이해하지 못할 테니까. 손 때문에 운명이 어긋나기도 한다는 사실을 믿지 않을 테니까.
그래서 나는 얼른 여자에게 물었다.
“혹시 손금 볼 줄 아세요?”

“아뇨. 하지만 손 모양을 보면 그 사람의 직업, 성격, 운명 같은 걸 대략 짐작할 수는 있어요. 특히 남자의 경우엔 성기의 모양과 정력까지도…요.”

나는 갑자기 얼굴이 화끈 달아올랐다.

“우리 집엔 많은 남자 손님들이 찾아오는데…….”

여자는 무슨 말을 더 하려다가 멈추고 맥주를 한 모금 마셨다. 아마도 감추고 싶은 비밀이 있나 보다. 여자는 이렇게 말을 바꿨다.

“저도 손이 예쁘다는 소리를 많이 들었어요. 그래서 손에 대한 이야기나 책에 관심을 가지게 됐죠. 우리집에 ‘가정의학백과’라는 책이 하나 있었는데, 그 책에는 수상에 대해 자세히 나와 있었어요. 난 손금보다는 손의 모양과 크기, 손가락의 길이와 굵기, 손톱의 모양으로 사람의 운명과 성격, 직업, 연애 등을 알 수 있다는 부분에 더 관심이 많았죠. 그 곳에는 원시적인 손, 철학적인 손, 실제적인 손, 활동적인 손, 예술적인 손, 공상적인 손, 잡종의 손 등 일곱 가지의 손이 그림과 함께 해설되어 있었어요. 이해하기도 쉬워서 저는 그 부분을 달달 외워 친구들의 운명을 봐주곤 했었죠. 지금도 전 남의 손을 무심히 보아 넘기지 않아요.”

여자는 나의 손을 자신의 손바닥 위에 올려놓고는 자세히 관찰하기 시작했다. 나는 여자가 가소롭게 생각되었지만, 내 손에 대해서 어떤 결론을 내릴지 궁금하여 그저 손을 내맡기고 여자를 바라보고 있었다. 이 여자가 정말 수상에 일가견이 있는 것일까? 이 여자는 정말 내 손을 보면서 내 성기의 모양을 떠올리고 내 정력이 어느 정도인지 파악할 수 있는 걸까?

한참 만에 손에서 눈을 뗀 여자가 내 얼굴을 쳐다보았다. 여자의 눈가에 묘한 웃음이 어려 있었다. 나는 순간적으로 약간의 두려움을 느끼면서 어깨를 들썩여 보였다.

"남자친구가 많죠?"

여자의 물음에 나는 잠시 난감했다. 그건 여자들에게나 던져야할 질문이 아니던가?

"현표씨의 손엔 두 가지의 모양이 함께 들어있어서……. 잘 모르겠어요."

나는 안도의 숨을 내쉬었다. 여자가 사이비 수상가라는 것이 얼마나 다행인가? 여자는 모를 것이다. 내가 말하지 않는 한……. 내가 된장찌개에 넣을 파를 썰며 그 된장찌개를 함께 먹을 남자를 기다리던 남자였다는 것을……. 여자의 책에는 그런 남자의 손에 대한 내용까지 나와 있지 않았을 테니까. 여자의 손에 대한 이야기는 다시 이어졌다. 여자는 '원시적인 손'의 모양과 그 손의 소유자의 성격, 인생, 연애에 대해서 설명했다……. 그리고 여섯 번째의 손에 대해 얘기하면서 내 손을 잡았다.

"이 손은 '공상적인 손'에 가까워요. 손가락이 가늘고 고운 게……. 이 손은 하얗고 매끄러워서 마치 白魚같아요. 아주 직감력이 뛰어나서 詩的인 정서가 풍부하죠. 공상을 좋아하고, 理想을 동경하며, 현실은 볼 줄 모른대요. 실행력도 없구요. 그렇지만 연애를 하면 사랑 속에 완전히 빠져버리기 때문에 주의해야 돼요.”

내 손이 어떤 종류에 속하는지 잘 모르겠다던 여자가 주의해야 할 점까지 일러주었다.

“이 손의 소유자는 이성관계가 아주 복잡해요.”하면서 여자는 나를 짓궂게 쳐다보며 웃었다. 입을 가리려고 들어 올린 여자의 하얀 손이 눈부셨다. 사파이어 빛깔의 매니큐어로 물들여져 있는 여자의 손톱에서 알 수 없는 色氣같은 것이 느껴졌다. 그리고 그 순간 나는 ‘J.앨프릿 프루프록의 연가’의 한 부분을 떠올렸다.

머리를 뒤에서 갈라 봐? 용기를 내서/복숭아를 먹어봐?/난 플란넬 바지를 입고 바다 속을 거닐겠다./거기에선 인어들이 끼리끼리/노래 부르던 것을 내 들어 왔나니

K교수의 목소리가 들려왔다. 복숭아는 여자를 의미합니다. 플란넬 바지…… 이건 발기한 남자 성기를 비유한 것으로…… sex를 하겠다는 뜻입니다 하던.

나는 이제껏 여자에게 성욕을 느껴본 적이 없었다. 여자에 대해 별 관심이 없었으니 당연한 일인지도 모르겠다.

스쿨버스에서 몇 번 여학생에게 말을 붙이고, 애프터를 받아내기 위해서 떠벌였던 일들은 순전히 친구들과의 내기에서 술을 얻어 마시기 위한 것이었다. 그 여학생의 몸매는 어떤지, 얼굴은 예쁜지, 다리는 날씬한지……. 나는 그런 것에 무신경했었다. 그런데 이유미에게는 조금 달랐다. 그녀에겐 내

마음을 끄는 무엇인가가 있었다. '프루프록의 연가'를 떠올리게 한 여자. 처음 보는 남자의 손을 잡고서 성기의 모양과 정력까지도 짐작할 수 있다고 서슴없이 말하는 이 여자가 나는 차츰 궁금해지기 시작했다.

"유미씨, 아까 얼핏 남자 손님들이 많이 찾아온다고 했는데, 무슨 가게를 하시나요?"

여자가 잠시 난감한 표정을 지었다.

"그냥, 조그만 가게예요."

그 이상의 질문은 곤란하다는 듯 여자가 고개를 차창 밖으로 돌렸다. 키 작은 소나무 군락들이 지나가고 있었다.

"전 저 소나무 숲이 싫어요. 슬픈 기억이 있거든요."

여자는 자조하듯 한쪽 입 꼬리를 들어 올렸다.

"현표씨는 무슨 일로 Y시에 가시나요?"

"정리 좀 하려구요……."

나는 재영을 떠올렸다. 결혼식 내내 입이 귀에 걸려 있던 그의 얼굴. 생각하지 않으려고 했는데 나도 모르게 그가 떠올랐다. 잊고 싶은 얼굴인데 떠오를 때마다 더욱 선명해지는 건 무슨 이유인가? 나 몰래 뒤꽁무니로 여자를 사귀고, 보란 듯이 장가를 간 놈의 그 얼굴이……. 나쁜 놈. 결국 그렇게 변할 거면서……. 온 몸의 혈관을 따라 담쟁이 넝쿨처럼 뻗어 오르는 열기를 억누르며 난 쳇머리를 흔들었다.

"우리가 언제까지 같이 살 수 있을까?"

재영이 그렇게 말했을 때 난 깨달았어야 했다. 그가 다른 사랑을 꿈꾸고 있다는 것을. 늘 그렇듯이, 사랑은 시작된 순간부터 배신을 잉태한다는 것을. 적어도 나의 사랑은 그랬다. 끝이 훤히 보이는데도 그 끝을 향해 무모하게 달려가야 하는 사랑. 그 사랑에 전부를 걸지만 결국 내가 떠안는 건 상처뿐이라는 것을.

절단된 손의 모양은 실연의 아픔에 대한 '객관적 상관물'인가? 잘려나간 네 개의 손가락을 기억하고 있는 손끝이 시려왔다. 재영을 생각하면 나는 아직도 가슴이 미어지고 쓰리고, 아프다.

아픔을 잊기 위해 상처를 도려냈는데, 그 상흔을 보면서 오히려 아픔을 기억한다는 건 얼마나 아이러니한 일인가?

"애인이 결혼을 했어요. 석 달이나 됐는데 못 잊겠어요. 친구들 만나서 술 퍼마시고 뻗으면 잊힐까 해서요."

"실연엔 술이 약이죠. 남자들은 오랜만에 만나면 룸살롱 같은데 간다던데요?"

여자가 조심스럽게, 은밀한 목소리로 내게 물었다.

"현표씨는 그런데 가 보셨어요?"

"네. 그렇지만 해 본 적은 없어요."

아뿔싸, 이런 말은 안 해도 되는데…… . 난 오늘 너무 수다스러운 게 틀림없다.

"뭘요? 뭘 하는데요?"

여자는 사냥개처럼 기회를 놓치지 않고 나를 다그쳤다.

"……긴 밤 짧은 밤, 뭐 그런 거 있잖아요."

"그런데 왜 안하셨어요?"

나는 여자를 놀려주고 싶었다. 그래서 좀 전 여자의 말을 흉내 내서 이렇게 대답했다.

"거기엔 슬픈 기억이 있거든요."

여자가 까르르 웃으며 내 팔을 꼬집었다. 아주 짧은 순간이 었지만 내 몸에 찌릿하게 전류가 흘렀다. 그건 지금까지 느껴 보지 못한 색다른 떨림이었다. 형언키 어려운 흐뭇한 느낌이 가슴으로 밀려왔다. 여자와 남자는 이래서 같이 만나는 게 아 닐까하는 생각이 스쳤다. 하지만 나의 대답이 전부 농담만은 아니었다. 이 나이가 되도록 여자와 사랑을 나눠 본 일이 없 다는 것이 얼마나 큰 슬픔인가? 여자와 사랑을 나눌 수 없어 서가 아니라, 여자와 사랑하는 일이 싫어서 그랬다는 사실 이…….

"현표씨처럼 여자한테 무관심한 남자들이 간혹 있는데요, 혹시 여성에 대한 혐오감을 갖고 있는 건 아닌가요? 그게 아 니면 남성 콤플렉스? 그것도 아니면 좀 드물긴 하지만 同性 을 사랑하는 사람? 현표씨는 어디에 해당되나요?"

나는 이 부분에서 완전히 기가 죽었다. 여자의 당돌하면서 도 자신감 넘치는 말 한마디 한마디에서 기가 죽었고, 나를 꿰뚫어 보는 듯한 그 시선에서 기가 죽었다. 이 여자는 정말 내 손을 보면서 내 인생을 읽었단 말인가? 나는 잠시 답변을 찾지 못했다.

"선뜻 대답을 못하는 건 세 가지 중 한 가지에 해당된다는 뜻인가요?"

이 여자는 왜 이렇게 집요한 걸까?

"네, 그래요."

나는 솔직하게 대답했다. 혐오감이든, 콤플렉스든, 동성애든 그녀가 그 중에 하나를 골라 나를 판단하는 일이 그리 쉽지 않을 거라고 생각했기 때문이었다. 또 설령 나에 대해 알아냈다 하더라도 이 버스에서 내리면 서로 다시 만날 일이 없을 것이라는 판단 때문이었다.

여자는 한동안 창밖을 내다보고 있었다. 침묵이 이어졌다. 앞에서 교통사고라도 난 것일까? 버스는 가다 서다를 반복하고 있었다.

소매를 젖히고 시계를 보았다. 4시 20분이었다.

"그 손은 아직도 아픈가요?"

여자가 조심스럽게 말을 걸어왔다.

"아뇨, 하지만 장갑을 끼고 있으니까 오히려 아프게 느껴져요. 다른 사람에게 보일 용기가 아직은 없어요. 좀 흉하거든요."

"후회하는군요?"

"아뇨. 잘했다고 생각해요. 천 번 만 번."

나는 기억의 커서를 몇 달 전의 경동 시장으로 옮겼다. 한약방 한 구석. 작두에서 일정한 크기로 잘려지던 마른 약초 뿌리들을 나는 바라보고 있었다. 저렇게 말라버린 손이라면, 감각이 마비된 손이라면……기억하지 못할 거야. 사랑했던 사람의 체온을. 그 사람의 질감을.

　재영이 원하는 곳으로 이끌려가서 그를 쾌락에 젖게 했던 나의 손. 그의 피부 깊숙이 숨어있는 작은 떨림마저도 고해상도로 스캔해내던 나의 이 손. 저 작두라면 그 모든 기억을 삭제해 줄 수 있으리라.

　재영으로부터 청첩장을 받던 날 나는 철물점에서 작두 하나를 샀었다. 재영에 대한 억제할 수 없는 그리움과 욕망이 솟아오를 때마다 난 작두를 꺼냈다. 휴지통과 바탕화면을 오가며 삭제와 되살리기를 반복하듯, 작두 위에 손을 얹고 어긋난 운명의 뿌리를 도려내야 한다와 만다를 수없이 망설였다.

　결단의 날은 늘 예정보다 빨리 오는 법. 재영의 결혼식을 사흘 앞 둔 날, 난 솟아오르는 질투와 배신감을 억누르지 못하고 다시 작두를 꺼내 들었다. 때가 왔다는 걸 몸이 먼저 알았다. 등골을 타고 식은땀이 흘러내렸고, 작둣날 사이에 낀 나의 하얀 손도 겁을 먹은 듯 푸르스름하게 죽어있었다. 맨정신으로는 어림도 없었다. 소주 두 병을 단숨에 비우고 난 뒤에야 용기가 생겼다. 고통 없이는 절대로 다시 태어날 수 없다고, 목숨보다 독한 것이 습관이라고 수없이 최면을 걸었다. 수건으로 입을 틀어막고 눈을 꽉 감았다. 머릿속에서 회오리가 일었다. 그 검은 돌개바람이 점점 나를 휘말아 위로 솟구치려할 때……작두를 힘껏 내리눌렀다.

　나는 또렷이 기억하고 있다. 작두에서 잘려져 나간 네 개의 손가락과 손에서 솟아오르던 검붉은 피, 그리고 이루 말로 다

할 수 없는 그날의 고통을. 몇 날 며칠 동안 계속되었던 그 핏빛 악몽을. 눈물과 땀으로 범벅이 된 채 잘못된 운명의 뿌리를 잘라내고 기절했던 그날을.

다시 태어나는 거야. 보통 남자로. 남자를 사랑하지 않는 남자로. 손이 예쁘지 않은 남자로. 이 손에 다시는 다른 남자의 정액을 묻히는 일은 없을 거야.

또 하나의 사랑이 끝나는 날이었다. 재영을 보내고 지금까지의 나를 모두 버리던 날이었다.

굳은 표정으로 몸을 꼿꼿이 세우고 앉아있는 나를 향해 그녀는 또 물었다.

"참 궁금해요, 스스로 손을 자르고 잘했다고 생각한다는 게. 아까 현표씨는 여자와 사랑해 본 일이 없다고 말했어요. 그 일이 손가락을 자른 일과 관련이 있죠?"

나는 그녀의 집요함에 고개를 설레설레 흔들었다. 왠지 그녀가 징글맞게 느껴졌다. 그러면서도 한편으로는 다 말해 버려? 이 여자한테. 나의 과거를? 내가 남자를 사랑하는 남자가 된 것이 바로 이 손 때문이었다는 사실을? 하는 생각이 들었다. 중학교 1학년 때의 어느 날, 교복 소매 밑으로 드러난 하얀 손 때문에 국사선생한테 이끌려 숙직실에 갔고, 그날 이후부터 내 마음 속에는 또 하나의 사랑이 뿌리 내렸다는 사실을……. 그 후로 오랫동안 그 사랑이 나를 지배해 왔고, 그 사랑에 대한 환멸을 도려내기 위해 손을 잘랐다는 것을. 하지만 나는 다시 마음의 문을 닫았다. 그런들 무슨 소용 있으랴. 이 여자는 내 삶의 얼룩을 지울 수도 없고, 내 운명을 어떻게 해 줄 수도 없다. 그것은 나만이 할 수 있는 일이고, 나는 이미 손가락을 자르지 않았는가?

"난 아내가 필요해. 아이를 갖고 싶어. 나를 닮은 아이."

난 그때 가스렌지 위에서 보글보글 끓고 있는 된장찌개 뚝배기를 막 들어 올리던 참이었다. 손이 떨렸다. 재영이 흰 사각봉투 하나를 식탁 위에 내려놓으며 나에게 말했다.

"나 결혼해."

뚝배기가 미처 식탁 위로 옮겨지지 못하고 내 손에서 이탈했다. 뜨거운 국물이 뚝배기와 함께 내 발등으로 쏟아졌다. 재영이가 잽싸게 나를 욕실로 옮겨 찬물이 차오르는 욕조에 밀어 넣을 때까지도 내 머릿속은 우박 맞은 열무밭처럼 헝클어져 있었다. 발등이 벌겋게 부어오르고 바늘로 쿡쿡 찌르는 듯한 통증이 온몸으로 밀려왔지만 재영의 결혼한다는 말보다 아프지는 않았다.

"결혼? 누구와? 그래, 아이를 낳으려면 여자와 결혼해야겠지. 결혼하면 잘 살 것 같아? 여자를 불행하게 하면서까지 아이를 낳겠다고? 청첩장 다 만들어 놓고 통보만 하면 되는 관계였어? 너하고 나하고? 도대체 그동안 너에게 난 뭐였니? 니가 나를 조금이라도 사랑했다면 속이지는 말았어야지."

머리끝까지 화가 치솟은 나는 욕조 물속에 머리를 처박았다. 그런 상태로 숨을 쉬지 않고 물을 먹으면 질식해서 죽을 것이다. 그래 죽자. 언제까지 이런 이별을 반복하며 살 수는 없지 않은가? 세상의 눈치를 봐야 하는 사랑, 그런 사랑을 구걸해야 하는 한심한 나, 환멸을 느끼면서도 욕망과 습관에 길들여진 사랑이라면 이제 다 끝내자. 나는 물이 넘치는 욕조 바닥에 머리를 꾹꾹 밀어 넣었다.

버스는 어느 새 Y터미널에 들어서고 있었다.
그녀는 핸드백을 열고 메모지 한 장을 꺼내서 몇 자 적더니 그것을 내 윗주머니에 꽂았다.
"제 연락처거든요."
"핸드폰에 찍으면 되는데……."
나는 그녀를 보고 웃었다. 그녀는 곧바로 택시 승강장으로 갔다. 나는 Y역 쪽으로 걷기 시작했다. 초저녁의 거리는 벌써 불빛들로 가득 차 있었다. 이유미와 헤어진 것이 왠지 아쉬웠다. 손에 대해서 많이 알고 있는 그녀. 남자들을 많이 상대하는 조그만 가게를 한다던 그녀. 나를 관통하던 그녀의 예리한 눈빛이 뇌리를 쉬 떠나지 않았다. 지금까지 그 어떤 여자도 헤어진 뒤에 내 맘 속에 이렇게 긴 아쉬움을 남긴 적은 없었다.
Y역 앞에는 재영과 들락거리며 술을 마셨던 포장마차들이 나란히 줄지어 있었다. 4년 전 성탄절 이브날, 재영을 순찰차에 실려 보낸 뒤 괴로움과 죄책감을 견디지 못하고, 난 포장마차 한 구석에 쭈그리고 앉아서 밤새도록 술을 마셨었다.

　겨울방학 시작과 함께 하숙생들이 모두 집으로 돌아가고 재영과 나만이 하숙집에 남아 있었다. 거기에 춘자만 끼어들지 않았어도 나의 겨울방학은 행복했으리라.

　성탄절을 사흘 앞두고 서울 집에 올라왔던 나는 재영과의 멋진 밤을 상상하며 성탄절 이브 날 술과 안주를 사들고 하숙집으로 돌아왔다. 내가 하숙집 대문을 밀치고 들어와 내 방 앞에 이르렀을 때 나는 마루 아래 놓여있는 하이힐 한 켤레를 발견했다. 나는 한동안 그 자리에 붙박여 있었다. 머릿속으로 춘자라는 술집 여자의 이름이 떠올랐고, 재영과 춘자가 이불 속에 누워있는 모습이 스쳐지나갔다. 마음속에 질투의 소용돌이가 일기 시작했다. 걷잡을 수 없는 분노와 배신감이 눈앞을 가리기 시작했다. 당시 재영은 작은 폭행 사건에 연루되어 수배 중이었는데, 6개월 동안 내 방에서 숨어 지내는 처지였었다. 그런 그가 나 없는 틈을 타서 춘자를 내방으로 불러들였다. 내가 서울로 올라갔던 그날부터 둘은 함께 있었을 것이다. 하숙집 문 밖으로 나온 내가 어떻게 골목을 빠져나와 큰 길가의 공중전화 박스 안으로 들어섰는지 모른다. 내 맘 속엔 그를 용서할 수 없다는 분노로 가득했다. 분별력을 상실한 나는 전화기의 버튼을 눌렀다.

　얼마나 시간이 지났을까? 조용히 골목으로 진입하는 순찰차 한 대가 내 눈에 포착되었다. 나는 눈을 감고, 잠시 후 하숙집에서 일어날 일을 상상하며 한동안 그 자리에 주저앉아 있었다.

　그때 끝냈어야 했다. 재영을 다시 만나지 말았어야 했다. 춘자를 경험한 그 순간부터 그는 나의 동반자가 될 수 없었다. 그때 그것을 깨달았어야 했다. 그랬다면 '우정보다 조금 깊은 감정'이었다는 그의 궁색한 이별 통보를 듣지 않아도 됐었다.

　나는 포장마차를 지나쳐 천천히 시장을 향해 걸었다. 횡단보도 앞에서 신호를 기다리던 내 눈에 공중전화박스가 들어왔다. 불현듯 이유미의 얼굴이 떠올랐다. 그녀가 준 메모가 생각나서 윗주머니를 손으로 더듬어 보았다. 종이의 감촉이 손끝에 느껴졌다. 갑자기 그녀의 목소리가 듣고 싶어졌다. 내 정체를 그렇게 알고 싶어하던 그녀에게 내가 어떤 놈이었는지 모조리 말해주고 싶은 충동이 솟구쳤다. 얘기 못 할 것도 없다. 모두 지나간 일이니까. 이제 난 새로운 사랑을 시작할 계획이니까. 아직까지 내 마음 속에서 싹도 제대로 틔워보지 못한 사랑, 국사선생이 다가오기 전의 그 사랑으로 돌아갈 계획 말이다.

　'가자꾸나, 그대와 나는…….' 프루프록의 연가를 떠올리며 나는 휴대폰 폴더를 열었다.

　무엇일까? 이유미에게로 나를 이끄는 이 알 수 없는 힘은? 재영을 잃은, 아니 배신당한 사랑에 대한 반발심 혹은 보상심리로 솟아나는 '그대의 마음'인가? 손가락과 함께 잘려나간

'그대의 마음' 위에 다시 싹트는 '내 마음'인가?

나는 윗주머니에서 메모지를 꺼내 펼쳤다. 그녀의 전화번호가 또렷이 적혀 있었다. '이유미'라는 이름 옆에 '송춘자'라는 이름이 나란히 적혀 있었다. 나는 숫자를 누르다 말고 메모지를 뒤집어 보았다. 그리고 잠시 내 눈을 의심했다. 그것은 10만원권 수표였던 것이다. 친구들 만나고 시간이 나면 전화하라던 그녀의 말이 떠올랐다. 나는 다시 한 번 그 메모지를 들여다보았다. '송춘자'라는 이름에 눈길이 머물렀다. 재영의 얼굴이 떠올랐다. 그가 예전에 나 몰래 만났던 여자도 춘자였는데 성이 뭐였더라? 허긴 우리나라에 춘자라는 이름이 얼마나 많은가? 그것보다 중요한 것은 그녀가 왜 수표를 나에게 주었을까 하는 것이었다. 나는 수표를 돌려주기 위해 그녀의 전화번호를 눌렀다.

"미안해요."

맞은편 자리에 앉으면서 만약 여자가 그렇게 말하지 않았다면 나는 그녀가 이유미라는 걸 몰랐을 것이다. 화장한 이유미의 얼굴은 고속버스에서 보았던 화장기 없는 얼굴과 너무도 달랐다. 그녀가 어깨에 걸치고 있던 짙은 색 코트를 벗었다. 앞가슴이 깊이 패인 드레스가 몸의 굴곡을 여실히 드러내고 있었다.

그녀가 내 잔에 술을 따르고, 자신의 잔도 가득 채웠다.

"현표씨 하고 술 한 잔 하려고 일부러 그런 거예요."

“이런 식으로 남자들을 만나는 군요?”

나는 기분이 몹시 언짢았다. 그래서 말없이 연거푸 두 잔을 비웠다. 그녀에게 가졌던 호감이 싹 씻겨 내려가는 것 같았다. 그녀도 두 잔을 원 샷 했다.

“그렇지만, 전화한 사람은 두 사람 밖에 없어요. 현표씨하고⋯⋯”

“누구예요? 저같이 어리석은 놈이?”

그녀의 덫에 걸렸다는 게 조금 화가 나서 나는 언성을 높였다.

“현표씨도 아는 사람이에요.”

이 무슨 김밥 옆구리 터지는 소린가? 이 여자는 오늘 나를 처음 만났잖은가?

“전 현표씨를 만난 적이 있어요. 4년 전에. 크리스마스 이브날 밤에.”

나는 갑자기 머릿속이 텅 비는 것 같았다. 그 텅 빈 머릿속 한 가운데로 수표의 뒷면이 떠올랐다. ‘송춘자’라고 쓰여 있던 글씨가 짙게 클로즈업 되고 있었다.

“그날 현표씨는 공중전화 박스 속에서 누군가에게 전화를 걸고 있었어요. 현표씬 제 얼굴을 기억 못하겠지만 전 재영씨 방에서, 재영씨의 수첩 속에서 현표씨 사진을 봤어요. 그래서 그날 밤 공중전화 걸던 사람이 현표씨라는 걸 단박에 알았죠. 휴대폰이 있을 텐데 왜? 하는 생각이 들었지만, 배터리가 나갈 수도 있는 일이니까 하고 생각했었죠. 그날 현표씨는 뭔가에 홀린 사람처럼 보였어요.”

“그렇다면 춘자?”

“그래요. 그때 내 이름은 송춘자였었죠.”

“그날 저녁에 재영이와 함께 내 방에 있지 않았었나요? 문 앞에 하이힐이 있었는데⋯⋯”

“재영씨의 운동화를 끌고 나왔었어요. 골목 입구 슈퍼에서 술과 안주를 사고 우리 가게에다 전화를 걸려고요.”

나는 현기증을 느끼면서 연거푸 세 잔을 들이켰다.

“무슨 상관이에요. 이미 옛날 일인데요. 그리고 전 옛날의 춘자가 아니구요.”

그녀가 내 팔을 힘껏 잡아끌었다. 그리고 큰 소리로 외쳤다.

“우리 2차 가요.”

나는 그녀를 따라 밖으로 나왔다.

“고속버스에서 현표씨를 본 순간 낯익은 얼굴이라고 생각했어요. 누굴까? 곰곰이 생각해도 떠오르지가 않았어요. 그래서 현표씨의 옆자리로 옮겨 앉은 거예요. 대화를 하다 보면 떠오를 지도 모른다 싶어서⋯⋯. 혹시 우리 업소의 고객은 아닐까? 그런데 ‘홍현표’라는 이름을 들었을 때 저는 비로소 재영씨의 방에서 보았던 사진을 떠올렸죠. 격포 해변에서 재영씨와 나란히 서서 찍은 사진. 저는 한 동안 숨이 멎는 듯 했어요. 그렇지만 제 자신을 밝힐 수가 없었어요. 미안했어요. 아깐 장난이 좀 심했죠? 그래서 사과도 할 겸⋯⋯”

나는 맥이 빠진 채 말없이 걷고 있었다. 내 정체를 모두 알고 있는 그녀 앞에서 허둥댔던 내 모습을 생각하니 얼굴로 피가 확 몰려오는 것 같았다. 나는 왜 그녀에게 내 사랑을 들키지 않으려고 애를 썼을까? 나는 분명히 어리석었다. 동성애든 이성애든 어느 사랑이든 사랑엔 죄가 없는 것인데 말이다. 어느 사랑이든 똑같이 정신적이고, 똑같이 육체적이다. 그 사랑을 부끄러워할 필요는 없다. 단 그 사랑을 속이지 않았다면, 그 사랑에 최선을 다했다면 말이다. 사랑은 그 자체로 귀중한 거니까.

그녀는 계속 떠들었다.

"하숙집에 와 보니까 재영씨가 없었어요. 한참을 기다려도 나타나지 않는 거예요. 재영씨가 사라진 것과 현표씨의 전화가 무슨 연관이 있는 건 아닐까? 하는 생각이 들더군요. 발신자를 알리지 않기 위해 공중전화를 사용할 수 있잖아요. 황급히 전화박스로 가 보았지만 이미 현표씨도 그곳에 없더군요. 그게 끝이었어요, 재영씨와는."

"……."

"전 재영씨를 사랑했지만 재영씨 마음 속엔 늘 현표씨가 있었어요. 그땐 현표씨가 미웠죠. 현표씨도 제가 많이 미웠을 거예요. 제가 어떻게 생겨먹은 년인지 궁금하지 않았나요?"

나는 그녀가 좀 측은하게 느껴졌다.

"결국 우리는 한때 재영을 서로 좋아했었고, 이젠 재영을 다른 사람에게 빼앗긴 사랑의 패배자가 되어 만난 셈이군요.”

“그럼 현표씨의 변심한 애인이 재영씨?”

“맞아요. 그놈이 결혼했어요. 석 달 전에.”

그가 교도소에 갔었고, 2년간 복역했으며, 출소한 뒤에 나를 찾아온 그와 내가 2년 가까이 함께 살았었다는 말을 나는 그녀에게 하지 않았다.

우리는 클럽으로 들어갔다. 우리는 너무도 자연스러웠다. 성급하게 양주를 마셨고, 어느 정도 취기가 올랐을 때 누가 먼저랄 것도 없이 몸을 흔들었다. 온갖 번뇌를 다 털어 내 버리겠다는 듯이 격렬하게 우리는 춤을 추었다. 느린 음악으로 바뀌면 자리로 들어와 숨을 고르고, 댄스곡이 나오면 다시 무대로 나가 춤을 추었다. 그렇게 몇 차례 반복하다보니 우리는 모든 경계로부터 자유로워지는 것 같았다. 언제부턴가 느린 곡이 흘러도 자리로 돌아오지 않고, 서로를 부둥켜안고 춤을 추기 시작했다. 그것이 전혀 어색하지 않았다. 그녀가 내 어깨에 턱을 올리며 말했다.

“오늘 밤 저하고 자는 거예요? 현표씨는 여자와 잠을 자본 적이 없다고 했었죠? 현표씨의 기억에 오래 남는 여자가 되고 싶어요.”

난 꽤 취해 있었지만 그녀의 말을 듣는 순간 온 몸에 가느다란 전율을 느꼈다.

클럽에서 나왔을 때 거리는 한결 조용했고, 불빛들이 현저하게 줄어 있었다. 우리는 아주 오래된 연인처럼 팔짱을 낀 채 서로에게 체중을 의지하며 걸었다. 밤바람이 클럽에서의 열기와 취기를 식히며 불어갔다. 마음이 차분히 가라앉으면서 정신이 또렷해 졌다. 그러면서 나의 가슴은 조금씩 두근거리기 시작했다. 이유미와의 약속을 기억했기 때문이었다. 그녀와 잠자기로 한……. 나는 그 약속을 저버릴 수도 있다. 그러나 내 마음의 '또 다른 자아'가 자꾸만 그 약속을 지켜야 한다고 부추기고 있었다. 나는 약속을 지키기로 다짐하면서도 왠지 모를 두려움과 어색함으로 가슴이 조여 왔다. 우리 앞에 모텔의 간판 불빛이 들어왔다. 느려지는 나의 발걸음을 그녀가 재촉했다.

내 마음 속의 '그대와 나'가 망설였다. 모텔 문 앞에 이르러서는 룸 안으로 들어가야 하나 말아야 하나를 망설였고, 그녀가 샤워하는 동안에는 도망갈까 말까 망설였다. 하지만 나는 침대에 누워서 그 다음 내가 해야 할 일들을 생각했다. 그토록 많은 술을 마셨건만 왜 이리도 정신은 또렷한 것인가? 나의 가슴은 마치 통과의례를 치르기 위해 대기하고 있는 소년처럼 두려움과 불안함으로 몹시 두근거렸다. 나는 몇 번이고 심호흡을 하며 떨리는 가슴을 진정시켰다. 그래 좋아, 받아들이는 거야. 두려울 것도 불안해 할 것도 없어. 새로운 사랑을 위해서 이렇게 손가락을 잘라내지 않았는가? 다시 시작할 기회가 온 거야.

……한바탕 용기를 내어/우주를 떠들썩하게 해 볼까?/아

니, 일 분이라는 것 속에도/순간이 뒤집힐 여러 결단과 修正
의/시간은 존재하고 있는 것이다.

　나는 'J. 앨프릿 프루프록의 연가'의 끝부분을 머릿속에 떠
올렸다. 그것이 나의 마음을 점차 안정시키고 있었으며, 때로
는 묘한 흥분과 의욕을 품게 했다. 시 속에서 '저이 팔다린 어
쩌면 저리도 가늘기만 할까! 하고' 말하는 여인들처럼 그녀도
나에게 이렇게 말하는 건 아니겠지? '현표씨는 어쩜 그렇게
도 서툴러요'하고……. 아니야, 그녀는 결코 그렇게 말하지
않을 거야. 그녀는 내가 처음이라는 것을 알고 있고, 그것 때
문에 내가 겁내고 있다는 것도 이해하고 있을 테니까.

　그녀가 욕실 문을 밀고 나오는 소리가 들렸다. 나는 눈을
질끈 감았다. 그녀의 옷자락 스치는 소리가 들렸고 이윽고 그
녀가 이불 속으로 들어왔다. 짙은 장미향기 때문이었을까?
나는 현기증을 느끼면서 마른침을 꿀꺽 삼켰다.(끝)